U0749786

本书为教育部人文社科项目"美国犹太作家第三代大屠杀文学的后记忆和非自然叙事研究（18YJC752083）"的结题成果

族裔文学与文化研究系列丛书

非自然创伤叙事

评说美国犹太作家麦克·谢邦的四部小说

邢葳葳 著

浙江工商大学出版社｜杭州
ZHEJIANG GONGSHANG UNIVERSITY PRESS

图书在版编目(CIP)数据

非自然创伤叙事:评说美国犹太作家麦克·谢邦的四部小说 / 邢葳葳著. —杭州:浙江工商大学出版社,2022.1(2022.11 重印)

ISBN 978-7-5178-4532-4

Ⅰ. ①非… Ⅱ. ①邢… Ⅲ. ①麦克·谢邦—小说研究 Ⅳ. ①I712.074

中国版本图书馆 CIP 数据核字(2021)第 111105 号

非自然创伤叙事——评说美国犹太作家麦克·谢邦的四部小说
FEI ZIRAN CHUANGSHANG XUSHI—PINGSHUO MEIGUO YOUTAI ZUOJIA MAIKE XIEBANG DE SIBU XIAOSHUO

邢葳葳 著

责任编辑	王 英
责任校对	穆静雯
封面设计	林朦朦
责任印制	包建辉
出版发行	浙江工商大学出版社
	(杭州市教工路 198 号 邮政编码 310012)
	(E-mail:zjgsupress@163.com)
	(网址:http://www.zjgsupress.com)
	电话:0571-88904980,88831806(传真)
排 版	杭州朝曦图文设计有限公司
印 刷	杭州宏雅印刷有限公司
开 本	710mm×1000mm 1/16
印 张	13.25
字 数	200 千
版 印 次	2022 年 1 月第 1 版 2022 年 11 月第 2 次印刷
书 号	ISBN 978-7-5178-4532-4
定 价	48.00 元

版权所有 侵权必究

如发现印装质量问题,影响阅读,请与营销与发行中心联系调换

联系电话 0571-88904970

序　言

　　犹太故事是美国犹太文学中一颗熠熠发光的珍珠。它是小巧精致的，在浩瀚的美国文学作品中所占比例微乎其微；它是闪亮珍贵的，其独特的犹太文化和民族叙事是美利坚丰富的多民族文学的重要部分。一方面，美国犹太文学继承了犹太民族悠久历史中的文化、宗教、种族等叙事传统；另一方面，美国犹太文学建立在美国大文学图景的基础之上。这些特点使得美国犹太文学成为学习和了解美国文学乃至美国文化不可或缺的内容。总览美国犹太文学，不难发现，和其他民族文学类型一样，它也同样经历了发起、兴盛和延续的过程。

　　麦克·谢邦在《卡瓦利和克雷的神奇冒险》《意第绪警察联盟》《最终解决》《漂泊绅士》这四部小说中塑造了不同年龄段、不同种族、不同职业、不同背景的犹太人，他们都生活在失去家人的创伤阴影之中，而这些创伤都与犹太历史和犹太文化有着千丝万缕的联系。谢邦采用了非自然叙事的反模仿艺术手法，塑造了这些在各个方面和普通人背离的形象，刻画了创伤的生命，既实现了创伤的虚构书写，表现了宏观意义上的犹太民族的流亡和微观意义上的个体的创伤经历；又呈现出具有美国文化色彩的犹太创伤主题，提出了关于创伤书写的内涵和意义等问题。

　　本书主要通过三个方面，即人物、空间和叙述策略，探讨谢邦对犹太创伤主题的独特艺术表现力。首先是对犹太人物的分析。根据这些非自然人物形象，笔者归纳了四种不同类型的非自然创伤人物。谢邦的小说通常有多个主人公，他们相互镜射。这部分的人物分析是围绕着一个人物对多个人物进行观照的，既分析某一个人物的非自然叙述特点和创伤表现，又讨论相关人物之间的互动关系和创伤影响。其中，"变形的犹太魔像"是对一个半魔半人的形象的分析。该形象在小说故事中具有重要地位，深刻表达了"二战"大屠杀背景下犹太人逃亡和重生的主题。其次是对四种不同类型的创伤空间的分析和归纳。谢邦小说中的浓厚的犹太性既表现在他塑造的犹太人物形象上，也表现在他刻画的各种生动、独特、诡异和具有丰富寓意的犹太空间上。这些空间既鲜明地表现了犹太人受迫害和流亡的生存史，也成为犹太人流亡身份的重要组成部分。它们既是犹太人被迫接受的挣扎其间的生存空间，也是正在不断生成新文化的犹太空间。它们被赋予了各种矛盾特质，构成了犹太人被流亡和主动流亡的非自然生存空间。最后是对叙述策略的分析。在对以上内容进行具体分析的基础之上，笔者深入挖掘了四部小说在宏观和抽象层面的叙述策略，即谢邦小说中的一些叙述共性，包括文类杂糅、或然历史和美国化的大屠杀书写。非自然叙事的本质是反模仿，这里的非自然叙述策略是指谢邦在突破传统小说类型、历史小说和大屠杀叙述所展现的反模仿和创新书写策略。小说的叙述创新是一个相对的概念，处在模仿、反模仿、被模仿和反被模仿的不断变化中。因此，本书所讨论的谢邦的非自然叙述是一个开放的研究空间。

在非自然叙事和创伤书写的视角下，通过对谢邦四部小说在微观和宏观、具体和抽象、主题和策略、个体创伤和集体创伤、回忆和历史等方面的叙事分析，笔者认为谢邦在这四部小说中为犹太创伤主题找到了一个契合的书写可能，即非自然叙事，并以文本为基础论述了非自然创伤叙事的模式和特点。同时，作为远离大屠杀和犹太流亡历史的美国犹太作家，谢邦为自己找到了一个合适的位置，以往回看的姿态、以非自然的陌生化书写，建立了美国犹太文学与欧洲大屠杀乃至中世纪欧洲犹太流亡史之间的一种历史继承和发展关系。

近二十年来国内美国犹太文学研究综述
——基于 SPSS 统计分析法①

　　为美国犹太文学研究做综述分析,无法回避的首要问题是概念问题。国内外几乎每一部研究专著都要从命名入手,试图为美国犹太文学这个业已成果显著的文学领域寻找一个定义。虽然"美国"和"犹太"这两个词孰先孰后之争在学术界基本达成共识,但对这个共识的解释是必不可少的。美国犹太文学还是犹太美国文学之争,实则是"哪一个是前景(foreground)、哪一个是背景(background)"之争,或者"哪一个是属性、哪一个是本性"之争。国内犹太文学知名学者乔国强教授在其专著《美国犹太文学》的开篇分析了美国犹太文学和犹太美国文学这两个术语的内涵和外延的不同指向,指出美国犹太作品中的犹太文化因素,是和其他文学作品的本质区别。(乔国强,2008:3)正是这种犹太性,即或明或暗的犹太身份,使美国犹太文学作品与其他族裔作品有所区别,形成这些作品中独特、持久的魅力。

　　进入二十世纪后,美国犹太文学的发展进入黄金时期,相关作品、作家倍受世界瞩目。国内研究从二十世纪八十年代起步,发展至今已有大量文章和专著成果。那么国内关于犹太文学研究的文献成果发展到了什么程度? 论文发表的数量有什么趋势? 研究范围和方法有什么发展、特点和不足? 为了回答这些问题,笔者将运用 SPSS 统计软件,使用统计学中的概率

---

　　①　本文为笔者的前期研究成果,"近二十年"指 1995—2014 年。

分析、方差分析和回归分析方法，以中国知网（CNKI）收录的国内近二十年的文献为研究样本，对美国犹太文学研究文献、其他族裔文学研究文献、研究的主题范围、文献的被引情况和主要期刊刊载情况进行数值观测、趋势观察和相关对比分析，试图归纳国内美国犹太文学研究的主要特点，并指出有待解决的研究问题等。

一、国内美国族裔文学研究文献发表趋势对比

美国犹太文学的发展可以分为三个阶段。（Seaman，2005：54）第一阶段发生在十九世纪到二十世纪初的欧洲犹太移民时期。第二阶段是二十世纪下半叶到二十世纪末。这个阶段出现了一批令世人瞩目的犹太作家，如伯纳德·马拉默德（Bernard Malamud）、索尔·贝娄（Saul Bellow）、菲利普·罗斯（Philip Roth）、艾萨克·辛格（Issac Singer）、辛西娅·奥兹克（Cynthia Ozick）等。这些伟大作家的作品触及"二战"大屠杀创伤、犹太身份危机、美国文化同化等典型犹太主题。这些出现在二十世纪五十年代后的作家相继赢得了美国和国际上的文学大奖，其中贝娄和辛格分别于1976年和1978年获得了诺贝尔文学奖，贝娄的作品"融合了对人的理解和对当代文化的精妙分析"，而辛格的作品"保留了东欧犹太人即将消失的传统，并以热情奔放的叙事艺术，生动地描绘出人类的处境"。第三个阶段是进入二十一世纪后至今。这个阶段出现了大量优秀的美国犹太文学作品和作家，这些作家已经成为主流文学的重要力量，包括麦克·谢邦（Michael Chabon）、乔纳森·福尔（Jonathan Foer）、妮可·克劳斯（Nicole Krauss）、史蒂夫·斯特恩（Steve Stern）、米拉·葛波德（Myla Goldberg）、朱莉·奥瑞格（Julie Orringer）、拉若·凡普纳（Lara Vapnyar）、大卫·贝兹默杰斯（David Bezmozgis）等大批美国犹太青年作家。其中，倍受读者和批评家关注的美国当代作家谢邦，获得美国普利策小说奖、雨果奖最佳长篇小说奖等文学奖项，被称为当代的赛林格和厄普代克。

那么国内关于美国犹太文学的研究情况如何呢？国内的美国犹太文

学研究发展至今已近三十年,多所高校成立了犹太文学研究中心或族裔研究中心,其发展大致分为两个阶段:二十世纪七十年代至二十世纪九十年代末,以及二十一世纪初至今。[①] 第一阶段可以说是开拓时期,当时的知名学者如梅绍武先生、冯亦代先生、郭继德先生、杨仁敬先生等把辛格、马拉默德和罗斯带入国内犹太文学研究视野之中。这个阶段的犹太研究文献以评介性或欣赏性居多。(乔国强,2009:33)第二阶段的特点是出现了多部全面系统研究犹太文学发展的专著,以及专题研究特定犹太作家的著作和硕博士论文。这一时期的作品,如刘海平教授、王守仁教授主编的《新编美国文学史(第四卷)》(2002),刘洪一教授的专著《走向文化诗学——美国犹太小说研究》(2002)和乔国强教授的专著《美国犹太文学》(2008),结合文化、历史和文论研究梳理美国犹太文学发展,将国内犹太文学研究推向了学术研究的高度,为年轻学者研究美国犹太文学提供了重要指南。

　　美国犹太文学作为美国族裔文学的一个分支,其发展是否与美国黑人文学、华裔文学、印第安文学的发展相互影响?就国内研究来说,犹太文学、黑人文学、华裔文学和印第安文学的研究在所发表文献的数量上有什么特点呢?笔者分别以"FT＝犹太文学 and FT＝美国 and YE＝19950101—20141214""FT＝黑人文学 and FT＝美国 and YE＝19950101—20141214""FT＝华裔文学 and FT＝美国 and YE＝19950101—20141214""FT＝印第安文学 and FT＝美国 and YE＝19950101—20141214"为搜索条件,分别调出 CNKI 数据库文献来源,包括中国学术期刊网络出版总库、特色期刊、中国博士学位论文全文数据库、中国优秀硕士学位论文全文数据库、中国重要会议论文全文数据库、国际会议论文全文数据库和中国重要报纸全文数

---

　　① 　笔者此处的划分是根据乔国强教授在 2009 年发表的文章《中国美国犹太文学研究的现状》归纳得出的。该文的三大部分分别是"二十世纪七十年代以后的研究状况""二十一世纪初的研究状况""美国犹太文学的特点与研究中一些值得重视的问题"。参见乔国强:《中国美国犹太文学研究的现状》,《当代外国文学》,2009(1):32—46.

据库。为简化指代,下文统称为"CNKI 数据库"。从 1995 年到 2014 年收录的全文中包括"犹太文学"和"美国"、"黑人文学"和"美国"、"华裔文学"和"美国"、"印第安文学"和"美国"的文献。对原始数据进行审核、筛选等预处理后,形成了频数分布图(见图 1),四条曲线自上而下分别代表:美国黑人文学、美国华裔文学、美国犹太文学、美国印第安文学。

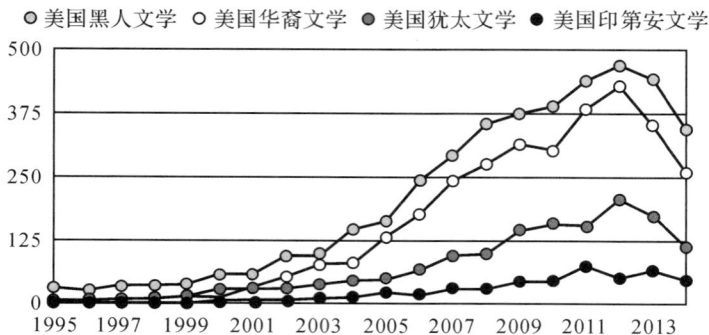

图 1　美国族裔文学研究文献发表情况(1995—2014)

从图 1 可以清楚地看出,美国族裔文学研究的文献发表情况在 1995—2000 年处于相似的发展态势,数量没有显著的增加。这说明确实如上文所说,第一阶段是开拓时期,主要是少数先锋人物发表的数量有限的研究著作,如梅绍武先生、冯亦代先生、郭继德先生、杨仁敬先生等的研究。一种研究从引入到繁荣需要一定的接受和传播时间,尤其在互联网和国际化没有当今发达的二十世纪,美国文学作品的出世、美国文学评论的跟进从太平洋彼岸通过纸媒进入中国并传播开来,时间的滞后显然是在情理之中的。

从图 1 可知,2001 年开始,四类族裔文学研究的发展态势开始出现差距,这种差距在 2006 年左右呈扩大趋势,并分别于 2011 年或者 2012 年达到高峰,其中印第安文学研究文献数量的增长最不明显,而黑人文学和华裔文学研究文献的数量从 2007 年开始异军突起,迅速增加。从整个族裔文学研究的发展来说,2000 年的"9·11"事件、亨廷顿关于文明冲突观点的广为接受,以及 2007 年美国第一位黑人总统的诞生,都不同程度地起到了推动发展的作用。

　　四类研究的发展态势尽管程度不同，但方向一致，可以推断，它们对彼此的影响呈正相关。一方面，这印证了乔国强教授对犹太文学第二个阶段的特点的说明，即进入二十一世纪后，美国犹太文学进入全面系统且更加学术化、专业化的发展时期。另一方面，这种发展变化说明除犹太文学自身的独特魅力之外，它还受到其他族裔文学研究的影响。笔者运用回归分析方法，以检验美国犹太文学研究和黑人文学研究之间的相关性是否显著（a＝0.01）。把 1995—2014 年美国犹太文学研究和黑人文学研究的文献发表数据输入 SPSS 统计软件中，绘制散点图（见图 2），计算 Pearson 相关系数分析变量间相关性的强弱。

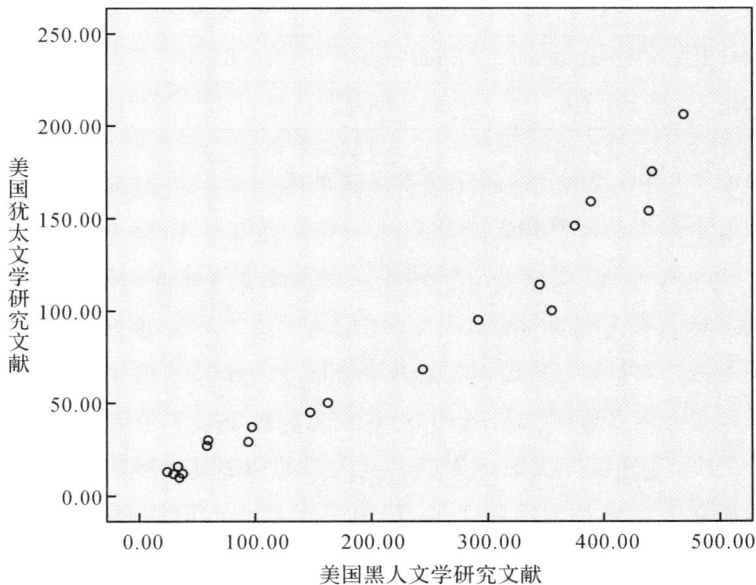

图 2　美国犹太文学研究文献与黑人文学研究文献的相关性

　　图 2 表明，美国犹太文学研究文献的发表数量和美国黑人文学研究文献的发表数量有较强的线性关系。粗略地看，犹太文学研究文献的发表数量受到黑人文学研究文献发表数量的影响。下面利用计算相关系数的方法对它们之间的线性相关性做进一步的分析，见表 1、表 2。

表 1　美国犹太文学研究与黑人文学研究文献的相关性

		美国犹太文学研究文献	美国黑人文学研究文献
美国犹太文学 研究文献	Pearson 相关	1.000	0.976**
	显著性（双尾）/p	—	0
	N	20	20
美国黑人文学 研究文献	Pearson 相关	0.976**	1.000
	显著性（双尾）/p	0	—
	N	20	20

** 相关性在 0.010 层上显著（双尾）。

表 2　美国犹太文学与黑人文学研究文献的描述性统计数据

	平均数	标准偏差	N
美国犹太文学研究文献	74.9000	63.65855	20
美国黑人文学研究文献	206.2000	165.02746	2

　　由表 1 可知，美国犹太文学研究文献的发表数量和美国黑人文学研究文献的发表数量的简单相关系数为 0.976，p 值近似为 0。因此，当显著水平为 0.050 或 0.010 时，都应拒绝相关系数检验的零假设，认为两者整体存在线性关系。表 1 中相关系数右上角的"**"表示显著性水平为 0.010 时可拒绝零假设，说明二者呈显著正相关关系。这说明时间和不同族裔研究对发表数量有显著影响。利用 SPSS 回归分析能够科学地证明各因素之间的相关程度，为分析提供统计佐证。从表 2 可以看出，美国黑人文学和犹太文学研究的发展是显著相关的，国内关于这两方面的研究是相互推动的，这一结论为近年来合并研究黑人文学和犹太文学提供了可能性。

　　另外，作为族裔文学中的一个重要分支，是否可以走出犹太文学研究的族裔局限呢？无论是从图 1 中呈现的四类族裔文学研究的趋势相关性，还是从文学发展本身而言，都给学者们提供了一种新的研究可能：把美国犹太文学研究、美国黑人文学研究、美国华裔文学研究和美国印第安文学研究纳入对比的视野，以社会科学的方法，在人文研究的基础上，探讨族裔文学研究的共性和特殊性,探讨在整个文学发展史中,在美国族裔社会群体发展的大背景下,作为整体的族裔文学和作为个体的美国犹太文学研究是否有独特的发展形态。

二、国内美国犹太文学研究范围和方法的回顾分析

对近 20 年 CNKI 数据库中的犹太文学研究文献进行微观样本分析时,针对这些样本的研究主题、视角和范围进行数据再筛选,不难发现这些研究的主题、视角和范围呈多元化发展态势。本部分将通过关键词对这些研究的主题、视角等进行比例统计分析,并结合文学史寻找数据形成的深层原因,更加明确地把握国内美国犹太文学研究的关注点分布情况。第一部分提取的美国犹太文学研究文献的样本共 1510 篇,通过 CNKI 数据库获得这些文献的关键词排名,完成第一步数据收集。筛选和预处理时需要特别注意其中相似的关键词,需将相似的关键词相加重新计算再排序。例如,作为独立关键词的"犹太人""身份""文化身份""犹太身份"等,关注点都是研究美国犹太人在美国主流文化社会中被同化和模糊的文化身份带来的痛苦和焦虑,所以应将这些数据相加作为一个关注点。对数据预处理后整理了 9 个方面的数据,分别是:身份(121 篇)、犹太性(98 篇)、异化(97篇)、犹太文学(93 篇)、犹太文化(81 篇)、受难救赎(66 篇)、美国梦(37篇)、犹太教(30 篇)、创伤大屠杀(28 篇)。分布情况如图 3 所示。

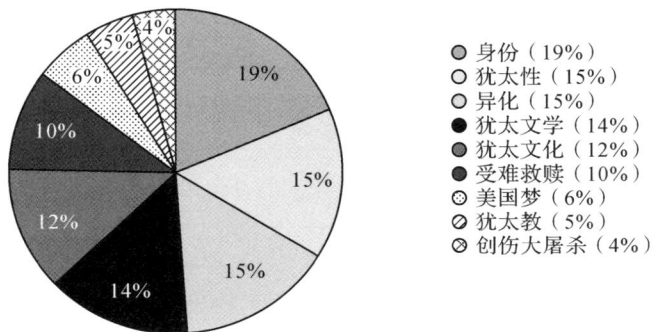

身份(19%)
犹太性(15%)
异化(15%)
犹太文学(14%)
犹太文化(12%)
受难救赎(10%)
美国梦(6%)
犹太教(5%)
创伤大屠杀(4%)

图 3　国内美国犹太文学研究的关注点

　　如图 3 所示,国内美国犹太文学研究最为关注的三个主题是"身份""犹太性""异化"。为什么最受关注的是以上三个主题?哪些作品、哪个时期的作品中常触及以上主题?无疑,"二战"后的作品人物通常都处于美国主流文化和犹太根文化身份的矛盾冲突中,他们无法找到立足点而成为边缘人,或者陷入迷茫焦虑之中,或者走向精神崩溃。例如,贝娄《摇来晃去的人》(1944)中的约瑟夫、《只争朝夕》(1956)中的威廉和《赫索格》(1964)中的赫索格,马拉默德《呆头呆脑的人》(1952)中的霍布斯和《店员》(1957)中的莫里斯,辛格《冤家——一个爱情故事》(1970)中的布洛德和《傻瓜吉姆佩尔》(1957)中的吉姆佩尔,以及罗斯《疯子伊莱》中的伊莱和朱克曼系列作品中的朱克曼。二十世纪五十年代之后,大量作品集中反映"二战"后人们的精神危机、身份危机和异化生存状态,痛斥战争摧毁了传统社会的理性秩序,击垮了赖以生存的信仰根基。在这样的背景下,疯子小说、"他者"形象、荒诞派等成了二十世纪五十年代之后美国文学画布上的重头颜色和线条。美国犹太作家率先感受到这种时代精神,创作出大量的作品,提出身份危机所折射的整个社会的生存悖论问题。由此可以发现,研究二十世纪下半叶的犹太文学,其热点就是身份危机。或者说,如果研究文献的题目中包含这样一个热点词汇,文献的使用率和被引率就有可能提高。CKNI 数据库所收录的国内相关文献按照被引率由高到低排名,前 8 位如表 3 所示。

表 3　国内美国犹太文学研究文献被引率排名(前 8 位)

题名	作者	发表总数(篇)	来源	被引(次)	发表时间(年)
《身份隐喻背后的生存悖论——读菲利普·罗斯的〈人性的污点〉》	袁雪生	28	《外国文学研究》	42	2007
《从种族到人性——对索尔·贝娄文化身份及其小说人物文化身份的辨析》	龙纲要	5	《湖南师范大学社会科学学报》	25	2005

续　表

题名	作者	发表总数（篇）	来源	被引（次）	发表时间（年）
《论马拉默德小说创作中的自然主义倾向》	曾艳钰	35	《外国文学研究》	23	2003
《艾·辛格小说创作的源流与特色》	程爱民	41	《南京林业大学学报（人文社会科学版）》	22	2001
《犹太文化与犹太身份：美国犹太文学人物剖析》	胡碧媛	29	《南京邮电学院学报（社会科学版）》	22	1999
《当代美国小说与族裔文化身份阐释》	江宁康	46	《解放军外国语学院学报》	20	2005
《评〈拉维尔斯坦〉的文化母题：寻找自我的民族家园》	江宁康	46	《当代外国文学》	18	2006

注：考虑到重名的问题，笔者对数据进行了预处理。

　　研究文献的题目直戳热点成为被搜索和被引用的重要因素，这一结论是否合理呢？被引率的高低是否还受其他因素的影响，比如文献作者的学术成就及文献的发表时间？是否作者的学术成就越高，他的文章的被引率就越高？是否发表时间越早，被引用的就多呢？考虑到以上问题，笔者此处将运用多元回归统计分析，把被引率作为因变量，把作者的发表总数（CNKI 数据库收录）和发表时间作为两个自变量，进行相关性分析。因变量采用原始数据，即被引率，自变量发表总数也采用原始数据。发表时间的数据需要处理，因为就数字意义上说 1 和 9 的差别还是很大的，而 2001和 2009 的差别因基数太大而受到稀释，所以采用 2014 减去每个发表年度后得到的计算结果，测量被引率和发表总数是否受距今时间年数的影响。把三个变量输入到 SPSS 统计软件后，绘制散点图，计算 Pearson 相关系数分析变量间相关性的强弱，得到图 4。

　　由图 4 可知，文献的被引率、文献作者的总体发表数量、文献发表距今年数之间没有明显的线性关系。因此粗略地看，被引率不受作者发表总数和发表时间的影响。下面利用计算相关系数的方法做进一步分析，得到表 4。

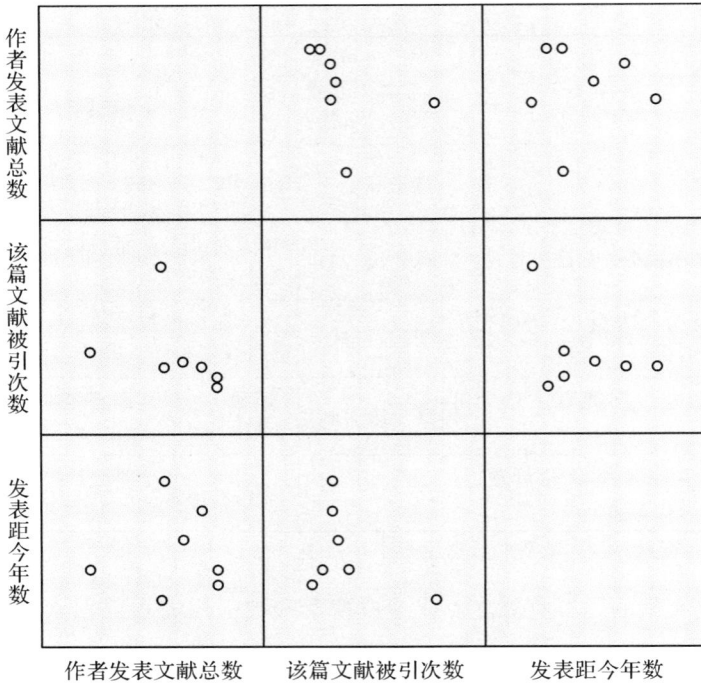

图 4　文献发表相关性分析

表 4　文献发表相关性分析

		作者发表 文献总数	该篇文献 被引次数	发表距 今年数
作者发表 文献总数	Pearson 相关	1.000	−0.375	0.042
	显著性（双尾）/p	—	0.408	0.929
	N	7	7	7
该篇文献 被引次数	Pearson 相关	−0.375	1	0.415
	显著性（双尾）/p	0.408	—	0.355
	N	7	7	7
发表距 今年数	Pearson 相关	0.042	−0.415	1
	显著性（双尾）/p	0.929	0.355	—
	N	7	7	7

由表 4 可知,被引率与作者发表文献总数的简单相关系数为-0.375,与发表年数的相关系数为 0.415,相关系数检验的 p 值分别为 0.408 和 0.355。因此,当显著性水平为 0.050 或 0.010 时,没有足够拒绝相关系数检验的零假设,认为它们之间不存在线性关系。也就是说,文献的被引率受到作者总体发表数量和距今发表年数的影响不大。那么,影响被引率的因素从统计分析上可以排除作者发表总数和发表距今年数。

回到一开始提出的问题,从文献的标题来看,被引率较高的文献标题包含研究关注点"身份"(最热研究主题),或者包含接下来要探讨的当下最受关注的作家名字。这个推测只是一个可能。值得注意的是,对这个推测应该辩证思考:一方面,虽然借助参考热点关键词可以发现当下研究的重心所在,年轻学者可以有方向地进行学术研究,但是热点同时意味着该领域的研究探索可能已经非常全面而难以再有创新了。另一方面,对于那些占比极低的关键词,应该进一步分析其所属文献的发表时间,因为它有可能是一个新的风向标。比如,在图 3 中占比极少的"创伤大屠杀"和"受难救赎"主题就是近年来兴起的。学者们回顾"二战"之后近五十年的作品,发现相似主题的作品大量出现,这渐渐形成了一个类型的小说,即大屠杀文学。进入二十一世纪,开始出现关于大屠杀文学的专著。比如,阿兰·伯格(Alan Berger)和格罗里亚·克罗宁(Gloria Cronin)在其主编的《犹太美国人和大屠杀文学》(2004)中分析了犹太文学作品中的大屠杀主题和呈现的大屠杀文学特点,并且提出了犹太文学和大屠杀文学的共通之处(Berger,2004:3)。伯格指出:"虽然马拉默德走了,贝娄的创作也结束了,罗斯还在其事业的高峰,二十世纪的孩子们将成为马拉默德、贝娄和罗斯继承传统。"(Berger,2004:1)美国年轻一代犹太作家不乏明日之马拉默德,比如上文中提到的麦克·谢邦。那么作家研究方面,国内的研究情况如何呢?

作家研究是国内犹太文学研究的一个重要方面。在对 CNKI 数据库中的文献进行关键词搜索时,其中包括研究的作家名字。在 CNKI 数据库的搜索结果中,榜上有名的依然是上文提到的第二阶段的犹太作家,如马拉默德、罗斯、贝娄、辛格和奥兹克,而对二十一世纪的作品及作家的研究寥寥无几。

这一现象一方面说明，国内专题作家研究已经非常成熟，从近几年出版的专题作家研究专著可以得到佐证，如贝娄研究专著，包括《贝娄》(2003)、《索尔·贝娄作品中的权利关系和女性表征》(2004)、《索尔·贝娄作品的伦理道德世界》(2010)；辛格研究专著，包括《辛格研究》(2008)、《艾萨克·辛格短篇小说的叙事学研究》等。另一方面说明，国内学者对美国犹太文学的作家研究依然停留在第二阶段。而国外学术界早已开始对第三阶段的犹太作家及其作品展开分析研究，相关研究颇有建树。如专题研究麦克·谢邦的著作目前已经有三部，国外文献数据库 EBSCO 收录的期刊文献已经超过一百篇。相比之下，CNKI 数据库中没有搜索到一篇研究谢邦的学术论文，仅有的一篇介绍性文章出自《书城》。由此可以发现，国内学者对第三阶段，即二十一世纪的犹太文学作品的研究不多。在信息时代，研究当代美国犹太文学的技术障碍已然破除，资料获取方式的重大变化使研究不再局限于传统的纸媒方式，这促使了学术研究的时空变化，使研究当代美国犹太文学成为可能。

三、结语

本书通过历时和共时两个维度回顾了近二十年来国内美国犹太文学研究的发展趋势和研究热点的分布情况。一方面，从 CNKI 数据库中提取数据，统计分析近二十年来国内美国华裔文学、印第安文学、黑人文学和犹太文学研究的发展趋势，并且对这段时期内四类族裔文学研究的增长趋势进行相关对比，发现国内四类族裔文学研究的发展呈正相关，都是前十年缓慢增加，后十年迅猛增加的趋势。这个发现可以从二十一世纪民族文化研究的兴起得到解释，这也预示了未来跨族裔研究的可能性。另一方面，把近二十年来 CNKI 数据库收录的犹太文学研究文献作为一个数据库做共性研究，发现其中"身份"主题研究占比最大，结合近几年犹太作家专著的不断推出，可以发现目前国内犹太文学研究学者的主要研究对象依然是二十世纪下半叶的作家及其作品，而对正处于第三阶段的二十一世纪的犹太作家及其作品的研究还寥寥无几。这一阶段的作家作品值得给予更多的关注，期待国内美国犹太文学研究的第三阶段的到来。

目录 Contents

第一章 绪 论

第一节 研究对象和选题意义

麦克·谢邦(Michael Chabon,1963—)是美国当代著名犹太作家。他在二十五岁出版的处女作小说《神秘匹茨堡》(*The Mysteries of Pittsburg*,1988)创下了当时新人作家最高预付版税的纪录,小说更是为他赢得了"塞林格和厄普代克接班人"的金童美誉。长篇小说《卡瓦利与克雷的神奇冒险》(*The Amazing Adventures of Kavalier & Clay*,2000)为谢邦赢得普利策小说奖。2007年出版的长篇小说《意第绪警察联盟》(*The Yiddish Policemen's Union*)先后获得星云奖、雨果奖、卢卡斯奖等。谢邦被称为天才作家,在虚构世界里讲述着百味人生,是一位"多面手的作家"(Cahill,2005:16)。他和乔纳森·福尔(Jonathan Foer)等被《纽约客》杂志评为"美国当代类型小说写作的代表作家之一",并因为其坚持写作的犹太主题被视为重新审视美国犹太身份的作家(Saldivar,2013:3)。同时,谢邦还被视为关心美国犹太人和其他族裔相互制动关系的犹太作家(Freedman,2012:33)。谢邦对历史和命运、流亡和救赎、民族和道德等主题的关注让评论家们看到了他在制造阅读娱乐之外注入的严肃思考,因而被称为"索尔·贝娄(Saul Bellow)和弗拉迪米尔·纳博科夫(Vladimir Nabokov)的接班人"(Rosenfeld,2007:35)。事实上,谢邦对犹太文化和历史的呈现具有独特的叙述特色,他在多部小说中呈现的大屠杀故事都融入了神秘和魔幻的色彩,被赞是当代作家审视和书写历史的新姿态(Behlman,2004:62)。

　　谢邦的小说关注处于困境中的失意犹太人,把普通小人物放置在压迫、暴力和不公正等社会大环境中和动荡的历史时期,反映小人物悲惨失意、痛苦挣扎的生存状况,以及他们在破碎、暴力、战争、贫穷和没有希望的年代里的奋力挣扎与痛苦奋斗。这些犹太小人物往往都生活在过去的创伤阴影中,同时又抓住丝丝希望,因而作品往往呈现出一种令人感动的、向上的、积极的、尚存微弱希望的力量。总的来说,谢邦的小说常常展现出犹太个体曲折人生和犹太民族流亡历史之间的交织互动和紧密联系。小说在个体与族群、日常和历史之间建立了一个独特的叙述视角。谢邦小说的地理空间和时间跨度巨大,远至中世纪的欧洲,近到现代的美国,他笔下的人物大多因失去挚爱的亲人而落魄生活,备受创伤记忆羁绊,迷失在各种困境中。谢邦的犹太写作具有隐喻性,个体的窘境和族群的灾难在故事中呈现出某种奇异的交织,既透过个体讲述历史,又通过历史审视个体。这些个体和历史的再现共同表达了犹太人在欧洲的绝望、犹太人的持久的创造力和他们在新世界里的希望。

　　目前对谢邦作品的研究主要集中在大屠杀主题和犹太文化方面,而少有对文本的叙事研究。尽管有部分文章探讨了谢邦对类型小说的喜爱及其文类杂糅艺术,但只是停留在类型创新的方法和表现上,鲜有学者将谢邦的叙述特点和他的文学思想进行关联探讨。更重要的是,作为二十一世纪新生代美国犹太作家,谢邦的小说具有明显的犹太色彩,无论在人物刻画,还是在主题烘托上,都体现了当代作家对犹太文化和犹太民族的特别关注与独特思考。本书的意义和价值既在于研究对象与方法的创新,还在于对发展中的美国当代犹太文学和犹太主题的深入思考。本书通过将宏观历史和微观文本、叙事形式和深层主题相互结合,挖掘成绩斐然的新生代美国犹太作家麦克·谢邦的创作艺术,拓展了国内的研究领域,和其他研究当代美国犹太文学的学者共同构建了探讨二十一世纪美国犹太文学的图景。此外,本书继续关注犹太民族的永恒主题——创伤叙事,从最新的非自然叙事的理论框架中研究新生代作家的创伤小说世界,因而具有一定的文学、历史和人文意义。

　　本书将借用非自然叙事的方法考察这位新生代作家的后现代作品中的典型犹太创伤主题。非自然叙事是叙事学近年来发展的新理论。非自然叙事中的"非"字并无贬义,而是用叙事学的方法研究包含奇异特点的文本。非自然叙事往往具有陌生化效果,具有试验、跨界和非传统的特点。另外,非自然叙事是非模仿的,和传统的模仿叙事不同,它打破了模仿的原则,突破了现实的边界(Alber et al.,2011:4)。非自然叙事还聚焦不可能的世界,比如物理上不可能的世界,或是逻辑上不可能的世界。这主要体现在后现代和科幻(魔幻)的文本中。当代美国犹太作家谢邦的作品具有超现实和反模仿的色彩。他的作品往往结合历史和现实、真实和虚构,融入大量犹太民族的神秘因素。不仅如此,他笔下的人物往往是极端恶劣条件下的平凡人物,因挣扎在毁灭的边缘而经历某种神秘遭遇。这些人物形象的塑造和故事情节的发展往往都颠覆了传统模式,从而以不可思议的方式讲述了难以讲述的创伤故事,并通过犹太人的个体苦难和民族创伤肯定苦难中坚持的力量。通过非自然叙事理论研究谢邦作品中的犹太创伤世界,不仅可以从技巧和叙事策略上分析归纳谢邦小说的普遍模式,还可以因形见义,挖掘形式背后的深刻主题和人文内涵。

　　对谢邦及其作品的研究国内鲜有人涉足,而国外研究中已经出现少量导读性书籍和一批优秀的评论文章。谢邦作品呈现的非自然叙事策略与犹太创伤主题具有某种共鸣、契合和关联,值得深入研究。简而言之,本书的意义可以归纳为以下三个方面。

　　第一,二十一世纪美国犹太文学成绩斐然,作为普利策小说奖获得者,谢邦已经受到美国文学研究学者的广泛关注,然而国内对谢邦及其作品的研究基本处于空白。本书作为一项开拓性研究,可以为国内二十一世纪的美国犹太文学研究助一臂之力。

　　第二,非自然叙事理论是叙事学发展的最新成果,起于二十世纪八十年代,盛于近十年。非自然叙事将陌生化理论引入叙事学,另辟蹊径,准确抓住了后现代文学和当代文学的创作风格。本书借用非自然理论的框架研究文本,有助于国内学者从文本的角度理解非自然叙事的理论和研究方法,也为文本分析提供了另一种可行的视角。

第三,犹太创伤主题是犹太文学的一个母题。在二十一世纪多元文化、女性主义、酷儿理论、后殖民思潮等的影响下,这个母题呈现出新的形式和矛盾,这在谢邦的小说中呈现出新的特点和思路。

第二节　麦克·谢邦小说研究综述

在我国的美国犹太文学研究领域,对生于"二战"后的新生作家的关注和研究尚处于初始阶段。麦克·谢邦的名字在国内的研究文献中鲜有出现。国外对谢邦及其作品的研究开始于二十世纪九十年代。在过去的二十多年间,英美文学批评界已经发表了百余篇文章,出版了多部研究专著。从研究对象和主题上大致可以划分为六类,即谢邦小说的锡安主义研究、大屠杀主题研究、犹太身份和犹太性主题研究、文类杂糅研究、或然历史(Alternate History)研究、时空叙事研究。

一、谢邦小说的锡安主义研究

谢邦的《意第绪警察联盟》因为虚构了以色列国的覆灭和中间阴谋而引起美国与以色列学界的激烈争论。争论的核心问题是:谢邦的这一虚构小说是否代表了他对锡安主义的态度,具体为何种态度。有学者认为谢邦的这部作品对以色列国和锡安主义都充满了"大不敬",露丝·维斯(Ruth Wisse)对谢邦小说中的反锡安主义提出了强烈的批评。谢邦在小说中改造了大量意第绪语,用美语化的意第绪语命名街道和建筑。维斯认为谢邦使用了不纯正的意第绪语,认为他虚构的这个犹太国度和不纯正的意第绪语充分说明他对意第绪语和犹太文化的一知半解和"大不敬"。她甚至批评谢邦的作品只能糊弄那些对欧洲犹太文化所知甚少的读者。最让维斯愤怒的是,谢邦在小说中虚构了以色列国被阿拉伯国家灭亡,并编造了一个犹太复国阴谋。维斯说："文学崇尚虚构，比如莎士比亚的《冬天的故事》，即使虚构的这个西西里陆地国家有海岸线也没有关系。……但是，把一个犹太宗教故事夹杂进'基地'组织那样的军事训练和阴谋似乎有失公允。"（2007：75）总的来说，维斯认为谢邦所虚构的这个阴谋故事对哈西德派、以色列国和犹太历史充满不敬，既粗鲁又缺乏原创。维斯的这个观点代表了一部分批评者的声音。凯尔·史密斯（Kyle Smith，2007）认为《意第绪警察联盟》是一部反犹作品。

针对维斯的观点，丹尼尔·安德森（Daniel Anderson）则反驳说，谢邦在《意第绪警察联盟》中虽然表达了对锡安主义的批评，但是这不是谢邦的根本目的。同样，安德森不同意维斯过于关注小说触发的政治神经。他认为，谢邦在小说中对空间和身份的讨论更有价值和意义。（2015：88）在安德森看来，谢邦在阿拉斯加虚构了一个另类地理空间的犹太国度，讲述犹太极端复国组织重返耶路撒冷和重建以色列国的阴谋故事，是为了说明犹太人的集体身份和地理空间的复杂关系及相互影响。地理空间意识的强化令犹太人身份问题更加棘手和复杂化。小说中的黑帽哈西德犹太人居住在拥有严密组织和排外的社区内，而社区内和社区外的犹太人之间相互嘲弄的习俗，制造了犹太人内部的分裂。就像中东局势一样，犹太身份的概念强化只会加剧和升级空间内的冲突与矛盾。小说中的一些犹太人过于强调犹太身份的差异性，导致东欧的犹太人、美国的犹太人、阿拉斯加的印第安人混血犹太人之间互生不满、隔阂、嫌隙和仇恨。安德森的观点建立在对故事和人物的分析上，在急于为谢邦辩护的同时，把谢邦的犹太观简单化了。谢邦的故事中不乏阴谋，但不能说阴谋的产生源于复国主义。客观来说，阴谋和故事一样无处不在。谢邦对锡安主义的态度并不是安德森分析得那么明朗，相反，他对参与复国计划的拉比充满同情的描写使得他对锡安主义的态度充满了矛盾和暧昧。

另外，就锡安主义涉的空间和身份的关系而言，安德森强调地理空间意识会对身份建构产生负面影响。诚然，在谢邦的多部小说中，如在《意第绪警察联盟》、《最终解决》（*The Final Solution*，2004）和《卡瓦利和克雷

的神奇冒险》中,空间叙事占据了大量篇幅,不仅小说的故事情节涉及各种
跨境或跨大洲的地理空间上的移动,而且文本中存在大量具有历史、文化
和民族寓意的空间意象。地理空间的叙事往往烘托和强化了人物的内心
情感、人物关系和族群身份等。但是,空间意识和身份建构的相互关系是
辩证和多面化的,或者说,二者既相害也相生。更何况,空间和身份的互动
关系是不可避免的。因而,安德森的分析单方面强调了空间和身份的互害
关系,而忽略了两者的相辅相成。

二、谢邦小说的大屠杀主题

大屠杀历史通常作为故事背景出现在谢邦的多部小说中。安娜·亨
特(Ann Hunter)、安杰依·加斯雷克(Andrzej Gasiorek)、斯蒂夫·克拉普
斯(Stef Craps)、格特·布兰斯(Gert Buelens)等众多学者研究分析了谢邦
多部小说中出现的大屠杀历史背景。克拉普斯通过分析隐喻意象指出《最
终解决》揭露了殖民和大屠杀给人类带来的无法言明和难以忘记的内心创
伤。(Craps & Buelens,2011:570)安杰依·加斯雷克通过比较谢邦和霍华
德·雅各布森(Howard Jacobson)的小说总结了大屠杀文学的特征。他认
为,谢邦在《卡瓦利和克雷的神奇冒险》中引入历史现实,通过科幻写作手
法,再现了大屠杀历史在下一代受害者身上造成的创伤记忆和绵绵不断的
对未来的影响。历史记忆的叙事策略在谢邦的小说中表现突出,可惜相关
评论不多。

除了上述大屠杀主题的分析,不少学者对大屠杀小说的合法性提出了
疑问。安娜·亨特认为,当代作家笔下的大屠杀叙事不同于幸存者回忆
录,因为作者不具备切身体验,缺乏叙事者的权威地位,所以必须在文本中
构建另一种权威叙事。这种权威叙事一方面来自大屠杀元叙事,即大屠杀
的创伤和救赎主题,另一方面来自读者对大屠杀的认知。因此小说的大屠
杀叙事就不能通过历史事件的讲述,而是通过奇异的或陌生化的感受调动
读者对大屠杀的前知识。亨特指出,谢邦的小说《最终解决》就是通过各种
神话元素,如神话主题、形象和结构等刺激读者的阅读体验从而调出前知

识,获得对大屠杀的感受和理解。小说通过会唱歌、说话的鹦鹉呈现出一个魔幻现实主义世界。亨特认为,创伤叙事和幸存者叙事常常借助神话中的隐喻和象征性表达,使没有亲身体验的读者可以更容易接受和理解。但是她认为这种神话式大屠杀叙事存在局限性,因为它所实现的是一种假象理解:"我们安慰自己说,我见过万丈深渊了,我知道那种感受了,实际上,我们远未体会。"(Hunter,2013:73)亨特的观点代表了相当一部分评论家对大屠杀叙事怀疑的声音,有人认为非亲历者写大屠杀就是造假,也有人提出沉默更可怕。(Bollinger,2013:171)因此,在很多学者看来,使读者理解这场不可理解的暴行,似乎是一项不可能完成的写作任务。

但是,有不少学者持相反的观点。吉莉安·罗斯(Gillian Rose)指出,这种态度将导致"把我们不敢理解的事物神秘化"(1996:43)。雅克·兰西艾尔(Jacques Rancière)也认为类似观点倾向于把难以言说等同于话语禁忌,阻碍了人们对大屠杀的反思和讨论。(Didi-Huberman,2008:157)安杰依·加斯雷克提出,谢邦在《卡瓦利和克雷的神奇冒险》中的大屠杀叙事旨在探讨身份、记忆和历史的关系。(2012:877)加斯雷克认同兰西艾尔的观点,他指出,谢邦借用哥特、科幻、漫画等符像化艺术手法,使大屠杀叙事成为可能,讨论宏观历史大事件对个体微观生命的影响,再现大屠杀幸存者的愤怒、内疚、自责等复杂内心世界,描绘了深受大屠杀阴影折磨的美国犹太难民在重建生活意义和文化价值的旅途中经历的种种波折。

斯蒂夫·克拉普斯从新历史主义的角度分析了《最终解决》诸多指向历史的象征意象和零碎对话,提出了对大屠杀的另一种解读。他指出,大屠杀并不是简单的排犹和屠犹,它不是一个孤立的历史片段。克拉普斯认为大屠杀是西方现代社会种族屠杀的本质反映,它与黑奴史和殖民史一样,是现代性的本质特点即极端理性的结果。克拉普斯引用了西奥多·阿多诺(Theodor Adorno)、马克思·霍克海默(Max Horkheimer)、齐格蒙特·鲍曼(Zygmunt Bauman)等左翼社会学家的观点,解释大屠杀和现代性的直接关系。他认为谢邦在小说里通过构建各种意象和对话把大屠杀置于欧洲殖民史的框架下,从根本上反映了作家反理性、反现代性的思想。

(Bauman,1993:580,583)克拉普斯得出的结论无疑是非常大胆的,他基于文本细读和社会哲学的思考既是跨学科研究的典范,也为理解当代美国文学作品提供了崭新的历史视角。

露丝·富兰克林(Ruth Franklin)在著作中把谢邦列为大屠杀文学的第三代作家。在一个关于犹太魔像的演讲中,谢邦称自己曾认识一位犹太幸存老人。富兰克林和保罗·马莱茨维斯基(Paul Maliszewski)都认为谢邦讲述的这段经历是虚构的。(Franklin,2011:241)谢邦的这个虚构行为说明了大屠杀在其作品中占据重要地位。和露丝一样,阿兰·伯格(Alan Berger)也认为,谢邦代表了没有经历过大屠杀的在美国出生的第三代犹太作家。《卡瓦利和克雷的神奇冒险》的重要性在于它在一定程度上反映了这一代作家对大屠杀的态度和再现方法。在伯格看来,谢邦以现代叙事视角的犹太古老神话映射大屠杀,这种再现叙事方法在当代犹太作家中具有代表性。继而,这部小说提出了当代小说的伦理担当、想象和历史的关系等问题。(Berger,2010:80)

可见,多数评论家非常重视谢邦再现大屠杀所采用的间接叙事方式。谢邦自己在接受采访时也提出,他认为大屠杀的再现应该通过最间接的方式。(Maliszewski,2005:6)格罗里亚·克罗宁(Gloria Cronin)和阿兰·伯格把麦克·谢邦归为关注犹太大屠杀和犹太身份写作的后现代作家。他们同样质疑和反驳欧文·豪(Irving Howe)提出的菲利普·罗斯(Philip Roth)的《波特诺的抱怨》(Portnoy's Complaint)标志美国犹太文学日渐式微的观点。索尔·贝娄一代的犹太作家的小说世界常常表现大屠杀幸存者和"二战"移民对犹太传统道德和世俗化问题的担忧,而大屠杀后犹太作家则将关注点转移到大屠杀对后世的影响,并插入犹太传统和神话元素。他们的作品常常通过非传统的表现形式表达犹太文化和仪式的复兴主题。(Cronin & Berger,2009:XXIV)

为何要书写犹太民族的苦难史？这是大屠杀后犹太作家在故事背后所要表达的重要潜台词。谢邦本人曾把作家和作品的关系比作犹太魔像和它的创造者的关系。他认为文学和魔像一样,都是通过虚构和想象力表达和平、安全与力量的愿望。(Chabon,2009:187)李·贝尔曼(Lee Behlman)认为谢邦笔下的魔像同时象征了犹太人在欧洲的绝望、犹太人的持久的创造力和他们在新世界里的希望。(2004:63)妮可拉·莫里斯(Nicola Morris)则认为魔像同时象征了互为矛盾的无能为力和神奇力量:一方面,魔像无法拯救欧洲受难的犹太人;另一方面,魔像确实成功帮助约瑟夫逃到美国。(Morris,2007:16—22)阿兰·伯格则提出相反意见,他认为,这个魔像并不意味着无能为力,相反,它意味着犹太文化的传承和新生活的希望。因而,《卡瓦利和克雷的神奇冒险》同时展现了美国犹太人和欧洲犹太人的隔断和纽带,魔像和约瑟夫的成功逃脱委婉表达了逃脱梦魇是继续生存的办法之一。(Berger,2010:87)罗伯特·彭斯(Robert Burns)则认为小说最大的成功是画中画的故事结构,即主人公约瑟夫创造的超人月蛾神(Luna Moth)漫画系列。约瑟夫通过创造月蛾神与法西斯和恶魔战斗的漫画故事,宣泄亲人落入法西斯魔爪带来的痛苦,治疗内心的大屠杀创伤阴影。(Burns,2004:45)这些对谢邦大屠杀书写的评论为读者理解单篇小说提供了来自历史、文化和叙事等视角的解读,但是都没有从整体分析谢邦在多部小说中构建的大屠杀叙述模式。

三、谢邦小说的犹太身份、文化和犹太性主题

犹太身份和犹太性在谢邦的小说中是一个永恒的主题。他的小说中的主要人物通常是美国犹太人。丹尼尔·安德森、海伦·迈尔斯(Helene Meyers)、埃里克·萨伯格(Eric Sarrbourg)等从故事空间、社会冲突等方面分析了谢邦小说中探讨的各种犹太身份问题,如精神领土和现实地理空间、多种族融合等。

安杰依·加斯雷克认为,谢邦在《卡瓦利和克雷的神奇冒险》里讨论了大屠杀和犹太身份的问题。主人公约瑟夫的漫画风格经历了多次改变——从最初创造魔像超人,"二战"期间去除超人的犹太痕迹,到多年后重新塑造犹太形象的超人——反映幸存者内心的创伤历程和犹太身份的重建过程。(2012:887)安德里·莱文(Andrea Levine)却认为,主人公克雷

更能体现美国犹太人身份。克雷是一个跛脚、工人阶级出身的犹太同性恋男孩。他指出,克雷的身体残疾、酷儿行为和工人阶级出身是美国二十世纪五十年代美国犹太人被他者化的形象隐喻。莱文的论证基于小说中白人对克雷的观察和论调,他认为白人如露丝等对克雷的歧视不仅是针对他个人的,更是源自种族歧视的断定。(2011:38)海伦·迈尔斯则考察了《意第绪警察联盟》等作品,认为以谢邦为代表的当代美国犹太作家更加关注犹太身份和美国身份的并置。她认为谢邦作品中的人物既是典型的犹太人,又是典型的美国人;另外,作品既指出犹太民族的独特性,又强调这种独特性的普遍性,即个性和共性的辩证关系。(Meyers,2010:186)阿尔文·罗森菲尔德(Alvin Rosenfield)则认为谢邦无法回答犹太人的当代身份问题,谢邦在小说中追寻家园的尝试是徒劳无功的,最终只不过进一步印证了犹太人的流亡命运。这部小说透着深沉的历史忧伤思绪,传递出犹太人身份的本质就是离散和流亡的信息。(2007:40)

关于谢邦作品中的犹太身份问题的讨论,杜格拉斯·福勒(Douglas Fowler)分析了其短篇小说集《大千世界》(*A Model World and Other Stories*,1991)中的犹太男性人物。他指出,作者善用细腻的笔触表达犹太民族潜存的怀旧和感伤情绪。这些男性人物总是机遇不佳而错失良缘,和爱情擦肩而过,多年后再重逢却只剩下唏嘘。福勒认为,谢邦不仅试图言说个人记忆和伤痕,更是映射"犹太民族集体意识"和创伤。(1995:75)安杰依·加斯雷克则进一步指出,谢邦意图表达"个体记忆和历史记忆"在个人身份的构建中扮演重要角色。(2012:887)《卡瓦利和克雷的神奇冒险》中的约瑟夫虽然未曾亲历大屠杀,但是他的家人在大屠杀中丧命,他在美国的生活被打上了愧疚和羞耻的烙印,因而拒绝参加各种派对活动,这强化了约瑟夫的他者和边缘化身份。

谢邦的小说善于讲述犹太人的探险故事,这种叙事模式和它的表达内涵受到很多评论家的关注。丹尼尔·莱文(Daniel Levine)把《卡瓦利和克雷的神奇冒险》和荷马的《奥德赛》进行了多层面的对比分析,认为谢邦借用奥德修斯的探险模式讲述了犹太人背井离乡、历经磨难、成功逃脱和终归故里的历史故事。莱文提出,《卡瓦利和克雷的神奇冒险》在人物刻画、情节安排和内涵主题上都模仿了《奥德赛》,甚至提出后者成为可以表达犹太离散史的叙事模型,从而被谢邦挖掘使用。由此,莱文提出,故事的主人公约瑟夫最终设法解救了犹太人的泥塑魔像,但没有把自己的家人从水深火热的欧洲救出。(Levine,2010:554)约瑟夫的逃脱经历成为犹太人磨难史的原型,讲述了犹太人逃难、幸存和重回家园的故事。莱文的解读基于非常详细的文本细读,既对比归纳了小说叙事的奥德修斯模式,又提炼总结了故事的犹太性主题。

如何用非犹太语言书写犹太民族的故事成为大屠杀后第二代或第三代犹太作家一直苦苦思索的命题。辛西娅·奥兹克(Cynthia Ozick)甚至质疑:"无法想象可以使用非犹太(Gentile)语言写出丰富的犹太想象世界。"(1984:32)马伊拉·西莱博(Maeera Shreiber)认为谢邦在《意第绪警察联盟》中试图创造新意第绪语,"通过大量使用美语杂糅的意第绪语呈现当代美国犹太人的生存状态"(2010:38)。

杜格拉斯·福勒、查理·瓦尔代(Charlie Valdez)和麦克·维特康比(Mike Witcombe)等用传统的文本细读分析方法从人物形象、犹太性、成长创伤等分析了谢邦短篇小说集《大千世界》和散文集《业余男人:一个丈夫、父亲和儿子的幸福和遗憾》(*Manhood for Amateurs*:*The Pleasures and Regrets of a Husband*,*Father and Son*,2009)。福勒从人物成长的角度总结了《大千世界》的人物共性:怀念过去、追忆过往和渴望完整家庭。维特康比从心理分析的角度解读了小说中人物"自我身份的迷失",提出"家庭沟通失败是导致个体身份迷失的根源"(1995:75)。瓦尔代分析了谢邦在其半自传散文集中表达的男性气质和多重身份的建构。约瑟夫·杜威(Joseph Dewey)则从谢邦的创作时间和故事主题着手,认为《大千世界》与谢邦的第二本小说的失败有很大关系[超过千页的《喷泉城市》(*Fountain City*,2010b)手稿被出版商拒绝而最终被谢邦放弃,最后在2010年以手稿批注的形式出版]。比起谢邦在二十四岁发表的第一部青春主题小说《神秘匹茨堡》,《大千世界》在写作风格上更加朴实、深沉,甚至黑暗。十一个不同成长主题的短篇充斥着失望、厄运、失败、沮丧、贪婪、暴力、欺骗等负能量。这些故事里的主人公最终都放弃梦想，屈从残酷的现实。杜威认为它和具有淡淡梦幻色彩的《神秘匹茨堡》形成了鲜明的对比，它摒弃了神秘、梦幻和乐观，而更加接近脆弱的现实。另外，杜威还从作家成长经历出发，提出谢邦父母的不幸婚姻也影响了该书的基调。和谢邦本人一样，小说人物大多在破碎的家庭中成长，缺失幸福的家庭生活。应该说，谢邦的短篇小说都是相当精彩的，不少短篇最终发展成中长篇的素材。谢邦的短篇小说主题鲜明，与长篇小说遥相呼应，对美国当代文化中的犹太身份危机和脆弱家庭关系等问题进行探讨。

四、谢邦小说的文类杂糅现象

拉蒙·萨迪瓦尔（Ramón Saldivar）教授[①]提出，谢邦是对犹太身份和意第绪族裔重新界定的当代重要作家之一。萨迪瓦尔认为，谢邦等作家通过对小说文类形式的创新创造了一种新的后种族主义审美样式，这种文类探索主要表现为"历史类型和多种类型小说的杂糅"（2013：4）。他认为谢邦和其他当代作家对文类的杂糅创新和当下的多民族多元并置的历史现象呼应共鸣，因而其本质是通过文类杂糅反映种族身份的现状。并且，文类杂糅的形式创新进一步促进了现实主义、魔幻现实主义、元小说等文学元素的融合，最终形成了推知现实主义（Speculative Realism）文学。[②] 安杰依·加斯雷克也提出，《卡瓦利和克雷的神奇冒险》"兼容了哥特和科幻文类"，并成功"杂糅了漫画文学和纯文学"。（2012：878）实际上，这种文学创新尚在进行中，而难以对之盖棺定论，但这种文学新思潮的确为我们开启

[①] 萨迪瓦尔是文学评论家，斯坦福大学教授，由于其在身份领域的杰出研究而获得美国总统奥巴马颁发的"美国国家人文奖章"。

[②] 雷·布瑞泽（Ray Brassier）等人在 2007 年的一次国际会议上首次把"推知现实主义"作为一种美学新思潮提出来，国内近几年才开始关注。张法在 2013 年发表的文章中把它翻译为"推知实在论"，也是放在审美和哲学的范畴里讨论的。本文基于文学范畴的考虑把它翻译为"推知现实主义"。

了当代犹太文学的新世界。

欧文·豪和埃利泽·格林伯格（Eliezer Greenberg）曾感叹："美国犹太文学的未来在哪里？它的高峰期是否已经过去？"（1976：16）他担心新生代犹太作家因缺少老一代的移民经历而缺少写作素材。麦克·克拉默（Michael Kramer）著文回应豪的担忧，不仅列举了当代涌现的包括谢邦等大量优秀的美国犹太作家，而且指出"欧文·豪的担忧源于其受限的美国犹太文学界定视野"（2013：558）。他认为，曾经拥有丰富移民经历的伟大作家所关注的美国同化问题，并不是美国犹太文学的全部，而是其中的一个章节。当年的"不是犹太人也不是美国人"的同化问题发展至今，表现为当代自如的双重身份，即"我是美国人也是犹太人"。克拉默对当代美国犹太文学的发展充满信心。他对多元身份并置的拥抱反映出当代族裔作家的主题转向。这个主题转向从形式上表现为多元文类的并置。另外，文类杂糅也是对文类界定的反抗实验。谢邦本人非常反感被归为某个文类作家。他曾多次表示，流行文学样式并不低级。他说："每个人说文类时都很确信它的意思，但事实是难有一致意见。"（Chabon，2004：3）他认为文类是出版商的市场定位策略，是既定的文学传统，而作家的任务是继承并突破。

谢邦小说中常出现如漫画、流行音乐、汽车旅行、城市街头时尚等流行文化。这些流行文化元素在小说中经常占据相当多的篇幅，与人物刻画和主题思想密不可分。同时，谢邦的小说通常杂糅各种流行文学类型，如侦探小说、科幻小说、历史小说、探险小说等。鲍勃·班其乐（Bob Batchelor）、约翰·海斯（John Hayes）等从流行元素和美国文化的角度分析了谢邦小说在打通通俗小说和严肃小说的边界上做出的贡献。史蒂芬·霍克（Stephen Houck）、塞斯·约翰逊（Seth Johnson）、马乔里·沃星顿（Marjorie Worthington）、莫妮卡·洛特（Monica Lautner）等探讨了《卡瓦利和克雷的神奇冒险》和《最终解决》中的文类杂糅写法。这些评论把谢邦对流行文化的关注归根于时代的反映。例如，鲍勃·班其乐认为《天才少年》（*Wonder Boys*，1995）里的人物是典型的"克林顿时代形象"：主人公格雷迪（Graddy）

无论是穿着打扮,还是精神面貌,活脱脱一个二十世纪九十年代中年白人的形象,"如流星般划过一道亮光又遗憾陨落"(Batchelor,2014:29)。鲍勃·班其乐在文中把小说主人公格雷迪和历史上的克林顿总统进行对比,试图勾勒出二十世纪九十年代流行文化所注塑的男性气质图式:混乱的私人生活、成功男人的绯闻等。这种绯闻文化改变了传统的英雄形象,在制造混乱的同时也孵化出更为复杂、多元的价值认同。约翰·海斯则认为谢邦对流行文化的态度是复杂矛盾、喜忧参半的。他分析了《电信大街》(*Telegraph Avenue*,2012)中谢邦所塑造的角色使用的流行用语,谈论的流行事物,如电影《杀死比尔》,并指出小说中出现大量具体到歌手名字、专辑名称及发行年代的流行歌曲。约翰·海斯一方面认为这些流行符号构成了人物生活的一部分,甚至变成了人与人之间的沟通桥梁;另一方面,他提出这些流行符号并不能构成人们交流的全部,有时甚至会成为障碍,但谢邦在结尾处安排的旧日老友重逢相聚的场面,暗示人们可以通过努力超越这些障碍。毋庸置疑,这些评论都是基于艺术来源于生活的理念,把谢邦对流行文化的偏爱归结于流行文化在当代美国生活中的影响力和重要性。事实上,笔者认为,流行文化的题材并不新鲜,但像谢邦这样把流行文化大量写入严肃文学中,以隐喻的方式、隐晦的态度,将易逝、善变的流行元素和永恒、持久的生命情感并置,并不多见。因此,这种流行和严肃、奇幻和现实、虚构和历史杂糅的叙事策略值得分析研究。此外,谢邦的小说似乎已经被打上了杂糅类型小说的标签。

谢邦对类型小说形式的坚持和实验创新不仅成为评论家们津津乐道的话题,还成就了他区别于其他作家的独特文风。塞斯·约翰逊认为,《卡瓦利和克雷的神奇冒险》的故事讲述方式展现出谢邦的创新写作才能,用漫画的形式讲述了"二战"对美国生活的影响。无疑,约翰逊注意到了谢邦在小说中对流行文学和严肃文学的融合。这部小说杂糅了多种类型和题材,把超人漫画和犹太历史传奇、美国社会政治风貌和漫画出版业的发展、"二战"历史和虚构人物逃脱侠等糅合在一起。马乔里·沃星顿认为,谢邦在《最终解决》中对侦探类型和历史类型的杂糅处理展现了他作为后现代主义作家的特点。小说中的老侦探颠覆了阿瑟·柯南·道尔（Arthur Conan Doyle）笔下福尔摩斯的英雄侦探形象，呈现出一个衰老的、反英雄的福尔摩斯。在叙事策略上，小说邀请读者参与分析，体现出后现代侦探小说的叙事特点。

　　谢邦的文类杂糅实验反映了他挑战传统的精神，这应视为作家谢邦的文学贡献。德里克·罗伊（Derek Royal）认为谢邦的《卡瓦利和克雷的神奇冒险》使越来越多的人讨论"当代犹太人和美国漫画产业的关系"（2011：6）。谢邦在小说中加入大量漫画因素和画中画情节，真实反映了美国漫画产业初期犹太人的巨大贡献。大卫·考弗兰（David Coughlan）和马克·辛格（Marc Singer）等认为当代的漫画小说呈现出新的再现潜力。辛格高度赞扬了《卡瓦利和克雷的神奇冒险》中漫画元素融入虚构小说的创新形式，并称赞谢邦掀起了漫画小说的创作高潮。他认为"漫画小说借助漫画特有的隐喻、转喻和超然象征（transcendent symbol）克服了结构主义和后解构主义提出的符号与意义的无限延异的距离问题"（2008：275）。

　　此外，传说、神话和魔幻文类也是谢邦表达主题时借助的力量。当代犹太作家面临着历史和记忆的挑战。于他们而言，大屠杀不是个人记忆，而是越行越远的历史记忆。李·贝尔曼认为，为了克服和历史记忆的时空距离，谢邦在《最终解决》等多部作品中采取了奇异和陌生化的魔幻文类，并认为小说里"非现实主义风格的逃脱术主题实现了大屠杀记忆的艺术疗伤"（2004：56）。

　　安德鲁·霍布莱克（Andrew Hoberek）认为，谢邦的小说按照写作顺序呈现出对文类探索的明显曲线。他提出，谢邦和科马克·麦卡锡（Cormac McCarthy）等当代作家通过把诗意、简洁的语言融入科幻文类，"构建出极大的可能世界，为日益枯竭的科幻文类注入了新生命"（Hoberek，2011：485—497）。丹尼尔·庞戴（Daniel Punday）认为，《卡瓦利和克雷的神奇冒险》表达了漫画家的个体身份和漫画公司文化的矛盾斗争，因而，小说中的"逃脱术寄托了个体逃脱公司文化获得独立创作自由的愿望"（2008：301）。

五、谢邦的或然历史小说

玛格丽特·斯坎伦(Margaret Scanlan)认为,谢邦的《意第绪警察联盟》和菲利普·罗斯的《反美阴谋》两部或然历史小说把"9·11"恐慌、反恐战争和大屠杀历史成功并置,既提醒世人不忘历史,又激发读者反思当下。在斯坎伦看来,或然历史并不是简单地模仿历史,而是在小说中"扭曲、改写和重写历史"(2011:506)。约翰·杜沃(John Duvall)和罗伯特·马泽科(Robert Marzec)都认同斯坎伦的观点,认为谢邦等当代作家利用或然历史的文类表达对"美国外交战略和反恐政策的质疑"(2011:396—397)。亚当·罗夫纳(Adam Rovner)也认为,谢邦对历史的每一个改写既呼应历史,又映射当下,如让以色列被阿拉伯国家占领,希伯来语随着以色列的消亡而弃用,幸存犹太人全部迁居阿拉斯加并说意第绪语,梦露和肯尼迪结婚,印第安人和犹太人发生武装冲突,等等。

罗夫纳引史举证,提出谢邦的反历史和反事实写作是典型的或然历史作品。他通过历史偶然性假设批驳历史决定论,对历史结果提出疑问,引领读者辩证思考"如果不是(what if)"和"历史如斯(what is)"之间的哲学关系,从而反思当代犹太身份。(2011:149)阿尔文·罗森菲尔德认为谢邦的这部小说旨在表达历史和命运、流亡和赎罪、伦理和身份的主题,但是其表达显得肤浅、苍白,使他的"贝娄和纳博科夫接班人"称号名不副实。(2007:35)罗森菲尔德对谢邦的诟病可以总结为:野心勃勃却语焉不详。在他看来,谢邦试图讨论以下重大问题:背负着历史包袱的当代犹太人是何种身份,他们的家在何方,以色列对犹太人意味着什么,等等。小说对"二战"历史的篡改过于明显地指向当代中东冲突,有直白、牵强和鲁莽之嫌;另外,小说以兰兹曼"家在帽子里"和"家在故事里"试图回答犹太人的家园问题,使问题依然悬置,反映了作家意图的徒劳和写作的疲劳。(2007:36)改编一段历史,对作家既是挑战也是机遇。谢邦自己曾说,写作意味着可以让"自己感受剥离真实世界的身份而变成任何其他样子",在虚构文本里,"创建一个或然/可能世界,这个世界是一种逃离,可以逃离自己的真实身份"。(Cahill,2005:17)

六、谢邦小说的时空叙事研究

萨拉·卡斯迪尔(Sarah Casteel)指出,谢邦在《意第绪警察联盟》中虚构了一个阿拉斯加犹太居住区,旨在探讨犹太人离散的开阔空间和族裔社区的封闭空间、空间的机动性和封闭化两组矛盾。她认为,这种排他的、区域化的封闭空间有其两面性:一方面,它可以凸显民族身份和文化;另一方面,它不可避免地带有排他性和自闭性,具有帝国和后殖民意识色彩。她进一步提出,在全球化的背景下,小说的空间叙事给世人提出警示,"全球化的时代同时也是围墙和隔断的时代"(Casteel,2009:320)。贞·杜布罗(Jehanne Dubrow)则认为谢邦在《意第绪警察联盟》中呈现的阿拉斯加荒原承载了空间文化的深刻内涵,意指犹太人离散无家的本质特点。杜布罗进一步指出:"这个虚构的地理空间生动地呈现了真实世界中犹太族群的文化多样性和复杂矛盾等。"(Dubrow,2008:145)

布鲁斯·罗宾斯(Bruce Robbins)通过分析包括《卡瓦利和克雷的神奇冒险》《百年孤独》等几部小说中独特的时间叙事,总结出小说中存在的"多年后"深时前叙模式(2012:191)。前叙是基于叙事者对未来事件的预知,插入预期的未来时间里人物对当下发生事件的回忆和叙事,即若干年后回想现在。罗宾斯认为前叙打破了僵化的线性时间模式,将未来、过去和现在诡异并置,制造了一种循环时间的深时想象时空(prolepsis in deep time),形成未来和过去的对话,打破因果逻辑,消解历史决定论,最终凸显当下的重要性。

总的来说,目前国外批评界对谢邦作品的研究主要集中在单本小说的主题和宗教文化方面。尽管有部分文章探讨了谢邦对文类小说的喜爱及其创新杂糅艺术,但大都停留在文类创新的方法和表现手法上,而少有学者将谢邦的叙述特点和他的文学思想进行关联探讨。另外,有个别学者讨论谢邦对大屠杀题材的关注和所呈现的犹太观,但往往缺乏历史的纵向考察,更鲜有将谢邦的多部作品进行综合讨论。从以上文献综述可以看出,评论家们对这位当代犹太作家的作品和思想见仁见智,主要表现在对谢邦的犹太思想的分歧上。但是,这种分歧产生的部分原因是他们忽略了对谢邦作品的整体研究,容易断章取义。评论家们很少对谢邦的多部作品做整体比较研究,忽略了谢邦小说典型的悲惨小人物、创伤经历、非自然人物塑造等叙事模式。谢邦笔下的人物总是能坚持抗争,以微小的希望在互助中找寻家园。这些问题都没有得到足够的关注和讨论。因此对谢邦多部作品的整体研究,必须对其艺术表现形式和犹太思想主题、叙事策略和创伤书写等的结合进行分析。本书希望解决两个问题:一是挖掘谢邦作品中对犹太个体和民族创伤的关注和表达;二是剖析他如何运用非自然叙事策略成功实现创伤的书写。非自然叙事和创伤研究都始于二十世纪后期,前者是叙事学研究的新发展,主要研究文本的叙事形式和策略,后者是在神经学科的创伤研究基础上发展的创伤小说研究。本书试图分析谢邦小说的非自然叙事模式、创伤主题的书写,以及二者在文本中呈现的连贯与融合。

第三节　理论框架和研究方法

在本书所讨论的四部作品中,创伤主题和非自然叙事呈现出一种高度的默契,在互为依存、互相强化的交织关系中,传递出作家谢邦对犹太民族流亡和受害历史的独特认识与表达方式,从而形成了一种崭新的叙事模式:非自然创伤叙事模式(unnatural trauma narrative)。非自然创伤叙事是笔者根据对谢邦小说的分析归纳总结的叙事模式,它虽然是一个新词,但是这种叙述模式在谢邦小说文本中呈现出强大的表达力和丰富的生命力,不仅值得在文学领域和各种文本中继续挖掘,也为创伤写作提供了一种可行的模式。本节将简要介绍非自然叙事和创伤小说的研究历史与现状,并结合谢邦小说的犹太创伤主题,简述谢邦小说展现的非自然创伤叙事的主要特点。

创伤叙事研究始于二十世纪八十年代的欧美学术界,主要代表人物有凯西·卡鲁斯(Cathy Caruth)、肖珊娜·费尔曼(Shoshana Felman)、杰弗里·哈特曼(Geoffery Hartman)、安妮·怀特海德(Anne Whitehead)、皮

埃尔·让内(Pierre Janet)、杰弗里·普拉格(Jeffrey Prager)等。而非自然
叙事研究则是同时期由美国大学的教授们引领的,主要代表人物包括布莱
恩·理查森(Brian Richardson)、扬·阿尔贝(Jan Alber)、亨里克·尼尔森
(Henrick Nielsen)等。作为叙事学较新的研究发展,非自然叙事研究关注
反模仿叙事。事实上,非自然写作手法普遍存在于后现代写作中。对比分
析创伤研究中的不可表述性本质论和非自然叙事的反模仿艺术表现,可以
发现二者之间存在一种奇异的默契。谢邦在表达犹太创伤主题上巧妙地
发挥了二者的高度默契性,既为创伤叙事找到了一条合适的表达路径,也
丰富了非自然叙事模式的表现文本。

　　创伤的起源是皮肤伤口,它是指外界暴力造成的皮肤伤口和对身体造
成的后果和影响。正如皮肤伤口处理不当易造成感染等症状,心理学家把
那些易给我们带来难以愈合的负面心理影响的事件也称为创伤。在《心理
分析语言》(*The Language of Psychoanalysis*)中,创伤被定义为“一种强
度相当、个体无法正确应对、容易复发、具有持久影响的事件”(Laplanche
& Pontalis,1973:465)。创伤概念从外科医学的皮肤创伤发展到了心理学
的精神创伤,并在二十世纪九十年代延伸到文化和伦理领域,进一步被细
分为家庭创伤、社会创伤、战争创伤和民族创伤等。美国的创伤研究始于
二十世纪八十年代。彼时回国老兵的严重心理障碍和精神治疗得到广泛
重视,在这种历史和社会背景下,美国心理协会正式承认“创伤后应激障碍
(Post-Traumatic Stress Disorder,PTSD)”,并把它首次列入医疗诊断手
册。同时,人们也开始关注除战争以外的其他灾难事件导致的创伤,如强
奸、虐待和其他暴力事件。创伤对心理、大脑记忆和回忆叙述的深远影响
决定了创伤研究与叙事学不可割舍的各种勾连。创伤研究存在两个互相
作用的核心问题,即解离(dissociation)和可叙述性。贝塞尔·凡·德·考
克(Bessel van der Kolk)和奥诺·凡·德·哈特(Onno van de Hart)等精
神病学专家指出,大脑对创伤记忆的储存和编码方式不同于普通记忆。大
脑储存普通记忆时,在海马体的协助下记忆被放置到正确的时间和地点的
背景中,而“当大脑处理创伤记忆时,海马体被压抑,导致创伤经历被遗忘,

只储存了创伤感受"。解离是指记忆经历被分离,结果是这部分被解离的创伤记忆永远封存在弗洛伊德心理分析的无意识中,因无法用言语表述发生的具体经过,所以会以身体反应、梦魇、片段闪回等方式表现出来。比如,在《意第绪警察联盟》的故事中,犹太警察兰兹曼对失败的婚姻和夭折的孩子的回忆,以闪回和梦境的方式穿插在叙事中,一方面是由于创伤的不可言说性,使得兰兹曼无法向朋友诉说其痛苦;另一方面,因对这段创伤经历过度压抑,使它们以梦境或幻觉的形式出现。这部分呼应了弗洛伊德的创伤研究。早期弗洛伊德认为创伤是一种神经疾病,和创伤事件发生时的环境因素有密切关系。后来,弗洛伊德提出创伤事件多发生于青春期前,而青春期后的关联事件把之前的创伤记忆激活从而引发严重后果。这种创伤的自我防御手段是自我压抑,即封闭创伤记忆。由此产生了第二个核心问题,即创伤是否可以被表述? 这一问题直接影响到创伤治疗研究,成为当代创伤研究的一个重要议题。考克等提出了治疗方案,即让创伤以某种方式被表述,从而把创伤记忆整合到人的正常意识中。比如,让创伤患者经历一种假设的相似替代情景,从而覆盖或替代原有的创伤经历,达到缓释创伤痛苦的效果。在《创伤:记忆的探索》(*Trauma: Explorations in Memory*,1995)中,凯西·卡鲁斯对这种方案持不同观点:这种经历稀释法实际上通过歪曲真实经历而制造了一种可表述的假象记忆。卡鲁斯认为,很多创伤幸存者在讲述创伤经历时,都有意无意地省略了部分真实的经历,尤其不能忽略的是他们的记忆中不可避免地缺失了部分经历。卡鲁斯的这种观点得到了相当一部分学者的认同。他们都对创伤的可叙述性提出疑问,对创伤是否可被治疗持怀疑态度,而且也不认可创伤叙事的任何价值。卡鲁斯甚至提出,这种叙事有可能导致进一步压抑创伤经历。

和卡鲁斯的观点类似,当代英国创伤理论学者安妮·怀特海德也对创伤表达提出疑问。她指出,"创伤小说是一个矛盾词组",这是因为,一方面,"创伤总是和一种不知所措并抗拒语言的经验有关";另一方面,"小说只能通过语言表达创伤"。(Whitehead,2004:3)怀特海德提出的创伤对语言的抗拒性代表了多数学者的观点,包括美国创伤理论早期研究者凯西·

卡鲁斯、肖珊娜·费尔曼、杰弗里·哈特曼等，他们在二十世纪九十年代都倾向于创伤的不可叙述性。

值得指出的是，即便是论述创伤颇多的艾利·威塞尔（Elie Wiesel）也否认创伤的可表述性。艾利·威塞尔是大屠杀的见证者、幸存者，是作家和诺贝尔和平奖获得者，他始终坚信自己肩负着讲述那段可怕历史的责任，但他也认为，语言不可能重现经历，"（语言和经历之间的）墙能推倒吗？读者可以被带到墙的那一边吗？我知道答案是'不'，而我同时也知道要努力把'不'变成'是'"（1979：13）。威塞尔曾多次强调没有经历过大屠杀的人永远不可能了解它。实际上，威塞尔思考的是创伤事件的文化再现能否通向个人创伤心理的问题。这可能引发更多的问题：某个幸存者讲述的经历如何被不同的读者或其他幸存者理解？如何界定幸存者？作者非亲历者，如何再现幸存者的故事？创伤叙事是创伤的叙事，而不是让创伤个体向读者诉说的叙事。威塞尔的创伤叙事更像是关于创伤的独白。在威塞尔看来，创伤经历本身是抗拒再叙述的，创伤叙事只是关于创伤的故事。换句话说，创伤叙事永远无法展现创伤的原本模样，威塞尔等幸存者也不可能讲述到底经历了何种创伤，他们的叙述只是如断裂的碎片或者模糊的记忆等的"关于"创伤的故事。

扬·斯特拉顿（Jon Stratton）认为，欧洲的现代史就是一部创伤史，这种创伤有三个特征：难以言说、不断重复和不受控制。显然他也沿袭了创伤是不可表述的观点。他同时提出，欧洲创伤史的不断重复性和不可控制性构成了犹太人的独特身份特征。在这些创伤经历对犹太人的影响方面，他也抱有独特的观点。斯特拉顿非常认同格奥尔格·齐美尔（Georg Simmel）对"犹太人在欧洲被视为陌生人的定位"①（Simmel，1950：403；2009：602），

---

① 齐美尔在著作《社会学——对社会形式的结构探究》（*Socialogy：Inquiries into the Construction of Scoial Forms*）和《格奥尔格·齐美尔的社会学》（*The Sociology of Georg Simmel*）中分别论述了犹太人在欧洲被陌生人（他者）化的起源和发展。犹太人既不拥有实际的土地，也没有精神层面的家园。欧洲历史上对犹太人的单独纳税政策也进一步加深了犹太人被陌生人化的程度。

以及齐格蒙特·鲍曼(Zymgunt Bauman)在《现代性和矛盾性》(*Modernity and Ambivalence*)提出的"犹太人是欧洲陌生人原型"(Bauman,1993:86)的观点。这些观点都强调犹太人从欧洲历史继承的集体身份特征——陌生人/他者(stranger/other)化。斯特拉顿认为,历史上的欧洲犹太人被驱逐不仅是过去的创伤经历,而且是当代的真实写照。当代的欧洲虽然接纳犹太人,但始终"把犹太人当成理想的同质民族国家里的异质陌生人"(Stratton,2008:118)。在斯特拉顿看来,正是这些创伤经历使得犹太人获得了自己独特的身份认同,即他们的异质性。不少犹太人将这些创伤经历看作上帝对他们的考验,是他们区别于非犹太人的选民证据。但很多犹太人反对这种观点。伴随着犹太民族的流亡历史,他们的创伤历史不断被重复,且不受控制。根据跨代创伤的理论,这种民族性的整体创伤结果可以跨越代际,一代一代地传递下去。

不少学者针对创伤的不可表述性提出了反对意见。法国心理学家和创伤研究专家皮埃尔·让内通过实验和研究指出:"记忆不仅具备储备的功能,还具有根据已有储备处理新增信息和重新整合已有信息的功能。"(Laurence & Perry,1983:523)此外,让内根据记忆处理整合的不同特点,将记忆分为习惯记忆(habit memory)和叙述记忆(narrative memory)。习惯记忆是指自动无意识处理信息的记忆功能,可以自动输入和调出信息而无须转换解释,动物都具有这种能力。而叙述记忆则是人类独有的记忆能力。在《心理愈合》(*Psychological Healing*:*A Historical and Clinical Study*,1976)这本书中,让内写道:"记忆是一种行动,是讲述故事的行动。讲述者不仅了解如何讲述故事,而且知道如何把它和其他事件建立关联,知道它在我们终生修建的性格大厦中的位置。"(661)让内认为记忆具有叙述故事的能力,他特别强调记忆的语言行动力。雅克·拉康(Jaques Lacan)也曾提出记忆的"符号化表述"功能。杰弗里·普拉格认为对记忆的叙述是人类自我认识的重要部分,因为"如果缺失了叙述从过去到现在的记忆能力,人类将无法呈现从现在到未来的自我形象"(1998:82)。对此,让内也做过相似的表述,他认为,叙述记忆是"以语言为媒介的内化行为",从而形成了一个人的人生故事,并进一步建立起人的个性和性格。(1976:662)这些学者都对记忆的叙事能力及其重要性做过不少论述。让内甚至认为记忆的叙述能力直接影响到一个人个性的养成。

根据让内、杰弗里等的研究成果,记忆不只是简单的机械储备,还是复杂的应变处理程序;记忆不只是被动的输入,还包括主动的复述、理解和加工整合。创伤记忆的情况则比较复杂。创伤记忆往往是碎片的和跳跃的,而不是线性的和连贯的。因此,创伤叙事需要一种与传统的直线顺序分离的文学形式,从而表现出创伤记忆本身跳跃、不连贯、延迟和重复的特点。尼古拉斯·亚伯拉罕(Nicolas Abraham)和玛利亚·托洛克(Maria Torok)则从创伤症状的在场角度指出:"不可言说的跨代创伤经历虽然被压抑在意识层面以下,但是其症状会以一种沉默在场的形式,在世代留存并不断被传递下去。"(Whitehead,2004:15)尽管精神病学专家和创伤研究专家对创伤是否可以被叙述各有争议,但是文学领域的创伤叙事亘古存在,以各种形式和题材在世界文学文本中被诉说。创伤记忆的非连贯性、非逻辑性和反言说性决定了这些创伤叙事的非传统表达形式。比如谢邦在《最终解决》中让鹦鹉为大屠杀中失去双亲的男孩代言,讲述男孩遭受的迫害;在《意第绪警察联盟》中塑造了一个具备超能力同时又是同性恋者和吸毒者的再世弥赛亚,以表现小说中流亡犹太人的绝境。

麦克·谢邦的多部小说都以传统文学样式难以叙述的犹太创伤为主题,讲述在犹太民族离散和大屠杀背景下努力生活的普通个体的窘迫命运,表达了历史事件对群体关系和个人生活带来的不可言说的创伤与折磨。谢邦始终在探讨当代美国犹太人的精神生活和社会生活,他刻画的主人公多是一个或几个美国犹太人,并将他们置于多种族、多文化的政治社会中,试图表达后现代社会中,当代美国犹太人的多重身份正在不断流变、组合、解构和重构。作为一名当代新生派犹太作家,谢邦的叙事风格具有多重非自然叙事的特点。创伤的非连贯、非逻辑和反言说性,决定了创伤表述的特殊性,从而和非自然叙事的反模仿性具有高度一致性,也为本书从非自然叙事的角度研究谢邦小说的犹太创伤叙事提供了可行依据。

谢邦的非自然创伤叙事具有独特的魅力。他对创伤的表述也有独到见解。在一次采访中,谢邦谈及如何表述苦难和创伤的问题。谢邦称,自己从纳博科夫(Nabokov)、约翰·基弗(John Cheever)和 S. J. 佩里曼(S. J. Perelman)等前辈那里获益匪浅,其中之一就是学会了和虚构人物的痛苦保持距离,他认为:"让读者和人物保持一定距离的写法,比让读者身临其境感受人物的写作更能激发读者的情感反应。"(Costello,2015:10)不难看出,谢邦希望在读者和创伤故事之间保持一定距离,这和传统小说以及多数幸存者回忆录的写法都是背道而驰的。在传统小说和多数幸存者回忆录中,作者使用各种渲染技巧力图让读者同情、移情到人物身上,从而感同身受。谢邦反其道而行,不但不让读者移情到人物身上,反而要隔离读者和人物。为什么呢?笔者认为,谢邦刻意追求的创伤距离呼应了创伤难以表述的特点。根据弗洛伊德的解离和暗恐(Uncanny)理论,创伤经历在记忆处理和储存的过程中被单独分离并永久储存在深层的无意识层面,因而受害个体无法自主地完整叙述创伤记忆。当现实的某些符号触发了无意识层的创伤记忆时,就会出现创伤复现和暗恐现象。如何才能达到让读者和人物保持一定距离,又能实现传达创伤的写作效果呢?对于小说写作来说,作者的创伤叙事通过碎片、反直线、反模仿等违背传统的非自然策略实现,对应了现实生活中创伤符号的复现作用。陌生化写作、非自然叙事和约翰·济慈(John Keats)的"消极能力(negative capability)"诗歌写作异曲同工。济慈提出的"消极能力"是对作者提出的审美距离要求,诗人在创作时应该和审美对象保持一定距离,尽量摒弃个人审美感受,所以"消极"的姿态是为了更加达意。非自然创伤叙事也是力求通过书面文字传递真情,甚至是在作者和故事、读者和故事之间架构一道隔离情感的屏障,不渲染创伤剧痛,而是通过更具创伤表达力的反模仿的非自然叙事手法在文本中植入各种创伤符号。读者在远观、间接、陌生化、非自然想象的阅读中感受和体会创伤之痛。因此,非自然创伤叙事既是作者为读者建立起来的情感隔离墙,又是在隔离情感的情况下才能实现的创伤表达的符号通道。

具体来说,非自然的叙事策略可以在多个层面实现。非自然叙事不是不自然的叙事,而是关于非自然的叙事。换句话说,非自然叙事研究的不仅是非自然的叙事故事,而且是叙事学包含的所有层面中的非自然策略,比如叙事者、时间、逻辑线索、可能世界等。在非自然叙事学家看来,非自然叙事的研究主要包括两个步骤:首先是"描述所投射的故事世界偏离真实世界框架的方式",其次是"阐释这些偏离"。(Alber et al.,2013:116)典型手法之一是逻辑悖论叙事。例如,谢邦在小说《最终解决》中塑造了一位极其类似福尔摩斯的老侦探,他思维敏捷、判断准确,却又表现出阿尔茨海默病的一些症状,如健忘、颓废、关键判断失误等。再比如说不可能发生的事件或不可能存在的物理世界,小说《意第绪警察联盟》讲述的故事发生在一个虚构的历史场景中,1948年以色列被阿拉伯国家消灭,于是犹太人被移至阿拉斯加的一个叫锡特卡(Sitka)的城市。总而言之,反模仿叙事是指叙事极力颠覆传统叙事中对现实的模仿。反模仿叙事以一种极度异化的形式,展现非自然人物、非自然空间和非自然艺术策略,建立陌生感和距离感,隔离读者和现实世界的感受与体验,使读者产生惊奇诡异的联想。

麦克·谢邦的小说风格独特,其中一以贯之的犹太主题、类型小说、男性气质话题、流行文化和传统文化的杂糅等使他在美国文学界独树一帜。在非自然叙事模式下,谢邦的小说以非常态化的人物形象和故事情节呈现出当代美国犹太作家独特的创伤世界,折射出深远的人文、历史和社会意义。非自然叙事克服了创伤表达的困难,创伤主题则使非自然叙事顺理成章而无突兀之嫌。

本书将在后续三章中分析谢邦四部小说中体现的非自然叙事的三个方面,即创伤人物的非自然叙事、创伤表征的非自然空间和书写创伤的非自然叙事策略。非自然叙事作为叙事学发展的新动向,为叙事学发展和文学分析提供了新的视野和方法。

本书的第二章主要从创伤人物的角度分析谢邦四部小说中的各色边缘化的非自然创伤人物。他们分别是《意第绪警察联盟》中的另类弥赛亚再世,《卡瓦利和克雷的神奇冒险》中的魔像,《最终解决》中的失语的孤儿,《漂泊绅士》中的黑人犹太人、东欧犹太人和可萨犹太人。谢邦在《意第绪警察联盟》中塑造了一位"反英雄"弥赛亚再世,他是哈西德教派大拉比的独子、天才棋手,具有神奇治病能力的年轻人,他还是一个瘾君子和同性恋者。弥赛亚在犹太宗教和文化中占据着极为重要的地位。正统犹太人每日祈祷弥赛亚降世,以重建圣殿。谢邦敢于将这样一个重要的宗教人物极端异化重建,塑造成一个同性恋者、吸毒者和离家出走的不孝儿子的非自然弥赛亚形象,不难想象这个人物在读者中可能引起的反响。谢邦在《卡瓦利和克雷的神奇冒险》中塑造了一个特别的形象,即魔像。它既是一个反复出现的神秘意象(image),也是一个关乎犹太民族的主题(motif)。它贯穿故事始末,跨越半个世纪,掩护约瑟夫·卡瓦利先后穿越欧美大陆,似为泥物又似有生命,经历了从无生命的泥塑到神秘保护者再到永恒漫画超人的转变和升华。魔像在约瑟夫的逃脱中扮演着重要角色,伴随不断逃离大屠杀的约瑟夫,它共经历了四次形象变化:犹太会堂和阁楼里存放的神像形象→棺材里穿衣服的马戏团巨人形象→纽约漫画书里杀希特勒的超级英雄形象→故事结尾的散泥形象。魔像的每一次形象转变都发生在故事的重要转折时期,蕴含着重要的主题意义。在《最终解决》里,谢邦通过镜像人物的聚焦视野表达受害者无法言说的创伤世界。少年失语者孤身逃离德国犹太大屠杀,寄居在英国南部港口的小乡村,由于语言不通和失去双亲的创伤,少年的失语成为沉重的隐喻符号。而年迈的警探在外形、年龄和破案履历等方面都指向足智多谋的福尔摩斯,这种对照让代表理性的福尔摩斯经历了侦探的无奈和失败,使作品发出了对理性的最强质疑声。谢邦在中篇小说《漂泊绅士》里构建了一个超级宏大的历史时空,还在这个十世纪左右的高加索地区塑造了一群极富想象力的犹太族群——可萨犹太人。这些在犹太历史中尚存争议的可萨犹太人在谢邦的小说中辗转于马背和帐篷,既充满异域风情,又恰如其分地描绘出犹太民族最接近本质的流亡性,反映了作家对犹太主题的深度探索及其独特的叙事手法。本章谈论的几个人物,或是深受重创的犹太少年,或是经历创伤的另类犹太形象。他们分别是失败的重建家园者、大屠杀逃脱者、大屠杀幸存者及争议中的犹太族群的缩影和代表,他们在中世纪、"二战"期间及"二战"以后遭受的压迫和苦难共同诉说了犹太民族的创伤历史。他们虽然是不同形象的犹太人创伤原型，但是都表现了犹太人流亡、他者化和被迫害的历史经历。

本书的第三章则从创伤表征的角度分析小说的非自然空间叙事，分别是《意第绪警察联盟》中的绳索边界，《卡瓦利和克雷的神奇冒险》中的逃脱密室、《最终解决》中的箱柜空间和《漂泊绅士》中的异域犹太空间。这些空间一方面极富犹太色彩，另一方面又具有强烈的主题隐喻功能。在《意第绪警察联盟》里，存在着各式各样的绳索空间，包括犹太安息日的边界绳索、隐藏的地下暗道和隐秘的小岛、黑白争锋的国际象棋棋盘空间等。犹太边界空间是边界大师用各种绳子和杆子搭出的活动边界，是犹太人为了不违背安息日律法，同时又可以在星期六参与各种现代商业活动而创造的特殊空间。小说《卡瓦利和克雷的神奇冒险》中的逃脱密室和其他密闭空间意象反复出现，这些叙事空间给读者带来压抑、恐惧和窒息的感觉，隐喻了"二战"中犹太人、美国底层犹太人和边缘人群的痛苦处境，同时也与流亡和逃脱的主题形成呼应。《最终解决》里出现了各种箱柜空间，包括隐退老侦探的蜂箱，将小男孩父母拉去集中营的火车车厢，鹦鹉遭到绑架和囚禁的衣柜等。四部小说的时空叙事以不同形式、不同素材创造了各种密闭空间，阐明了各个犹太人物的创伤根源和处境：囚禁、压迫、歧视、排斥等。谢邦在这些小说中呈现了犹太人流亡历史的空间和文化叙事，并展现了一种创伤表征的非自然空间，具象化了犹太民族的历史创伤和当下生活之间的联系。

本书的第四章将主要研究谢邦的非自然创伤叙事策略，包括类型杂糅、或然历史写作、大屠杀的美国化书写等。谢邦擅长将侦探、魔幻、历史和探险等文类杂糅创新，如《卡瓦利和克雷的神奇冒险》通过魔幻和历史文类表达具有历史感的魔像的超能力和信仰世界；《意第绪警察联盟》通过历史、魔幻和侦探文类呈现出超越虚幻的弥赛亚神童形象和虚构的犹太国度；《最终解决》通过历史和侦探文类塑造神奇的鹦鹉歌手，并对逻辑理性提出疑问；《漂泊绅士》通过魔幻、历史和战争文类解构犹太民族的种族性。

本章也探讨了谢邦小说的另一种艺术风格,即虚构和历史的拼接与融合,小说或通过情节杂糅将故事和历史交织在一起,或通过脚注制造一种虚实难辨的阅读体验,或通过拼接大量新闻标题令读者以虚为实,为小说增添了后现代和超现实之风。拼接、黑色幽默、超现实和犹太式隐喻形成了谢邦式犹太创伤世界的特征。通过虚实交织的文风,谢邦对事实的真实性提出疑问,意在为想象的真实性(fictional truth)正名。本章还探讨了谢邦作品中大屠杀的叙述特点。谢邦既不是大屠杀的见证者,也没有家人经历过大屠杀。除了大屠杀小说,他还写过其他题材的小说,谢邦并不是一个专门的大屠杀叙事作家。谢邦的大屠杀叙事反映了当代美国犹太人对民族创伤的继承、认识和表达。他的作品所关注的不仅仅是大屠杀本身,还延伸到了所有关于创伤、流亡和身份的问题。通过大屠杀叙事,谢邦的作品延续了美国犹太作家一直关心的话题——身份;同时,谢邦的大屠杀叙事具有浓厚的美国化书写特点,如个体化、碎片化、娱乐化、多元化和叙述拟物化(narrative fetishism)等。

谢邦的小说以独特的叙事特点讲述历史,映射当下关于民族、宗教和身份冲突等重要议题,进一步让读者思考当下美国犹太人及其历史继承的复杂关系,其非自然创伤叙事策略以奇异吊诡之式呈现了美国犹太人复杂的集体创伤之源和美国化的大屠杀书写方法。谢邦是一位优秀的美国当代犹太作家,在过去几十年里他不断地推出新作,展示了活跃的创作生命力。谢邦的写作世界是一个丰富的宝藏,不断为读者展现理解美国犹太人和其他族裔问题的独特视角,也为评论家留下了广阔的审视空间。希望本书可以起到抛砖引玉的作用,以引起国内学界对这位才华横溢的作家的重视。此外,本书虽然借助非自然叙事的研究视角和创伤理论的一些研究成果,但秉承以文论文、回归文本的原则,通过分析作品文本的叙述特点挖掘深层含义,从谢邦的四部小说中分析和归纳其创作的艺术特点,并探讨这些艺术共性背后的人文思想。

第二章　非自然人物的创伤原型

　　创伤伴随人类文明的出现而出现,创伤叙事可以追溯至古老的文学文本,但是创伤作为一门学科被重视和研究则是近代才发生的。关于文学批评的创伤理论研究则更晚。1996 年是文学创伤理论的重要里程碑,凯西·卡鲁斯的著作《被遗忘的经历:创伤、叙事和历史》(*Unclaimed Experience: Trauma, Narrative and History*)和卡里·塔尔(Kali Tal)的《伤害的世界:阅读创伤文学》(*Worlds of Hurt: Reading the Literatures of Trauma*)在这一年出版。卡鲁斯和塔尔都属于经典创伤学派,他们认为创伤的本质是不可表述的。卡鲁斯在书中提出,"在个体经验的某个创伤事件中是无法寻找到创伤的存在的,它的不被认知和不可以被认知将反复折磨幸存者"(1996:4)。从克鲁斯对创伤的分析,我们可以发现经典创伤理论的三个关键词:压抑、反复、断裂。可见,克鲁斯提出的关键论点是,极端创伤经历制造了一个断裂的意识点,导致所经历事件中的创伤部分被掩盖。她还进一步把断裂的创伤延伸到历史事件中,认为"历史中的创伤事件虽然重复发生但不能被完全认知"(18)。卡鲁斯和塔尔的创伤理论借用后结构主义心理分析方法,认为创伤居于无意识层面,是经验和语言之间的固有矛盾,所以是一个无法解决的问题。创伤的存在更像是一种不断复发、隐而不显的"缺场",创伤的经历被排斥在个体认识之外,语言无法实现的创伤表达也因此只能借助间接指涉,比如某些创伤表征。以卡鲁斯为代表的经典创伤理论派强调创伤在记忆和经历之间造成的裂痕导致的创伤的不可言说性,他们的研究重点集中在创伤的共性特征上。经典创伤理论的局限性主要体现在两个方面,也就是说,它所强调的创伤之不可知一方面忽略了创伤个体的自我感知和创伤记忆的发展,另一方面限制了对创伤经历和创伤表征的具体研究。

近年来更多学者开始转移创伤研究的关注点。从研究重点来说,露丝·赖斯(Ruth Leys)、安·柴科维奇(Ann Cvetkovich)等学者开始关注创伤个体所表现的具体特征和创伤记忆的后期发展情况;从理论角度看,创伤研究开始向社会学和文化方向发展,换言之,创伤研究从微观的心理分析转向外在的、宏观的社会和文化研究。以色列非政府组织——阿姆哈(Amcha)大屠杀幸存者创伤康复中心帮助了数万名大屠杀幸存者。通过该康复中心的治疗记录,发现在这些幸存者身上有一些普遍存在的特征,比如家里的冰箱总是塞得异常满,极端害怕狗,害怕独自坐火车,等等。[①]该康复中心还发现,这些通过个体行为体现的创伤表征对幸存者家人、朋友和社区邻居等也都产生了不同的影响。他们因此采用了更加个性化的康复治疗方法。在理论研究领域,创伤研究也开始呈现多元化的发展趋势,将研究视野从微观内心世界转向病理、社会和文化维度;值得一提的是,创伤文学叙事开始采取多元化视角,并结合修辞学、心理分析、后殖民主义及文化研究等开展跨学科研究,这大大拓展了创伤文学的表达内容和表现形式。具体来说,创伤文学研究不再停留在对创伤是否可被表述的争论上,而是进入创伤在不同社会和文化背景下的形态各异的表现形式。换言之,创伤经历在不能被言说的前提下对受害个体产生了哪些影响,这些影响又是如何进一步刺激受害者寻找替代语言的表达形式的,创伤文学如何能突破局限进而实现创伤叙事的可能。语言和经历在创伤领域不再表现为原有的相隔两重山的断裂关系,而是呈现出更加多元的复数交互关系。文学文本使创伤可能显现出其更加复杂的社会和文化背景,也因此呈现了各式各样的创伤人物、经历和影响。在赖斯和柴科维奇等学者的带领下,创伤文学研究已经超越了创伤之不可表述的限制,创伤文学步入了更广阔

---

① 笔者在2016年9月访问以色列时,联系了阿姆哈驻耶路撒冷康复中心,亲自采访了该中心的心理治疗师和工作人员。本书有关该康复中心的内容都基于这次采访。

的探索天地，进而可以探讨语言和创伤经历之间的多重可能关系，展现创伤对个体、群体和社会可能产生的多种影响，思考创伤经历中各个利益相关人之间的各种关系。

　　大屠杀创伤叙事的相关人物主要包括受害者、施害者和旁观者。本章讨论的主要人物都是和大屠杀有关的受害者。谢邦在《意第绪警察联盟》《卡瓦利与克雷的神奇冒险》《最终解决》和《漂泊绅士》中塑造了若干个生存在游离和流亡之中的犹太人形象，他们都身负创伤阴影，却又怀着各种理想努力挣扎，找寻生的希望。值得注意的是，谢邦所塑造的这些形象都有反模仿和非自然的特点，这种超越自然生活和传统写作想象的人物形象对实现创伤叙事起了重要作用。

第一节 "反英雄"弥赛亚再世

　　非自然人物形象的主要特点是反模仿和陌生化。本节将要分析《意第绪警察联盟》中所塑造的非自然人物形象在故事中的具体表现特点和意义，从而讨论谢邦所表达的犹太创伤主题，并深入探讨作者所提出的关于个体创伤、集体创伤、犹太传统和当代美国犹太生活等方面的问题。长篇小说《意第绪警察联盟》是一部鸿篇巨作，也是谢邦最受争议的一部作品。谢邦以美国阿拉斯加为故事的地理空间，虚构了一个架空的历史世界，即一个有可能发生但实际上并没有发生的历史故事。故事背景是刚刚建立的以色列国在 1948 年被覆灭，犹太人被美国政府暂时安置在阿拉斯加州的锡特卡，犹太人被允许在此成立自己的联邦特区，期限是六十年。小说的开篇是 2008 年，即特区即将被收归的危急时刻，锡特卡的犹太人再次面临失去家园和流浪离散的民族命运。犹太哈西德教派和美国政府组织秘密勾结，并密谋炸毁了耶路撒冷圣殿山的金顶寺，企图重建圣殿。露丝·维斯对谢邦小说中的反锡安主义提出了强烈的批评。她认为谢邦虚构的这个犹太国度和其中夹杂的不纯的意第绪语充分说明了他对意第绪语和犹太文化的一知半解和"大不敬"。她甚至批评谢邦的作品只能糊弄那些对欧洲犹太文化所知甚少的读者。维斯的愤怒源于谢邦在小说中让以色列国被阿拉伯国家灭亡的虚构和她对这个犹太复国阴谋故事的不满。维斯认为谢邦所虚构的这个阴谋故事对哈西德教派、以色列国和犹太历史充满不敬。谢邦对以色列圣殿上金顶寺的虚构轰炸以及美国秘密团体的阴谋想象，折射了对美以政治关系和美以犹太分歧的思考。谢邦在这个故事中塑造了一名"反英雄"弥赛亚再世，一个哈西德教派大拉比的独子、天才棋手、具有神奇治病能力的年轻人，他还是一个瘾君子和同性恋者。弥赛亚在犹太宗教和文化中占据着极为重要的地位。正统犹太人每日祈祷期盼弥赛亚的降世，重建圣殿。谢邦敢于将这样一个重要的宗教人物极端异化重建，塑造成一个同性恋者、吸毒者和离家出走的不孝儿子的非自然弥撒形象，不难想象这个人物在读者中可能引起的反响。值得注意的是，谢邦的小说是英语语言，其读者群主要是美国人。他对这个犹太传统宗教人物的颠覆性重建具有深刻的含义，既反映了广大世俗美国犹太人对传统的戏谑，也反映了正统犹太教和世俗犹太人之间越来越深的隔阂。事实上，谢邦对美国犹太人和以色列犹太人的对比，在小说题目和人物塑造上可见一斑。在标题"意第绪警察联盟"中，代表东欧犹太传统的意第绪和由美国政府管辖的警察联盟被并置；在人物形象方面，代表正统犹太信仰的弥赛亚再世和代表美国世俗犹太人的落魄警察具有多个共性，形成了互为映射的双角色（double character）。另外，这个离经叛道的弥赛亚被迫卷入一场犹太复国阴谋，为阻止阴谋的发生，他不惜生命恳求一死。这个反传统、反英雄的弥赛亚再世形象深刻反映了犹太民族的传统与现代、正统与世俗的矛盾和困境。

在谢邦虚构的这个犹太特区里，特区即将被解散，而当地犹太人将再次面临无家可归的命运，城市街道显现衰败，哀鸿四野，各个角落里充斥着社会各个阶层的怪异颓废之人。象征犹太传统文化的爱因斯坦国际象棋俱乐部里坐满了各种骨瘦如柴、脸色发青的东欧犹太人：老棋手利特瓦克像残骸般干瘪、枯竭，"就像是故事中的国王遭到了诅咒，变成了炉灰里的一只蟋蟀,只剩下了挺拔的鼻梁见证着昔日的荣光"(Chabon,2007:92);深谙犹太律法并垄断了整个杆绳市场的边界大师津巴利斯特教授矮小、虚弱,"一小撮稀疏的煤灰色头发,凹陷幽暗的眼睛,瘦骨嶙峋、沟壑丛生的脸庞,白中带黄、犹如芹菜芯的皮肤,迎风飘扬着的、像是缠在铁丝网中拼命拍着翅膀的鸟儿的灰色大胡子"(107);弥赛亚再世的父亲、锡特卡犹太特区最受尊重的大拉比施皮尔曼是"丑陋的高山,荒漠的大沙漠,窗户紧闭而水龙头忘关的卡通房子",他有"面团般的手臂、大腿","臀部硕大无比,就是搬来史上最伟大的十八位圣人,恐怕都无法确定这个庞然大臀是人造的还是神造的"(135);等等。① 类似奇异怪诞的人物在小说中比比皆是,谢邦在这部极具神秘寓言色彩的故事中安插了众多复杂的人物角色,他们互为映射和镜像,在他者的视野中被剖析。同时,复杂宏大的历史、民族、政治主题被放置在离奇的凶杀阴谋主线之中,为虚构的犹太家园里的形形色色的犹太人物赋予了丰富的想象空间和深刻的象征含义。

一、离家男人和酗酒的离异侦探

在这个虚构的犹太家园里,虽然所有人物都是犹太人,但在信仰和生活习俗上又各有不同。有的信仰极端正统犹太教,如生活在维波夫正统黑帽社区的犹太人,包括大拉比施皮尔曼和他的教民;有的沉迷在犹太民族的过去而无法接受特区的新生活,如整日泡在爱因斯坦国际象棋俱乐部的犹太人;还有的完全丢弃信仰而生活在世俗的美国化(阿拉斯加化)社会,他们被正统黑帽嘲笑和排斥,因为"他们不是维波夫的人,算不上犹太人"(Chabon,2007:102)。这是一个内部充满纷争的犹太社群的缩影。其中最有争议和代表性的两个主要人物是,出身正统犹太教大拉比之家的梅纳赫姆·施皮尔曼和双亲亡故、家庭破裂的世俗化犹太警察梅耶·兰兹曼。梅纳赫姆从小就被维波夫社区教民认为是高智商、记忆力惊人、对棋局过目不忘、具备敏锐推理能力、谙熟人性并具备神奇治疗能力的再世弥赛亚。

①　本书中关于麦克·谢邦小说的译文均为笔者译。

小说一开篇,梅纳赫姆就被枪杀了,所以他的神奇光辉历史都是通过其他人物的回忆转述的。梅纳赫姆的一切也因此被蒙上了一层不确定的神秘色彩。负责梅纳赫姆枪杀案的正是占据故事大量篇幅的主角,特区警察联盟的兰兹曼警官。这两个人物以案件警察和受害者的关系开始,随着案件调查的深入,两人的关联越发紧密,直至形成一种对应的双重角色关系。

梅纳赫姆和兰兹曼在开篇的形象都是不堪的落魄流浪者。二人都寄居在位于锡特卡最破败街区的柴门霍夫旅馆。两年前兰兹曼经历了一次失败的婚姻,后来就窝在柴门霍夫旅馆505房内。梅纳赫姆二十二年前就离家出走背弃正统犹太教,寄居在这家旅馆的208房内。这是两个失落的灵魂,但都是兰兹曼口中"垮掉的男人"(Chabon,2007:3)。在取证现场,兰兹曼感觉梅纳赫姆"像是只鸟儿","不像硬骨头,不像卑鄙小人,也不像迷失的灵魂",而是"一个和兰兹曼并无大不同的犹太人"。(5)两人的不同宗教背景和相同落魄状况,呼应了整个锡特卡特区即将被移交、朝不保夕的现状。兰兹曼工作的意第绪警察联盟和美国政府有着千丝万缕的联系,他的日常工作对话中充斥着美式脏话,人物形象更加接近美国犹太人;梅纳赫姆出身的正统犹太拉比之家和极端锡安复国宗派暗中勾结,而他从小就被认为是犹太民族的未来救赎者,人物形象符合以色列正统犹太人。兰兹曼和梅纳赫姆之间开始展现越来越多纷乱如麻的关系,正如在这个世界上生活着最多犹太人的两个国家——美国和以色列,二者存在着难以割裂的宗教、民族和政治的关联。

梅纳赫姆和兰兹曼都拥有最可敬的父亲,都曾经有过光辉的历史,都是施皮尔曼大拉比嘴中"曾是个好苗子,可惜后来都堕落了","都玷污了家族之名"的人。(143)施皮尔曼是社区最受尊重和最具权威的大拉比,控制整个维波夫社区甚至锡特卡特区的黑道,他有一双父亲之眼,"它历经苦难、写着宽容、寻找着乐趣。它懂兰兹曼,知道他失去了什么,知道他因为犹豫、没有信仰和渴望成为硬汉而流亡,却玷污了家族之名……有这样一双眼睛,谁都会马首是瞻,就算前面是万丈深渊,他们也会义无反顾、勇往直前"(137)。然而正是这样一双犀利的父亲之眼,对自己儿子寄予厚望之后又倍感失望。大拉比对儿子的回忆勾勒了梅纳赫姆身上的神奇光环:

> 托夫拉比(哈西德教派的创始人)告诉我们,每一代犹太人中都会诞生一位柴迪克,他有可能会成为救世主弥赛亚。而这一代的柴迪克就是梅纳赫姆、梅纳赫姆、梅纳赫姆。
>
> 梅纳赫姆天赋异禀,身上有一种特别的东西,是火。维波夫是一个阴冷灰暗、阴郁潮湿的地方,而梅纳赫姆身上散发着光芒和温暖,吸引你靠近他,由他温暖你的手,融化你胡须上的冰,驱走你身上的黑暗。就算你从他身边走开,温暖的感觉犹在,仿佛世界上多了点光亮,多了道烛光。这时,你才意识到自己体内也有火,而且一直都有。这真是个奇迹。(141)

从大拉比对儿子的回忆可以看出,哈西德宗教社区给予了梅纳赫姆显赫的地位,并寄予了极高的宗教厚望。小说通过第三人称叙事刻画了这个具有神迹般能力的人,"梅纳赫姆拥有的不只是惊人的记忆力、敏锐的推理力和把握惯例、历史与法律的能力;还在孩提时代,梅纳赫姆似乎就能凭直觉谙熟人性……小小年纪的他能把恐惧、怀疑、欲望、欺骗、背约、谋杀和爱情洞悉得一清二楚"(121)。在大拉比看来,梅纳赫姆曾是个好苗子,可惜后来毁了;兰兹曼曾是个好警察,可惜没有人尊敬。兰兹曼的父亲是少年棋圣,也是欧洲难民营的幸存者,白天在爱因斯坦国际象棋俱乐部下棋,夜晚则和八九个人下通信棋,为国际象棋期刊写评论。"他一一迎战所有的挑战者,而且每战必胜,直杀到对方片甲不留、落荒而逃。"(29)兰兹曼个人的光辉历史是由全能第三人称叙事者叙述的:

> 梅耶·兰兹曼是锡特卡特区功勋最显著的公仆,他不仅侦破了批货商谋杀娇妻芙萝玛·莱夫科维茨的命案,还亲手捉拿了医院杀手波多尔斯基……他记得每一个罪犯,有消防队员之胆量,具

有入市飞贼之眼力。一旦有犯罪需要打击,兰兹曼的裤腿里就立刻
像被塞进了一只火箭,身后仿佛还有音乐在为他演奏……(3)

从以上描述可以看出,一方面,梅纳赫姆是火一样的使者,而兰兹曼则
是勇猛的保护者。只是梅纳赫姆可以驱赶黑暗的光芒而被赋予了宗教色
彩,而兰兹曼的勇猛胆识则难免令读者联想到美国好莱坞电影里的邦德形
象。一个代表了传统的犹太人,一个代表了世俗的美国犹太人;一个唤起
人们对犹太宗教的神秘想象,一个提醒世人当下犹太人的困境。梅纳赫姆
如同一块正统犹太教的古老基石,被现代社会的汽车和混凝土淹没。他的
存在说明,以色列的极端正统犹太教依然坚信弥赛亚的降世,尽管他们的
声音正在被世俗化的现代社会所吞噬。而兰兹曼这一美国犹太人形象在
职业领域即便有卓越表现,也依然因为各种因素而得不到应有的尊重。谢
邦通过这两个人物表现了针对犹太人的各种歧视。

另一方面,梅纳赫姆和兰兹曼都深陷泥潭而不能自拔,一个是舔舐着
离异伤口的酗酒者,一个是沉迷在海洛因中麻痹自己的同性恋者。寄居旅
馆的兰兹曼“只有心情做两件事:工作和醉生梦死”(2),他“以白兰地为爱
人”,还自称喝酒是为了给自己治病,“用梅子白兰地这把锤子敲平内心的
创伤”(24)。兰兹曼和前妻碧娜的婚姻破裂的根源始于两人达成的堕胎决
定。医生断定十七周的胎儿多了一条染色体,这样的胎儿生下来可能重度
畸形也可能健康无恙,而矛盾人格、对人生沮丧失望、对一切信心不足的兰
兹曼选择了放弃,从而结束了十五年的婚姻。除了婚姻创伤,兰兹曼对父
亲也充满愧疚。少年兰兹曼写信给酷爱国际象棋的父亲,坦诚自己对下棋
深恶痛绝,在他寄出信两天后,父亲伊西多子在爱因斯坦旅馆服用过量镇
静催眠药自杀身亡。之后兰兹曼开始出现尿床、发胖等症状。对亲生父亲
和妻子的愧疚以及由此带来的创伤阴影使得兰兹曼彻底变成了一个无家
可归的人,他认为自己和所有犹太人一样“故意和自己过不去、故意和别人
过不去、故意和这个世界过不去”,这是“兰兹曼和他的同仁从前辈那里唯
一继承的传统,也是他们的娱乐方式”。(11)家庭创伤直接导致兰兹曼成

为一个无家可归的流浪者，这种流放的生存状态始终折磨着兰兹曼。兰兹曼曾抓住手持布施盒为弥赛亚布施的老人的袖子，"因为他忽然想搞明白像他这样流落异乡的犹太人何时才能圆了家园梦"（17）。而这个家庭创伤和永恒的家园梦更像是整个犹太民族的一个缩影，谢邦虚构的这两个创伤人物成为犹太人永恒流亡的表征，谢邦甚至通过兰兹曼妹妹之口表达爱因斯坦关于犹太人永恒回归的著名论证，"永恒回归的前提当然是永恒流亡"（372）。

故事的结尾处，当兰兹曼为杀人凶手依然逍遥法外而不满、苦恼之时，兰兹曼打开棋盘，想象着凶案现场的残局。这里谢邦再次呈现了兰兹曼和弥赛亚的双角色，并在二人合一的虚幻之中揭开了案件真相：

> 他看着明信片的正面，看着这些仿佛被施了魔法的犹太人，前、后，胖、瘦，起点、终点，睿智、快乐，混乱、有序，放逐、回归。书上有一张图表，黑白方格横竖交叉，注释详尽如一页犹太法典；之后，一张破旧的老棋盘……兰兹曼感到有一只手搭在他手上，手温比常人要高出两度。他的思绪倏地加快，如标语般展开。之前、之后。梅纳赫姆·施皮尔曼潮湿的手仿佛带了电，传递给兰兹曼某种奇异的祝福。（400）

在这段描述中，兰兹曼和已经死去的梅纳赫姆之间建立了带有神秘诡异色彩的联系，兰兹曼仿佛被附体一般得到了启示：一切答案皆在棋盘。兰兹曼发现棋盘上原来摆着"迫移困境（Zugzwang）"的棋局，即一方陷入进退两难的境地，但又必须出招，无论怎样出招都将面临灭顶之灾。以此为思路，兰兹曼发现了梅纳赫姆的真正死因：实际上梅纳赫姆不希望参与阴谋事件，无法承受各方重压，所以请求前特区警局局长帮助自己结束生命。作为第一代移民，前特区警局局长是锡特卡犹太特区的建区元勋，被视为犹太人的新希望，对于一切可能破坏特区安定的事情，他都会不择手段地阻止。

无论是前特区警局局长、兰兹曼还是梅纳赫姆，都生活在流亡的现实世界,却又都渴望有一个永恒的家园。渴望与现实之间的差距构成了缺陷之门,正如梅纳赫姆的母亲所说:"在法令与遵守、天堂与凡尘、丈夫与妻子、以色列与犹太人之间,凡事总有个缺陷……唯有弥赛亚到来,缺陷之门才能观赏,所有差异、分离和距离才会消失不见。"(214)被寄予厚望的柴迪克、再世弥赛亚梅纳赫姆自小就是众人依赖的救星。他随手拿个毛毡娃娃,写上几句祝福,就可以治好家中女仆的不孕症;他送给司机五美元纸币就可以帮助他解决巨额欠款。每一天都有生病的、垂死的、孤苦的人登门祈求,然而,拥有神奇救赎能力的梅纳赫姆却无法自救。他从小就表现出对男性的爱慕,只能通过将全部精力都奉献给六百一十三条戒律、《摩西五经》、《塔木德》、他的父母和将他视为救星的信众,压抑自己内心的欲望。在父母给他安排成婚的当夜,在压抑了多年后的这一刻他选择了逃婚和离家出走。大拉比认为自己的儿子是异想天开、灵魂扭曲;施皮尔曼夫人因为羞愧和侮辱而责备堕落的爱子逃避家庭和责任,她甚至开始厌恶"神创、上帝以及上帝的个人作品"(226)。

谢邦塑造的这个再世弥赛亚,无疑颠覆了犹太民族对弥赛亚的所有美好想象和殷切寄托。当代美国作家非常热衷于同性恋这个题材,当然这是艺术对现实的写照。谢邦大胆地将充满争议的同性恋身份和宗教性极强的弥赛亚身份糅合到同一个人物身上,给读者带来的冲击无疑是巨大的。这个性格鲜明的人物形象除打破读者对传统弥赛亚的想象之外,还将读者引向了对这个宣称消除一切歧视、尊重个人选择自由的民主社会的思考中。梅纳赫姆的母亲认为弥赛亚的降临将消除一切差异、分离和距离,这和美国社会追求的消除种族、性别差异等的理念殊途同归。因此,同性恋身份的弥赛亚本身就形成了矛盾。谢邦通过双角色的换位思考指出了这个矛盾的存在。警探兰兹曼苦苦思索案情,"他想象着自己趴在那张床上(梅纳赫姆被杀的床上)……砰的一声,他的脑袋变成了舌头,舔舐着如注流出的鲜血脑浆。一切都结束了。他曾经穿上柴迪克的圣衣,后来发现那是束身衣。好吧,之后就是放任自流,下棋赚钱,住廉价旅馆,躲避基因和神为他安排好的矛盾命运"(280)。从小研读犹太律法的梅纳赫姆无法容忍自己堕入不净世界,于是选择吸毒麻痹自己,为了买毒品,他又不得不依靠自己颇具天赋的棋艺赚钱。

犹太民族和国际象棋渊源深厚,不少犹太作家都曾在作品中书写犹太棋手的故事。奥地利作家斯蒂芬·茨威格(Stefan Zweig)就在其代表作《国际象棋的故事》中塑造了一名被纳粹压迫和逼供、以国际象棋为寄托、精神扭曲的犹太人,这个犹太棋手最终背井离乡、流亡美国。无独有偶,茨威格在其回忆录中写道:"如果人失去了自己立足的土地……人就挺不起来腰板,人就变得越来越没有把握,越来越不相信自己。"(王葳,2010:44)同样,国际象棋在《意第绪警察联盟》中也是一个重要的符号。1948年以色列国家被阿拉伯国家占领后(小说虚构的历史背景),以色列犹太人被迫再次踏上流亡之路,很多失去故乡的犹太人生活在创伤的阴影中,因而不能在新的特区家园重拾人生,于是一大批瘦骨嶙峋、颓废落魄的犹太人聚集在爱因斯坦国际象棋俱乐部,他们的人生就是一个个落花流水的棋盘,充满颓败和绝望。和弥赛亚形成双角色的警察兰兹曼,其父就是这样一位人物,最终不堪绝望而自杀,以至于兰兹曼终生对国际象棋既爱又恨,"兰兹曼的脑海里被一幅画面占据,他正身处柴门霍夫旅馆的肮脏大堂,坐在曾经纯白的肮脏沙发上,与'伊曼纽尔·拉斯科(管他真名是什么)'(这是梅纳赫姆的化名)对弈。他们凝望着就要消失殆尽的生命之光映照在对方身上,聆听着彼此体内玻璃碎裂的甜美谐响。尽管兰兹曼对国际象棋深恶痛绝,但那幅画面令他无比感动"(7)。谢邦笔下的这位反英雄弥赛亚,是一名象棋奇才,每天在爱因斯坦国际象棋俱乐部下棋赚毒资。这是一个非自然的弥赛亚形象,以嘲讽的口吻和一种彻底击败读者期待的姿态,展现出犹太人失去家园故土、失去信仰的失落与绝望。与之形成鲜明对比的世俗犹太警察兰兹曼,同样生活在痛苦的流亡之中。由此,小说刻画了正统和非正统、坚守信仰和世俗化的犹太人的生存困境。二者和他们分别所代表的教派及特区警局都希望寻找家园和生的希望,而弥赛亚的被杀和警局的遣散似乎预示了犹太人不得不接受的永恒流亡命运。

二、被杀的弥赛亚和被驱逐的犹太警察

关于弥赛亚和重建圣殿的故事在犹太文学中并不少见，然而像谢邦这样塑造一名反英雄弥赛亚形象和书写复国主义阴谋故事的则不多见。小说中的犹太教极端正统派急迫地要炸毁金顶寺以重获以色列家园、重建圣殿，"犹太复国分子一如鲑鱼，为了回到家园迎头搏击着惊涛骇浪"（Chabon，2007:238)。当这个诉求和美国华盛顿的一个密谋弥赛亚再世的神秘福音派组织不谋而合时，两个组织一拍即合，同谋筹划这个可能引发第三次世界大战的恐怖事件。文献记载，重建耶路撒冷圣殿时，犹太人必须遵循古老的传统举行赎罪祭祀。犹太组织负责利用高科技造出献祭时需要的小红牛和寻找弥赛亚，美国福音派组织负责打通美国政府得到各种资助和政治支持，最终组织了炸毁金顶寺的阴谋活动。当然，他们并没有迎来重生的弥赛亚或是圣殿的重建。故事结尾处，谢邦虽然没有交代未来以色列的命运，但可以通过故事当中特区警察兰兹曼和特区退休的警察局局长对这一阴谋活动的对话得知，金顶寺的废墟意味着阿拉伯国家的愤怒和可能爆发的第三次世界大战，而弥赛亚的离世对于广大信徒来说则意味着永恒的流亡：

> 这些犹太人的身上散发出一种悲伤的气息……他们为他（梅纳赫姆）祈祷时似乎随时都会昏厥，而那近似昏厥的样子又像是某种宗教仪式……他们不是在哀悼梅纳赫姆，绝无可能。他们是在哀悼他们就快失去的一样东西，也许是庇护，也许是希望。他们深爱着脚下的这座半岛，已经视之为自己的家园，可它就要成为别人的领土。他们就像是袋中的金鱼，即将被倾倒回黑暗的流亡之湖。（202）

梅纳赫姆的死亡向众多虔诚的信徒传递了悲观绝望的信息。他们失去了救世主，正像"每一代的犹太人都会失去他们不配拥有的弥赛亚，如今,虔诚的黑帽子也找到了他们不配拥有的证据"(198)。犹太特区的正统犹太人和世俗犹太人一样都再一次面临着无家可归的灰暗前途。他们不知道的是,这个他们虔诚依赖的再世弥撒亚"早已不是真正意义的犹太人,二十年的毒海沉沦让他只剩下犹太人的躯壳,而且是一具细薄透明的空洞躯壳"(198)。他们所信任的弥赛亚虽然可以拯救他人的生命,却始终无法拯救自我,最后采取自我毁灭的办法,请求他人结束自己的生命。谢邦所塑造的这个非自然弥赛亚形象是对正统犹太教最大的质疑。梅纳赫姆自小被誉为天才和弥赛亚,他有治疗他人的神奇能力,却无法救赎深陷迷茫的自己,他不想扮演柴迪克,又厌倦了躲避,因为他已经东躲西藏了一辈子,"他不知道该怎么办,他不想再吸毒,又想继续吸下去;他不想扮演别人,又不知道该如何做自己,所以他问我能否帮他(结束生命)"(404)。显然,这个拯救所有犹太人的宗教期待让梅纳赫姆深感痛苦。

对于美国化的世俗犹太警察兰兹曼来说,弥撒亚的去世再次证明了宗教救赎的无望。"他知道父亲一定希望有个如梅纳赫姆一样天才的儿子,他禁不住想,要是自己下棋和梅纳赫姆一样好,说不定父亲就有活下去的理由,自己就等于是变身为小弥赛亚,不过救赎的不是世界,而是父亲。"(195)兰兹曼和弥赛亚一样,都因为辜负了父亲的期望而活在自责的阴影中。兰兹曼的父亲在世时,"无时无刻不将自身期望重压给他,但他完全无法实现更谈不上超越父亲的期望了";而当兰兹曼无法承受父亲的期望时,他给父亲写了一封信,"表达了他对摆脱父亲给他的重担的渴望",紧接着发生的父亲自杀事件曾让他深信父亲是因他而死。和兰兹曼一样,梅纳赫姆明知道自己无法实现这些期望,无法担负父亲和信徒们在他身上寄托的沉重期望。所以,兰兹曼猜测着"梅纳赫姆心里的愧疚有多深?他是否相信那些把他奉为救世主的传言?想到为了摆脱大家压给他的重担,他不仅要背弃父亲,还要背弃全世界的犹太人时,他的内心有多挣扎"(195)。在梅纳赫姆枪杀案的调查中,兰兹曼反思了自己的人生,一直活在愧疚中的兰兹曼发现,即便是天才少年梅纳赫姆也无法实现父辈的期望。在梅纳赫姆的身上,兰兹曼看到了自己,也看到了无数犹太人因辜负父辈期望而经历的痛苦和挣扎。兰兹曼和梅纳赫姆的身上所表现出的代际危机一方面反映了众多美国犹太人的矛盾心理,他们和父辈之间在民族传承与被传承、期望与被期望的复杂关系;另一方面,梅纳赫姆生活的哈西德社区和兰兹曼工作的美式管理警察局也形成了鲜明的对比,形象反映了谢邦眼中的以色列和美国的微妙关系。

毫无疑问,谢邦对中东局势非常关心。2010 年夏天加沙地带轰炸事件后,他在《纽约时报》上发表文章,提出"犹太人是上帝的选民但并不是特殊选民","犹太人不比其他民族的人更优越或是更悲惨"。(Anderson,2015:88)露丝·维斯称谢邦小说反映了他的反锡安主义,并提出强烈的批评。安德森则认为谢邦在这部政治阴谋小说中表达了他没有信仰的立场。但是,仅仅从故事的情节安排就断定作者的政治和宗教立场,似乎忽略了作者试图深层探讨的犹太身份和犹太人生存的问题。通过梅纳赫姆的痛苦和兰兹曼的困境,《意第绪警察联盟》呈现了所有犹太人都面临的生存困境。通过一个虚构的家园,小说道出了困境的根源,即无国无家(stateless and homeless)的身份危机。小说中的正统派希望通过阴谋暴力活动改变无国无家的现实,而失败和死亡的梅纳赫姆表达了作者对身份和家园的辩证关系的认识,以及作者对犹太身份的定义。安德森认为谢邦想通过小说讨论"犹太身份是个人身份还是集体身份",以及"没有生活在犹太国家里的犹太人还是不是犹太人"的问题。(2015:89)

梅纳赫姆的死亡和兰兹曼的最终选择给出了谢邦对这些问题的回答,犹太人身份的建立不可能通过地缘政治的国家身份实现,相反,犹太人的身份恰恰是"离散"。谢邦在《想象的故土》一文中写道,"我写我所在:流亡(I write from the place where I live:exile)",并称"这没有什么大不了"。(2009:157)谢邦对犹太身份的这种认定还体现在兰兹曼的名字上。对于美国犹太人来说,兰兹曼(Landsman)很容易令人联想到犹太人互助会(Landsmanshaft)——二十世纪初美国的一个犹太互助组织。这个互助会专门为从欧洲移民到美国的犹太人提供安家、就业、教育等适应性的帮助。《意第绪警察联盟》中的兰兹曼从某种意义上是在为当地的犹太居民保障安全,但是和梅纳赫姆一样,他抓坏人却无法保卫自己的家庭;决定让妻子堕胎放弃据医生诊断有可能有先天缺陷的胎儿,离异后寄居在脏乱差的旅馆内。安德森认为,梅纳赫姆、兰兹曼和锡特卡的犹太人的痛苦不是因为离散,而是因为"父辈所强加的结束离散和重建旧日家园的沉重期待"(Chabon,2007:90)。因此,梅纳赫姆选择结束自己的生命以表达对这一期待的否定和拒绝。而兰兹曼在调查中也开始理解梅纳赫姆,自己也不再因辜负父望而愧疚生活,他对自己的身份定位也开始发生改变。在凶杀案调查初期,他无比懊恼救赎者梅纳赫姆和他同住一间旅馆,他却浑然不知并错失了救赎,"那个可以给他祝福的犹太人的祝福"(410)。当他得知梅纳赫姆实际上是自求一死时,他理解了这个弥赛亚的困惑和痛苦,以及父辈的期望和自我迷失的苦恼。当被问及自己和前妻的复婚计划时,他陷入了沉思:

> 兰兹曼不由觉得,一切奇迹皆有可能。(That)犹太人将(will)会扬帆前往应许之地,尽情享用硕大的葡萄,胡须在沙漠中迎风飞扬。(That)圣殿将(will)会重建,战火将会平息,安逸、丰饶与正义将泽被苍生,人类、狮子与绵羊将和谐共存。男人将(will)如拉比般博学,女人如圣书般神圣,每套西装都拥有两条裤子。兰兹曼的精子此刻也许(maybe)正在黑暗中朝着救赎前进,冲撞着将他与碧娜分隔开的那道薄膜。(406)

这一段用了五句话描述兰兹曼的内心活动。在"一切奇迹皆有可能"后面的四个长句以不同的句型和语态表明了兰兹曼的想法。第二句和第三句以"that"开始,表明这些话是引用的,不是他自己的想法,中文翻译很容易漏译。第二句、第三句、第四句都使用了情态动词"will",表明是很确定的未来信息;而第五句则使用情态动词"maybe",表明是不确定但可能发生的事情。可见,以"that"起句和使用情态动词"will"的句子都是引自犹太经书,模仿神圣先知的预言,而以"兰兹曼"为句首的最后一句使用了

"maybe"表示这句话正是兰兹曼自己的想法。关于重回耶路撒冷的那些预言是兰兹曼曾经熟悉的、父辈曾经的期许。然而,"that"和"will"将兰兹曼和这些预言拉开距离,预示了他的真实想法:回归家庭。他犹豫着:是和美国当局妥协,答应为这个阴谋保密以换取管辖权移交之后能留在锡特卡,还是告发这个阴谋而被驱逐出锡特卡? 在前妻碧娜的鼓励下,他最终选择了道德的一边,故事的最后,他拨通了美国大报社的电话,说"我有个故事要对你讲"(411)。对兰兹曼来说,"锡特卡没有弥赛亚,兰兹曼没有家,没有未来,没有命运,只有碧娜,上帝应许给他和碧娜的土地,只在婚礼彩棚之下"(410)。至此,兰兹曼在破获凶杀案的同时,也解决了自己多年的困扰。这部长篇小说以兰兹曼在旅馆发现一桩凶杀案开始,随着案情的发展,兰兹曼在找到了真凶,发现了阴谋恐怖活动和了解了受害者的痛苦之后,自己也消除了困扰,最终坦然接受犹太人离散的永恒命运,和独立的碧娜一起在离散中建立更有活力的家园。正如谢邦后来被收录到书中的那篇演讲所示,故土存在于想象中,想象中的故土才是永恒的故土,因而离散就不再是个问题了。

《意第绪警察联盟》塑造的这两个互为映射的双角色人物,再世弥赛亚梅纳赫姆和世俗犹太警察兰兹曼,一个担负着正统犹太教拯救世界的重要使命,一个承担着保护犹太人在阿拉斯加重建家园的责任。谢邦塑造了两个背离传统形象的人物,一个是同性恋者、吸毒者、离家出走的不孝儿子和不堪重压而自杀的再世弥撒形象,一个是失子离异、无家可归、所保护的特区犹太人将被遣散、自己也将被驱逐的警察形象。这两个形象本身存在着矛盾性和颠覆性,一个可以拯救他者却无法自救,一个保护社会却无法自保。这种矛盾性表达了作者对犹太民族最本质的流亡特征的思考。流亡已经成为犹太人生存的本质特征,任何企图摆脱这种状态的行动都将失败并导致悲剧。同时,弥赛亚的死亡与警察和前妻的复合,似乎寄寓了作者的写作期待:对于犹太个体而言,接受犹太民族的流亡本质,回归家庭才是生命的希望所在。

第二节　变形的犹太魔像

本节论述《卡瓦利和克雷的神奇冒险》中的重要人物形象魔像的多次重大变形、所象征的大屠杀创伤，以及背后隐含的重要文化和历史含义。魔像的多次变形超越了它在犹太传统中的形象，呈现出极具隐喻色彩的非自然形象。传统的魔像是神秘犹太文化研究中的一个重要形象，在传统希伯来文学史中占据重要地位。"魔像（Golem）"的词源最早出现于《圣经》139 章 36 节中："你的眼睛曾看到我没有成形的四肢［Your eyes have seen my unformed limbs（or embryo，golmi）］。"后来"魔像"这个词在《塔木德》中多次出现，指"无形的物质（unshaped matter）"或"没有完成的创造（unfinished creation）"；在"父亲的道德规范"一章中，它是"智者"的反义词，表示"愚者"。直到中世纪，"魔像"才开始具有现在的含义，即"假人"或"泥人"。

魔像的故事在犹太和希伯来文学中广泛传播，关于他的由来和故事有很多版本。其中一个版本发生在十六世纪的巴比伦：相传一位名叫拉瓦（Rava）的塔木德圣人造了一个不会说话的人，是由卡巴拉（Kabbalah）魔力造出来的半人半魔形象。在犹太传说中有多种方法赋予魔像生命，比如按照正确顺序向魔像诵读上帝名字的各个字母，或是把写有上帝名字的纸条放到魔像的嘴里或额头上。另有传说把"emet（此处是希伯来文，意思是'真理'）"中的三个字母放进魔像的嘴里，就可以赋予他生命。在犹太神秘主义传说中，"emet"是上帝的另一个名字。在希伯来语中，"met"意为死亡，所以取走字母"e"就可以终止魔像的生命。

自中世纪起，魔像开始更为频繁地出现在各种犹太传说中，十五世纪后开始出现在德国犹太故事中。早期传说中的魔像只是一个信使，扮演着通灵的角色，在人和上帝之间传递信息。后来，十六世纪的布拉格出现了一个叫洛夫的拉比（Robbi Loew，1525—1609），他和魔像的故事是迄今为止最受欢迎也最广为传播的。拉比洛夫安排魔像做些粗活,比如提水和伐木。到 1909 年,魔像的形象发生重要转变。华沙的一位拉比罗森博格(Yehuda Yudl Rosenberg)在这一年出版了一本以布拉格魔像为蓝本并注入感人英雄事迹的故事书——《魔像和布拉格的一位马哈拉尔的伟大事迹》。该书一经出版就备受关注,它和随后出版的意第绪版本很快风靡欧洲犹太社区。在这本书里,魔像不仅有史以来第一次拥有一个名字约瑟夫(Josef),还被赋予了很多人类的气质和能力。他虽然不会讲话,但可以读写,同时他和普通人一样会受伤、失败。他英勇战斗,帮助拉比洛夫破获诸多陷害犹太人的谋杀案,澄清了犹太人阴谋杀害基督教徒并取得他们的鲜血制作逾越节薄饼的谣言。罗森博格的魔像故事充满了卡巴拉神秘主义和魔幻现实主义色彩,而书中魔像的创造者马哈拉尔被描述成一位无所不能的智者。对于十九世纪末二十世纪初饱受沙俄政府反犹迫害的阿什肯纳兹犹太人来说,这个讲述当时犹太英雄的故事无疑带给他们无限的慰藉和希望。随后在反犹情绪高涨的欧洲,更多小说和戏剧纷纷延续了这个魔像故事,如奥地利作家古斯塔夫·梅灵科(Gustav Meyrink)于 1915 年出版的《魔像》(*The Golem*),白俄罗斯作家霍彭·莱维科(Halpern Leivick)于 1921 年出版的意第绪语戏剧《魔像》(*The Golem*),德国导演保罗·威格纳(Paul Wegner)自导自演的经典默片《魔像》(*Der Golem*),等等。二十世纪中后期直至二十一世纪初,大量小说、戏剧、电影、诗歌、芭蕾舞剧和歌剧等以此为题材延续魔像的神秘传说。这些艺术创作不仅延续了布拉格拉比洛夫的魔像创造传统,而且赋予了魔像更多的卡巴拉神秘力量。

值得注意的是,曾有两位诺贝尔获奖者写过这个题材。诺贝尔文学奖获得者艾萨克·辛格(Issac Singer)于 1982 年出版了《魔像》(*The Golem*),诺贝尔和平奖获得者艾利·威塞尔(Elie Wiesel)于 1983 年也出版了同名作品。两部作品都是儿童文学,也都延续了犹太卡巴拉神秘主义魔幻风格。

二十一世纪以后,随着西方作者和读者对魔像的更多认识和广泛了解,无论是在民族层面还是在文化层面上,"魔像已然成为犹太人的象征"

(Gelbin,2011:9)。随着大量影视剧和流行文化对魔像的重新塑造和全球推广,魔像的形象含义也更为多元,有的继续隐秘传递古老的东欧犹太文化和卡巴拉神秘主义色彩,有的代表了"二战"后当代犹太文化的复兴,也有一些成为二十一世纪人类滥用科学的代表,更多的是借助魔像表现当代犹太人的生活。例如,辛西娅·奥兹克在 2000 年出版的小说《普特梅萨的故事》(*Puttermesser Papers*)中塑造了一个阴郁的女魔像形象,表达了当代犹太女性的生存困境。通过魔像,大屠杀重创后的犹太文化得以复兴和发展,并将魔像从东欧犹太文化的专属象征物中解放了出来,继而赋予了魔像代表当代人类生活和全球化发展的共同特征。

　　谢邦的长篇小说《卡瓦利和克雷的神奇冒险》时间跨度长,人物众多,故事情节波澜起伏,场面恢宏。《卡瓦利和克雷的神奇冒险》是一部关于大屠杀和逃脱的长篇历险记。主人公之一的约瑟夫·卡瓦利(Josef Kavalier)成功从欧洲大屠杀逃离到美国,但是他的家人全都不幸遇难,他在六百三十六页的小说中一直企图逃脱大屠杀带给他的阴影。小说中的其他角色也都在做各种逃脱挣扎。在纽约市布鲁克林区长大的山姆·克雷梦想像逃脱大师胡迪尼一样,逃出自己生活的密闭容器,他认为自己如同"在茧中盲目挣扎的蛹一样",所以只想品尝光明和空气的滋味(Chabon,2000:1)。对于 1963 年出生的谢邦来说,他没有亲身经历过欧洲死亡集中营和大屠杀,但他自己对这个题材表现出高度的关注,他以大屠杀为背景完成了三部小说,分别是《最终解决》《意第绪警察联盟》《卡瓦利和克雷的神奇冒险》。战后出生的作家能否再现大屠杀呢? 克里斯托弗·瑞贝特(Christoph Ribbat)对此提出了疑问:"流行样式的文本是否会导致大屠杀叙事被娱乐化和琐碎化呢? 或许这些流行文学可以为大屠杀记忆打开一条更加民主和可表述的道路。"(2005:206)谢邦在《卡瓦利和克雷的神奇冒险》中塑造了一个特别的形象,即魔像。它既是一个反复出现的神秘意象,也是一个关乎犹太民族的主题。它贯穿故事始末,跨越半个世纪,掩护约瑟夫·卡瓦利先后穿越欧美大陆,似为泥物又似有生命,经历了从无生命的泥塑到神秘保护者再到永恒漫画超人的转变和升华。它最先是犹太人极力保护的文化遗产泥塑魔像,接着以庞大之躯掩护大屠杀幸存少年约瑟夫逃出布拉格,后来被约瑟夫和山姆·克雷塑造成超级英雄出现于纽约的畅销漫画书里。小说中的魔像形象被不断神秘化的同时又被拟人化(humanized),超越了其传统形象,并最终以文学形式实现了永恒。

在《卡瓦利和克雷的神奇冒险》中,魔像的形象似人似神,又非人非神,超越了传统意义的半人半魔的泥塑形象。魔像在约瑟夫的一生中扮演着重要角色,它伴随不断逃脱大屠杀的约瑟夫,共经历了四次形象变化:犹太会堂和阁楼里存放的神像形象、棺材里穿衣服的马戏团巨人形象、纽约漫画书里杀希特勒的超级英雄形象和故事结尾快递箱里的散泥形象。谢邦在小说中将魔像的起源、形象和迁移置于二十世纪灾难性的"二战"背景中,具有特别的文化和历史意义。魔像的每一次形象转变都发生在故事的重要转折时期,蕴含重要的主题意义。

一、被遗忘的尘封泥塑

1939 年 3 月 15 日捷克沦陷,德国纳粹以惊人的速度占领了布拉格、波希米亚、摩拉维和其他城市。犹太人被迫住进条件恶劣的隔离区。魔像就被藏在这样一个到处是煤烟污垢和漆黑指纹的犹太隔离区。事实上,在二十世纪初魔像从旧新犹太会堂的古老藏身处被搬到这个社区的公寓后,就被置之高阁,自 1917 年之后再也没有人看过魔像了。或者说,被遗忘的魔像不再是原来的会堂圣物,在过去的三十多年间它只是一尊泥塑,静静躺在箱子里,被锁在一处破旧公寓内。在这部大部头历险记的第一章,魔像的出场含义深远。魔像被遗忘,乃至被寻找,直至被换装,象征了捷克犹太社群在大屠杀时期的宗教文化、生活的变迁。

在小说开篇,魔像的形象是含混、矛盾、充满争议和不确定性的。布拉格各个角落充斥着关于魔像的各种议论。纳粹德军正四处搜寻被视为犹太人圣物的魔像,而长老们也不知道魔像的下落,秘密社区内正秘密寻找魔像。同时,主张保护魔像的很多人反对将魔像送到海外,因为他们坚信魔像是用穆尔道河的泥土做成的,一旦离开原生环境,将受到严重的损毁;

不少犹太人坚信魔像会复活,会起来对抗犹太人的仇人,"反对送走魔像的那些人,心中依然保留着孩童般的愿望,希望魔像在某个关键的时刻会复活"(Chabon,2000:14)。对是否送走魔像的争议实际上反映了当时很多犹太人对大屠杀形势的错误判断,以及他们一厢情愿和过于乐观的生存希望。当希特勒将犹太人用火车送到集中营时,纳粹以各种谎言欺骗犹太人。即使在集中营内,当纳粹决定把某些犹太人送去毒气室时,他们也会谎称要给犹太人洗澡,于是犹太人配合脱衣进入毒气室。要识别这些谎言并不容易,同样,要逃脱大屠杀也是非常困难的。无奈之下,长老们为魔像制订了一个令人难以置信的逃脱计划,求助于魔术表演师。逃脱魔术表演大师孔恩布鲁接受长老们的委托,决定将和魔像同名的约瑟夫一起偷偷送出捷克。孔恩布鲁的老师是美国著名逃脱魔术师胡迪尼。事实上,胡迪尼是历史上的真实人物,他出生于拉比之家,为躲避匈牙利对犹太人的迫害,从匈牙利逃到纽约,因表演逃脱魔术而蜚声世界。卡瓦利孤身一人从捷克逃到纽约,他的逃脱和胡迪尼的逃脱以及后来他创作的漫画主人公逃脱侠共同传递了小说的逃脱主题。故事伊始,在大屠杀的历史背景下,充满犹太神秘性的魔像就和贯穿小说的各种逃脱意象紧密联系在一起。

在大屠杀成为梦魇的欧洲大陆上,逃脱是每个犹太人的心愿。然而,由于纳粹严厉的管控,逃脱非常困难,犹如约瑟夫口中的毛毛虫蜕变计划和宛若寓言的大梦,逃脱就像变魔术那样充满幻想和不切实际。少年约瑟夫的家人变卖全部家产却只能支付送走一个孩子的费用,约瑟夫背负全家人的希望和寄托登上逃脱的火车,却被告知证件无效须重新办理。约瑟夫不知道该如何向困境中的家人解释这个荒唐绝望的消息,他偷偷跑到自己的魔术老师孔恩布鲁的家中,和老师一起寻找魔像,决意和魔像一起逃离捷克。然而,魔像已被遗忘三十多年,没有人知道它的下落。魔像的被遗忘和被寻找折射出捷克犹太人的宗教生活现状。以犹太人孔恩布鲁为例,他一方面坚信无神论,另一方面又严格遵守犹太饮食戒律,也尽量不在周六工作;以约瑟夫为例,十四岁的他从来不曾深思过自己的犹太身份,他相信捷克的宪法,认为犹太人不过是捷克众多的少数民族之一,约瑟夫以自己是捷克人为荣。这真实反映了当时散居欧洲的犹太人的真实情形。他们一方面保持自己的宗教习俗和饮食戒律,另一方面又积极融入世俗社会生活,构建自己的国家身份而弱化自己的宗教身份。因此,在小说中,魔像被人遗忘甚至被长老们丢失,实则反映了当时犹太人对宗教文化的忽视。当然,谢邦也不忘借机嘲讽犹太人乐观懈怠的天性,他通过全能第三人称叙事者之口,道出"犹太社群与生俱来的安逸惰性使得圣物第一次被转移后没有物归原处",而最终丢失(59)。犹太人弱化宗教身份的世俗生活和种族灭绝的大屠杀计划、犹太人乐观懈怠的天性和纳粹宣扬的犹太人阴谋贪婪的形象都形成了鲜明的对比,传递出对纳粹和大屠杀斥责与控诉的画外音。

逃脱魔术师孔恩布鲁和约瑟夫在寻找魔像的过程中,通过上门挨家挨户查访和推理排除的各种侦查方法,深入了解了隔离区里拥挤不堪的简陋的生活环境,目睹邻居们在狭窄空间里的边界冲突和琐碎争端,并意外发现魔像的创始人拉比洛夫的直系后裔也一直隐居在这个公寓楼——他寻找魔像无果后,和妓女们在公寓里打发日子。查访时约瑟夫在一包纸上记录了公寓里所有的住户和人数,用完后孔恩布鲁把这包纸扔进垃圾桶后又捡了回来,并愤怒地撕毁这包纸:

> 那包纸至少有两厘米厚,不过孔恩布鲁强壮的双臂一振,就干净利落地撕成两半,然后叠起来,再撕成四分之一、八分之一……约瑟夫看着孔恩布鲁把那份清单撕成碎片,似乎也感受到一股递增的怒气——那份清单上有尼古拉斯巷二十六号每一个犹太人的姓名和年龄……
>
> "卑鄙下流。"他说道。可是不管在当下还是在事后,约瑟夫始终不明白他指的是什么——是这个计谋本身、让这个计谋可以得逞的住户、毋庸置疑就屈服的犹太人,还是做了这件坏事的自己。(45)

　　此处谢邦实际上影射纳粹利用人口统计的办法获得犹太人的人口信息,从而得以隔离犹太人,把他们关押到集中营,并最终实行种族灭绝的大屠杀;同时谢邦也通过约瑟夫的叙述表达了对被动、屈服的犹太人的质疑。用纳粹使用过的方法寻找魔像,无疑是通过魔像反观历史,反映当时犹太人的生存状况。当约瑟夫和孔恩布鲁最终在一间没有门的公寓里找到魔像时,他们发现,这个房间虽经过三十多年的尘封却依然一尘不染、清洁无垢,甚至有新漆未干的气味。二人都认为这是一间"不受时间约束"的房间,并生出敬畏之心。身披犹太晨祷披肩的魔像在此处被神秘化,和其百年前的半人半魔形象遥相呼应,以古老犹太习俗对峙当代脱逃命运,使魔像被赋予了民族命运的色彩。

　　在搬运魔像时,约瑟夫感到令他们吃力的只是厚实的松木箱子和巨大的服装,孔恩布鲁回应说"灵魂才是他的重担","只是一个空壳子。如果不是你(约瑟夫)要藏在里面的话,我还得加些沙袋才行"(62)。逃脱大师孔恩布鲁的魔像灵魂说反映了犹太传统中魔像的复杂使命。在大屠杀背景下,被人遗忘的魔像失去了灵魂的寄托和救赎的使命,而变成一具空壳;如今魔像被重新寻回,并"在藏身之地获得灵魂",和一个九岁犹太男孩共同逃出欧洲(16)。和魔像一样,约瑟夫逃到了纽约,当他看到弟弟塞到他口袋里的画,看到画上胡迪尼在半空中优雅冷静地喝着茶时,他"觉得在航向自由之际,仿佛失去了全身的重量,仿佛所有宝贵的负担都已离他而去"(66)。离开欧洲的魔像和约瑟夫,离开了所有的犹太亲人和会堂,离开了犹太文化的根基,约瑟夫和魔像的"轻"是不可承受之轻。透过魔像,谢邦书写了大屠杀阴影笼罩下的布拉格犹太社区,被封存和遗忘的魔像说明当时的欧洲犹太人在融入主流文化和社会时却依然遭到种族迫害;魔像的寻回和转移则象征犹太民族的传统意识在危急时刻被唤醒,魔像的逃脱和约瑟夫的逃脱被紧密地捆绑到了一起,欧洲所有犹太人的命运也被捆绑到了一起。

二、被嘲笑的马戏团巨人

二十世纪三四十年代,针对欧洲的犹太人,纳粹提出了一系列限制措施,例如,只有获得了他国接受证明如签证等的在集中营中的犹太人才能离开德国,即便获得离开许可,每个犹太人随身携带的财物不得超过二十马克。小说中布拉格的犹太人的银行账户遭到冻结,他们不能走进布拉格的公园,不能搭乘国有铁路的卧铺与餐车,不能进入公立学校和大学,不能搭公交车。犹太人被禁止戴犹太宗教规定的圆顶小帽,也不准携带背包,不准吃洋葱、蒜头、苹果、起司和鲤鱼等。根据纳粹的规定,即便是死亡的犹太人也不得随意被运出国境。于是和所有犹太人的悲惨命运一样,魔像也不得不变身变形。身着犹太披巾的魔像被改头换面,化装成一个非犹太的巨人。它穿上了一名绰号是"大山"的马戏团小丑的精致西服。谢邦用了两页纸极尽详细地描述了孔恩布鲁给魔像穿衣服的细节,仿佛魔像就是一尊毫无生气的泥塑,任由孔恩布鲁摆弄,约瑟夫甚至还因为巨人空无一物的泥土胯下而嘲笑魔像应该是女人。全能第三人称叙事者也嘲弄魔像的装扮,"呆滞灰暗的脸色,就像煮熟的羊肉一样,看起来绝对没有生命,勉强可以鱼目混珠冒充死人"(Chabon,2000:61)。代表犹太文化的魔像为了逃离大屠杀,而被穿上了马戏团小丑——一名身高两米的巨人的西服;脸颊上抹了腮红,光秃的头上戴了假发,这些都是非犹太教的葬仪习俗。被打扮成巨人小丑尸体的魔像躺在棺材里,一起藏在棺材夹层的还有约瑟夫。一方面,魔像的换装寓意深刻;另一方面,魔像和躺在他旁边的男孩同名,都叫约瑟夫,两人躺在同一个棺材内乘坐火车从布拉格逃到立陶宛,隐喻了双重角色的死后重生。魔像在传说里的半人半魔原身形象被强化,构建了他在传统里的守护者身份和在二十世纪大屠杀历史背景下逃脱者的身份,隐喻犹太民族在大屠杀中的共同命运和求生抗争。

与魔像的笨拙外形和滑稽装扮相比,魔像额头的淡淡手印和右臂灵活的手肘更令人震撼。魔像额头的手印是"几世纪前抹去上帝之名所留下的痕迹"(62)，和约瑟夫为魔像穿衣服时戏称魔像为女人和冒充死人的玩笑形成对比，这使得魔像的神秘身份更加复杂。全身僵硬的泥塑魔像唯一能够活动的部位是右臂的手肘，这和魔像的传统记载恰好吻合。根据记载，每晚魔像外出工作后回家时，都要用这只手臂轻触门柱圣卷（mezuzah）。一方面，魔像似乎失去了古老犹太文化中的神秘色彩：在布拉格的公寓里，魔像是一尊泥塑，庞大的身躯毫无生气；魔像创始人的直系后裔寻找多年却两手空空，在隔离区里浑浑噩噩地生活。另一方面，魔像又似有魔力：在犹太传统文化中，魔像半人半魔，拥有神秘的能力；魔像藏身的房间似乎脱离时间的约束，洁净崭新；魔像额头依然保留着抹去上帝之名的痕迹。谢邦对魔像的再塑造既保留了其传说中的一些特性，如笨拙盲目地服从主人和机械般的庞大身躯等，也沿袭了过去文学文本中魔像半人半魔和生死一体的矛盾特点。此外，谢邦笔下的魔像还被赋予了大屠杀背景下的历史见证者和历史参与者的新身份。

　　在波兰和立陶宛的边界，德国军官检查魔像棺材时，嘲讽魔像是"丑陋的鬼家伙"，甚至提出要脱下巨人的西装据为己有，"这么好的西装（不应）埋到肮脏的地洞里"，后因脚夫找不到铁锹才作罢(64)。德国军官的嘲讽和夺衣服之举都映射了"二战"期间德国纳粹对犹太人的他者妖魔化宣传和霸占犹太人钱财的历史事实。此外，小说中的魔像、约瑟夫和历史记载中当时很多犹太人的逃脱路线是一样的。二十世纪三四十年代，欧洲的犹太人从荷兰和日本大使馆获得签证，从欧洲乘西伯利亚特快火车经符拉迪沃斯托克到神户，再从神户搭船到美国。谢邦写作必做历史调查和信息收集，这使得谢邦的虚构作品产生了强烈的历史深度和真实感，也使魔像的形象更加真实生动。在历史、探险、侦探、魔幻等文类杂糅中，在严肃的犹太传统泥人和荒诞的魔像换装小丑的形象转化之间，魔像不再是一个犹太传统的泥塑，他被赋予了犹太性，也被打上了历史的烙印，因而既是犹太的，也是文化的、历史的符号。

三、被崇拜的漫画英雄

伴随魔像经历两次周转历险，在1939年10月的一个夜晚，约瑟夫到达纽约，开始栖身在纽约市布鲁克林区的姑姑家。二十世纪中期的布鲁克林区是一个典型的犹太人聚集区。与家人的生离死别和意外经历使得约瑟夫感到"他的生命中仿佛出现一道巨大的裂缝将过去切断"，切断的是一段创伤记忆。魔像使约瑟夫可以将现在和过去连接到一起。约瑟夫在这里和跛脚的表弟山姆·克雷一起创作了以魔像超人为主角的逃脱侠系列漫画，开始了和小说同名的人生历险。二人对魔像的讨论隐含了魔像在纽约的另一种存在形式：

> 每个宇宙，包括我们的在内，都是从对话开始的：世界历史上的每一尊魔像……都是透过语言，经由窃窃私语、反复念咒和卡巴拉秘教般的漫谈闲聊，才召唤出他们的灵魂，换言之，他们的生命的的确确是被说出来的。（Chabon，2000：119）

约瑟夫和克雷希望通过讨论梳理魔像漫画的创作思路。魔像因为在语言中的存在和在漫画里的存在，获得了生命。作为一位作家，谢邦此处强调了语言的强大力量。杰斯·卡瓦德罗（Jess Kavadlo）认为："谢邦用真的魔像创建了一个想象的家园。"（Kamingsky，2014：15）这个想象的家园就是约瑟夫和克雷的精神世界。他俩一个是因为大屠杀流落他乡的战争遗孤，父母、弟弟和外祖父后来都死在纳粹的魔爪下，会魔术、表演逃脱术，师从胡迪尼的学生孔恩布鲁；一个是在纽约布鲁克林区长大的犹太穷小子，因小儿麻痹症而跛脚，从小就被同伴嘲笑和欺负，梦想逃离现实的禁锢，崇拜逃脱魔术大师胡迪尼。学过绘画、需要生存的约瑟夫和在漫画公司上班的克雷合作创作漫画，塑造了一个大受欢迎、会易装打扮、会软骨特技、具有超能力的逃脱侠。约瑟夫的初期画稿是一个伸张正义、拯救人类的魔像形象，"（他）坚毅的眼神空洞地凝视远方，额头上还刺了四个希伯来文"。

当老板问他新超人是否就是魔像时,约瑟夫用结巴的英语回答说:"我想,超人……也许就是……美国魔像。"(86)约瑟夫后期对逃脱侠的形象进行了修改,塑造成一个获得神奇金钥匙后身手矫健的跛脚年轻人,名字叫作汤姆·五月花,是个像约瑟夫一样师从逃脱术大师的魔术师。正如约瑟夫最初说过的,逃脱侠就是易装打扮的魔像,而随着不断的创作,约瑟夫把自己和克雷的形象加入了漫画,逃脱侠成了魔像、约瑟夫和克雷的化身。约瑟夫和克雷把报复希特勒、解救家人的渴望淋漓尽致地表现在漫画故事中:

> 为所有遭到奴役禁锢、受到压迫煎熬的人,他带来了解放的希望、自由的许诺。他拥有过人的体魄和心智,会带领拔尖的助手,运用古老的智慧,纵横世界,展现惊人绝技,拯救在暴政下过着水深火热般日子的民众。(121)

> 过去这个星期,乔(约瑟夫)化身为逃脱侠,飞到欧洲……将钢环掷往独裁首领的咽喉……到了最后一页,在虚构的理想世界里,这是历史上超越空幻的一刻——逃脱侠生擒了希特勒,并把他拖到世界法庭受审……他因违反人性的罪行,被判处死刑。战争结束了,宇宙和平的时代宣告来临。(165)

在这个故事的故事里,魔像易装再次化身为犹太传说里的那个伸张正义、保护犹太人、惩治邪恶的守护者。逃脱侠的故事成为故事里的故事,小说人物约瑟夫和克雷共同创作和讲述的逃脱侠漫画和他们的英雄超人故事风靡美国。逃脱侠的故事寄寓了约瑟夫和克雷逃离现实、逃离大屠杀、逃离迫害的愿望。逃脱和历险不仅成为小说本身的叙事主题,也成为小说的一种重要元小说,即故事里的人物讨论另一个虚构故事的创作。谢邦将逃脱侠的叙事单独成节,并在前后章节插入约瑟夫和克雷对逃脱侠漫画的创作讨论,使逃脱侠的叙事占据了小说的很多篇幅。这种篇章安排一方面烘托了整部小说的逃脱主题,另一方面凸显了失衡的现实和梦想的落差。

故事里的故事的叙事策略使谢邦既可以表达出犹太人对希特勒的痛恨,又可以通过一个明显虚构的漫画故事避免生硬造作之嫌,从而形象地刻画出大屠杀受害者和幸存者的创伤记忆。琳达·哈钦(Linda Hutcheon)认为这种历史漫画题材的元小说,"将个体经历和历史事件通过反思和反讽的文学形式表现出当代漫画文学的主要范式"(1988:5)。希拉里·舒特(Hillary Chute)则进一步指出,当代小说和漫画叙事的重要主题就是历史和创伤记忆,比如托妮·莫里森(Tony Morrison)的《宠儿》(Beloved)和阿特·斯皮格曼(Art Speigelman)的《毛斯》(Maus),都以成功的漫画形式表现了历史的创伤事件,并且"证明比现实主义小说更能反映现实"(2008:270)。借助漫画故事的形式,作者的想象突破现实世界的束缚,而不受现实主义文学的模仿法则,打破自然法则,创作非自然叙事。谢邦在这部呈现多框架叙事体系的历险小说中,关于约瑟夫的创伤叙事是通过他所创作的漫画故事实现的。约瑟夫和克雷既是小说中的同故事叙事者,又是漫画故事的作者叙事者。这种多层叙事体系使约瑟夫和克雷兼具被叙事者和叙事者的双重身份,书中的这两人常沉浸在魔像的神奇超能世界而无法自拔。他们在逃脱侠的身上倾注了全部的希望和热情,脱逃侠成了他们生活的全部:

> 他们这一走就是几个钟头,街灯陆续亮了起来,还碰到间歇的阵雨,但他们并不在乎,依然一边抽烟,一边讲话,一直讲到喉咙发疼……现实的纽约市和虚构的帝国之间仿佛只有一线之隔,而他们就游走在这条颤抖的分割线上。(Chabon,2000:155)

约瑟夫和克雷渴望能够变身为代表魔像的逃脱侠,渴望逃脱侠真实存在。通过他们刻画的逃脱侠,读者可以感受他们对希特勒的仇恨和反抗意识。对于约瑟夫来说,他认为逃脱侠的一切行动都是因为他要复仇。当他和克雷讨论这个角色时,他说:"他会怎么样,不是问题;他是什么,也不是问题。问题是,为什么。"(94)在约瑟夫看来,超人打击犯罪和对抗邪恶不是因为这是好事,而是像蝙蝠侠一样为了复仇。约瑟夫一方面在虚构的逃脱侠故事里寻求慰藉,发泄他对希特勒的仇恨;他在漫画的封面上画下巴挨拳头的希特勒,他在画这一重拳的时候,"感到一种强烈、持久而奇特的喜悦,仿佛心理上的救赎"(159)。另一方面,当他回到现实世界后又因为幸存者愧疚(survivor guilt),痛恨自己无能为力,"乔突然觉得十分羞愧。他在这里享受着家人只能在梦里想象的自由……而他根本解放不了什么人、什么事……这有什么意义呢"(155)。而表弟克雷则用美国梦的逻辑鼓励他写漫画挣钱,然后用金钱买通关系把家人从欧洲解救出来,这样来说"逃脱侠真的就变成现实了"(155)。魔像逃脱侠占据了约瑟夫的大部分时间,"他除绘画、素描、抽烟外,几乎没做其他事情",他从漫画里感受打败希特勒的快意,"时间是 1940 年 10 月某个星期一的早上六点,他刚赢得了第二次世界大战,心情大好"(165)。约瑟夫游走在现实和虚构、漫画内和漫画外之间,过着两种生活:真实生活(real world)和虚幻生活(fancy world)。为了增加约瑟夫真实生活的可信度,谢邦不时采用打破时间序列的前叙事(也称"前叙",prolepsis),增加约瑟夫这一人物的真实感:

> 依然如山姆期望的那样,这两本书都极为叫好,而且乔(约瑟夫)又发现自己每个月要画两百多页的漫画,描绘大规模的想象屠杀。多年后心理学家费德勒·沃汗医师着手研究漫画的暴力基础时,仍为之震撼不已。(171)

前叙是基于叙事者对未来事件的预知,插入预期未来时间里人物对当下发生事件的回忆和叙事,即若干年后回想现在。S. 里蒙-凯南(S. Rimmon-Kenan)认为:"前叙是指在提及先发生的事件之前叙述一个故事事件,可以说,叙述提前进入了故事的未来。"(1983:83)热拉尔德·普林斯(Gerald Prince)提出:"当叙述者在本来的时间之前叙述一件或一系列事件,我们就有了预测(anticipation)的例子。"(1982:49)他举了一个例子:"约翰非常愤怒。十年以后,他会为此后悔。"在《叙事学词典》中,普林斯将前叙和预测各立词条,并互为参引,解释大同小异,当时以前叙为详,释义为:"一种错时类型,提前进入相对于现在时刻的未来,唤起将会在现在之后(或一个时间序列的顺时讲述被打断以让位于预叙的那一时刻)出现的一个或多个事件预言,闪进(flash forward)、瞻望(prospection)。"布鲁斯·罗宾斯通过分析包括《卡瓦利和克雷的神奇冒险》《百年孤独》等几部小说中独特的时间叙事,总结出"多年后"的深时前叙模式。(2012:191)罗宾斯认为这里的前叙策略打破了僵化的线性时间模式,将未来、过去和现在诡异并置,制造了一种循环时间的深时想象时空,形成未来和过去的对话,打破因果逻辑,消解历史决定论,最终凸显了当下的重要性。笔者认为,这种非自然时间叙事还有助于制造真实感,使叙事时间呈现立体化而不再是扁平化。谢邦在一次访谈中透露有读者甚至把这部历险记当成是历史上的真实事件,并写信给谢邦向他询问"如何购买约瑟夫的绘画作品"(Chute,2008:293)。尽管漫画故事本身是完全虚构的,大幅度篡改历史,但漫画故事叙事者的故事被赋予了真实感。

约瑟夫在虚构世界里获得的力量并不总是可靠的。他借助魔像形象宣泄仇恨并寄予希望,而他越是沉浸于魔像的漫画世界,就越是无法接受现实世界里残酷的大屠杀。他把这种与日俱增的无助和痛苦转化为逃脱侠与日俱增的神奇力量和漫画里越来越多的火爆群殴场景。英雄魔像的力量只是其创作者约瑟夫无能为力的镜像。在约瑟夫得知父亲去世的噩耗后,他开始仇恨一切德国人,他成了纽约的"德国人磁铁",不论他走到哪里,都能发现德国人的踪迹。他"看起来像个爆炸的时钟",暗中侦查并偷袭这些德国人。(Chabon,2000:197)他后来偶然发现了一个法西斯组织雅利安在美联盟,并潜入其办公室进行破坏。这个联盟的负责人艾布尔是一个逃脱侠迷。约瑟夫从艾布尔的读书笔记中发现,他对逃脱侠的态度有一个变化过程:从最初批评逃脱侠反德宣传到后来热情分析主题、人物等,原本轻视、责难、愤怒的语调也越来越温和,直至最后完全消失。约瑟夫被艾布尔详尽的笔记和热情的程度打动,甚至为自己制造的混乱感到懊悔,但是这种情绪很快变为羞愧。约瑟夫发现,自己的英雄逃脱侠身上也有法西斯的暴力色彩。

魔像逃脱侠在纽约成为孩子和成人都喜爱的英雄。当约瑟夫越来越依赖魔像给他带来的精神慰藉时,他又给魔像灌注了越来越疯狂的暴力。逃脱侠的形象不再是最初创作的那个正义的守护者了,约瑟夫发现"自己笔下的反法西斯英雄竟然反射出法西斯色彩"(205)。他认识到"自己以自由民主之名,美化了强人以残暴手段寻求报复的暴力行为"(205)。这种暴力的逃脱侠形象背离了犹太传统文化里保护犹太人的魔像形象,也不能再给约瑟夫带来慰藉的温情。逃脱侠故事变成了一个"荒谬、虚假的战场"。最终约瑟夫放弃了创作,他"厌倦了战斗……不停地奋战,可是希望越来越少,而不是越来越多"(205)。在约瑟夫得知自己奋力促成的欧洲难民儿童营救船被德国的鱼雷击沉,沉入大海的包括自己的弟弟后,他彻底放弃了逃脱侠的写作,加入了美国海军抗击德军,并从此和所有人失联。逃脱侠的英雄漫画书也销声匿迹。

魔像化身的逃脱侠无法解救约瑟夫的家人,也无法帮助约瑟夫摆脱失去所有亲人的痛苦,他失去了母亲、父亲、弟弟、外祖父、老师和朋友,他的城市、他的历史和他的家;而逃脱侠的英雄故事帮助他表达内心的痛苦,曾是他逃离现实的虚构世界。然而,逃脱侠所代表的魔像传递的只有暴政和死亡的信息。逃脱侠漫画的终结说明,暴力和仇恨或许可以暂时平复创伤带来的痛苦,但仇恨使受害者始终处于创伤体验中,最终只能加剧痛苦。在大屠杀带来的巨大创伤之下,约瑟夫需要的是遗忘和重新生活的勇气。

四、一箱散泥的魔像

在小说的最后一章,时间距离小说的开篇跨度为十五年,也就是1954年,魔像再次现身,但是形象发生了重大变化。魔像发生了两个重要变化:一是形式上魔像从一具泥塑变成一堆散泥;二是重量上从轻得像个空壳子到无比沉重。魔像还是躺在最初的那个松木棺材箱,被物流公司送到了约瑟夫家里。约瑟夫一下子就认出了箱子,"从1939年秋天开始,他曾在里面旅行过,在他的梦里",约瑟夫视之为"他的旅伴"和"他的另一个兄弟"。只是他感到奇怪的是,他和孔恩布鲁在布拉格搬魔像的箱子时,箱子非常轻,"像装满小鸟的棺材,就像一具骷髅"(Chabon,2000:608),然而现在这个箱子异常沉重。当他打开箱子后,发现箱子里是一堆散泥。魔像的这两处变化具有重要的象征含义:一方面,这符合犹太传统里的说法,即魔像一旦离开孕育它的河岸就可能瓦解;另一方面,这和约瑟夫的魔术老师孔恩布鲁的说法吻合,魔像不自然的灵魂让它有了重量,一旦卸下这个重担,泥土做的魔像就会和空气一样轻。魔像的增重意味着它被注入了不自然的灵魂。当它被遗忘在布拉格犹太社区的一个房间里的时候,它轻如空壳;在大屠杀后,它变得异常沉重。显然,谢邦在小说结尾,也是大屠杀结束后的 1954 年,重新刻画的散泥魔像是一个重要的大屠杀符号。

大屠杀之后,欧洲三分之二的犹太人丧生,约六百万犹太人失去了生命,幸存下来的犹太人又有相当一部分逃离其他国家,流亡到美国、澳大利亚等世界各地。(Niewyk & Nicosia,2000:240;Franklin,2011:74)谢邦在小说结尾借由约瑟夫的意识流,暗示这些死去的犹太人的灵魂回到了魔像的身体里,"约瑟夫捞起一把散泥,仔细凝视着,然后让散泥从指间滑落,心想:不知道魔像的灵魂什么时候回到这个身体里的?这堆散泥里面会不会不止一个失落的灵魂,才变得如此沉重?"(Chabon,2000:465)。魔像的最终形象,既意味着逃离欧洲散落到世界各地的犹太人,又暗指无数在大屠杀中失去生命的犹太人。

作为第三代移民的谢邦,如何讲述没有亲身经历过的大屠杀?半个世纪后如何回顾和审视这段犹太灾难史?杰西卡·兰格(Jessica Lang)在文章《爱的历史:大屠杀的当代读者和传播》中提出,这些作家需要通过间接手段表现大屠杀,她认为,那些生于二十世纪六十年代以后的美国作家在讲述大屠杀故事时,往往增加其他情节的故事叙事,第三代移民的美国作家往往将大屠杀叙事作为故事的间接叙事。谢邦所讲述的逃脱侠的故事,在许多方面都成为大屠杀的形象脚本。

根据各种历史的、传记的、口述文学或是虚构文学的文本,纳粹对犹太人的迫害是有计划、分步骤展开的。1942 年万湖会议上，纳粹军官海德里希向德国各级政府机构传达了种族屠杀计划"最终解决"。根据这个计划，"所有欧洲的犹太人都将被转到东欧的隔离区、劳动营（Labor Camp）和死亡营（Extermination Camp）"（Niewyk & Nicosia，2000：14）。在纳粹反犹初期，犹太人被迫弃家而住进条件恶劣的隔离区，他们在隔离区的工厂里被迫劳动，随后纳粹开始清空隔离区，将犹太人分类转移。隔离区里的强壮犹太人被转移到劳动营，那些无法劳作的幼小或年老犹太人则被运往死亡营。（Niewyk & Nicosia，2000：15）在大屠杀中，最先受害的往往都是儿童。根据记载，在纳粹统治的欧洲地区，"幸存的儿童只有 6%—7%"，"战前一百六十万的犹太儿童中，一百五十万丧生于大屠杀"（Berger，2010：13）。这些都被谢邦通过约瑟夫间接叙述出来。约瑟夫失去的家人包括年迈的外祖父、年幼的弟弟、父母。在约瑟夫逃离布拉格前夕，外祖父、父母和弟弟已经被赶进隔离区居住，后来通过母亲的来信，约瑟夫得知父亲重病去世，弟弟逃难的轮船葬身大海，母亲和外祖父被转移到集中营。可以说，通过约瑟夫的叙事，他的家人受到的迫害成为整个大屠杀的一个缩影。约瑟夫遭受着全家人悲惨丧命的创伤。当他接到沉重的魔像棺材箱时，"一个可怕的念头在他的脑子里一闪而过：有另一个人躺在里面跟魔像一起"（Chabon，2000：608）。魔像异常的重量既代表了在大屠杀中无数失去生命的犹太人，也代表了约瑟夫所承受的失去所有家人的痛苦。因此，魔像的新形象的出现，意味着约瑟夫不能再通过创作逃脱侠漫画和魔像的故事逃避对家人的思念和因此带来的痛苦：

　　魔像在长岛某栋房子里的客厅里重新出现似乎是不可避免的事，好像他知道这十五年来，魔像一直在背后一路追着他，现在终于追上来了一样。乔（约瑟夫）仔细研究贴在木箱上的标签，发现它在几个星期前才漂洋过海而来。它怎么知道要去哪里找他？它在等些什么？是谁在一路追踪他的行迹？（610）

无疑,从1939年约瑟夫到达纽约起,约瑟夫就背上了大屠杀逃脱者和大屠杀幸存者愧疚的阴影。他和魔像一起逃离布拉格,并在十五年之后重新相聚。魔像曾经是他的旅伴和兄弟,是他躲在纽约逃避痛苦的希望所在,也是所有丧生的犹太人的灵魂化身。

在文学与民间故事中,从拉比洛夫的魔像到维克多·法兰克斯坦的科学怪人,魔像的重要性与魅力源于没有灵魂的他们具备永不倦怠的鬼神之力,他们是人类狂妄自大和野心勃勃的化身,但是魔像具备的惊骇能力及摆脱其造物者控制后可能引发的灾难后果,让造物者们既崇拜又恐惧……对他(约瑟夫)而言,魔像的成形代表着一种希望,在绝望时代里万分之一的希望,这是一种渴求的表现,希望借由几个神奇的字眼和一双艺术的巧手能够创造出一点什么——简陋、驽钝但是充满力量的东西——能够免于毁灭的束缚,免于疾病、残暴与更大造物主不可避免的失败。追根究底,这代表一个虚无的希望、逃脱的希望。(Chabon,2000:582)

约瑟夫发现他所创作的逃脱侠漫画只不过是一个虚幻的希望和逃避的希望。约瑟夫意识到,他在漫画里的所有咒骂都只不过在表达自己的仇恨、愧疚和希望而已,虽然这些有助于悲伤的复原,但无法逃避残酷的现实。代表创伤和死亡的魔像,既是约瑟夫痛苦的过去,也是他记忆的遗产。最终,小说通过约瑟夫之口指出,魔术的成功在于让存在的东西彻底消失,而成功的关键是爱。让存在的各种禁锢、压迫、暴力和不公消失,就是最成功的魔术,而这一切的关键是爱。犹太民族历经磨难、欺辱和迫害,如何在创伤阴影中寻找生存的希望? 魔像和约瑟夫的逃脱,以及约瑟夫一直学习的逃脱术、表演魔术,从各个方面表现了犹太人在困境中的努力和坚持。作者在魔像的逃脱变形过程中,突出了约瑟夫和克雷的兄弟情、约瑟夫和女友的爱情、约瑟夫和受害家人的亲情,表达了家庭、友谊和微观社群的重要性，最终约瑟夫在儿子的家中收到了魔像，开始正视失去家人的痛苦现实。魔像是大屠杀记忆裂痕的另一种叙事和间接表达，是创伤受害者无法言说的叙述媒介。

小说扉页引用了威尔·艾斯纳（Will Eisner）的话："在无解难题中创造不可能的解决方式，我们的确拥有这样的历史。"魔像作为一个贯穿小说始终的重要意象，在故事中以四次不同的形象——一具空壳似的泥塑、一个小丑演员的尸体、一个漫画里的超级英雄和一堆沉重的散泥——的转变，实现了对犹太人在"二战"中难以叙述的创伤经历的叙述。魔像的每一次形象转变，都和同名的主人公，约瑟夫·卡瓦利的经历和情感息息相关。从捷克布拉格的共同逃脱到纽约的相聚，魔像在不同空间里的变形既保留了部分它在原有环境中的特点，同时又呈现出它在新环境中的一些特点。达利亚·坎迪扬提（Dalia Kandiyoti）认为，"新空间的特征表达了阶级、种族和性别等"，同时也构成了"流亡的身份和叙事"。（2009：4）魔像在美国的新形象既展示了第三代犹太作家通过塑造不可能的人物形象进行难以叙述的叙事尝试，也反映了美国犹太作家对犹太传统的重写和对想象家园的重建叙事。

第三节　失语的大屠杀孤儿

中篇小说《最终解决》以"二战"大屠杀为历史背景，讲述了一个幸存犹太小男孩莱纳斯·斯坦曼（Lenus Steinman）在英国遭遇的抢劫案件，表达了历史事件对群体活动和个人生活带来的不可言表的创伤和折磨。本节将以失语的大屠杀孤儿斯坦曼为中心，通过对与他具有镜像或紧密关系的拟人化鹦鹉、患阿尔茨海默病的退休老侦探和印度裔牧师等非自然人物形象进行对比分析，论述作品在个人创伤和集体创伤、他者化和殖民侵略等方面有关人性和历史的探讨。

谢邦在小说《最终解决》中塑造了一个沉默失语、形单影只的大屠杀孤儿形象。小说有两层叙事线索。第一层叙事是主线,发生在1944年7月的英国南部港口苏塞克斯郡。九岁小男孩莱纳斯·斯坦曼带着一只名叫布鲁诺的鹦鹉和其他犹太孩子在一个教会组织的帮助下从德国出逃,流亡到英国南部丘陵地区的乡村,并寄居在当地的一个印度裔牧师家里。小男孩不仅失语,而且患有写字倒置症,性格孤僻,总是一个人独处。不久,小男孩唯一的伙伴,鹦鹉布鲁诺神秘失踪,同时旅居在牧师家里的客人尚恩先生被杀,这名客人后来被隐退老侦探发现是一名英国情报局军官,而谋杀者则是犹太救助委员会的工作人员凯尔博先生。过着隐居生活的养蜂老人,是昔日的大侦探,和福尔摩斯一样有一顶帽子、一个烟斗,说话简洁有力,曾经破案无数。警察向老侦探求助,老侦探最终成功找到杀人凶手,并解救了被凶手绑架的鹦鹉。从这一层叙事来看,这是典型的侦探叙事。但是谢邦在这个侦探故事之下又插入第二层神秘叙事。杀人者绑架鹦鹉,是为了得到鹦鹉每日歌唱的数字之谜。布鲁诺是一只聪明的非洲灰鹦鹉,它每日朗诵诗歌,并高声歌唱,歌词是无数神秘的数字组合。居心巨测的各方人士都想知道数字的神秘含义,这些人包括伪装身份是建筑历史学家的帕金斯、伪装身份是牛奶设备经销商的尚恩和犹太救助委员会的工作人员凯尔博。一方面,凯尔博和帕金斯是同伙,他们相信鹦鹉歌唱的数字是瑞士银行巨额账户的密码。他们调查了莱纳斯的家庭背景,知道莱纳斯的父亲是一名权威的神经科医生,曾是一名有睡眠障碍的德国军官的家庭医生;莱纳斯一家曾藏在这名军官家里一段时间,因而他们推断鹦鹉唱的就是这名纳粹军官的账户密码。另一方面,英国情报局怀疑曾住在德国纳粹军官家的鹦鹉唱的是德国军方的重要情报密码,因而派出尚恩前去调查,在尚恩抢走鹦鹉企图骑摩托车逃走之时,凯尔博杀死了尚恩,夺回鹦鹉并挟持到了伦敦,日夜研究鹦鹉的歌唱之谜。谢邦在大屠杀历史事件中插入了一个凶杀案件,形成了大规模杀戮和个体杀害的对比与呼应,并通过侦查进展讽刺了大屠杀和凶杀案所揭示的人性之自私与残酷。

此外,数字之谜是整个叙事中最为神秘的部分,故事中的所有人包括曾是超级推理大英雄的老侦探始终无法破解。这个谜底只有了解大屠

杀背景的读者才能推断出来。在小说的结尾,根据鹦鹉和男孩的一系列行
为,读者可以猜测出,鹦鹉所吟唱的数字之歌指向的是运输犹太人到集中
营的火车,数字代表的是把莱纳斯父母运到集中营的火车车厢的车牌号。
这样,读者被引入叙述的深层,即隐含的第二个叙事层——"二战"大屠杀
叙事。大屠杀幸存者莱纳斯是一个典型的创伤人物,他遭受大屠杀迫害失
去双亲,逃到英国后又遭到歹徒抢劫,失去唯一的"亲人"灰鹦鹉,谢邦对这
个人物的塑造采用的是非自然叙事的手法。一方面,九岁男孩莱纳斯的失
语与唱歌说话和智斗歹徒的鹦鹉形成鲜明对比,人被物化,而鹦鹉被拟人
化,暗指大屠杀中犹太人遭受的非人迫害,以及人性、自然和文明的深层困
境;另一方面,莱纳斯如同幼儿般的写字倒置症和隐休老侦探的阿尔茨海
默症形成呼应,杀人凶手虽最终伏法,但无人能解只有莱纳斯和鹦鹉明白
的歌唱之谜,暗讽人类难以依据理性逻辑理解大屠杀这样的历史惨剧。此
外,收留莱纳斯的牧师帕尼可(Panicker)是印度马拉雅利人(Malayalee),
在印度种姓制度中属于社会底层人,在英国依然遭受房客和教区人们的歧
视。他和莱纳斯一样,都被视为他者。谢邦所刻画的这个失语孤儿,其创
伤世界在小说中其他人物身上呈现,其内心话语分别由鹦鹉、老侦探和牧
师代为发声,深化了创伤无处不在的存在困境,消解了以卡鲁斯等为代表
的经典创伤理论派着重强调的创伤裂痕和不可言说性。

一、失语的受害者和歌唱的灰鹦鹉

谢邦笔下的人物往往都是由故事内的其他人物描述的,小说中很少插
入作者的叙事,即便是对人物和景色的描绘。可以说,谢邦的叙事策略是
很少使用外叙事层面(extra-diegetic level),而多使用内叙事层面(intra-
diegetic level)和元叙事层面(meta-diegetic level)。外叙事和内叙事层面的
理论最初由热拉尔·热奈特(Gerard Genette)提出。热奈特指出,叙事可
以有多重层面,比如"外叙事层面、内叙事层面和元叙事层面等"(1980:
228)。外叙事层面是指由故事以外的叙事者插入的叙事,包括第三人称权
威叙事者或作者叙事者等。内叙事层面是由故事以内的人物进行的叙事。

而元叙事层面则是指画中画的叙事,即故事内的故事,由故事内的人物讲述的故事。除了大量运用内叙事策略,谢邦的叙事策略还显示出对第二叙事者(secondary narrator)、第三叙事者(tertiary narrator)、非本人叙事者(non-diegetic narrator)的偏爱。"第一叙事者""第二叙事者""第三叙事者"的理论最初由贝蒂儿·龙贝格(Bertil Romberg)于1962年提出:第一叙事者是指故事的叙事者(the narrator of the frame story),第二叙事者是指故事中的人物兼叙事者,第三叙事者是指故事内的故事的人物兼叙事者,即元小说人物。(63)"本人叙事者(diegetic narrator)"和"非本人叙事者(non-diegetic narrator)"是伍尔夫·施密德提出用来代替第一人称叙事和第三人称叙事的术语。(1962:68)

《最终解决》里的失语孤儿莱纳斯因为不能开口说话而在故事里被禁言。故事中涉及莱纳斯的部分基本是通过内叙事、第二叙事者和非本人叙事者实现的。一方面,内叙事和第二叙事者的视角使故事保持了相对完整的封闭性,使阅读不受外叙事等的干扰;另一方面,非本人叙事的视角深化了莱纳斯作为他者和受害者的身份。比如,小说的开篇如油画般描绘了一个郊区空旷火车站的场景,周围一切静悄悄,鹦鹉立在男孩肩上,男孩沿着火车轨道漫步,"手里挥舞着一枝雏菊","脸上带着梦幻般的快乐"。开篇部分虽然看似隐含叙事者的视角,但文本很快就衔接到第二叙事者的老侦探视角:

> 仲夏,男孩一头黑发,面孔苍白,远处是迎风招展的绿野,手里的雏菊随风飘舞,短裤露出粗大的膝关节,漂亮的灰鹦鹉带着些高傲的神色,红尾羽毛显示出原始生命的活力,看着他们走过,老人觉得很着迷。(Chabon,2005:7)

在这段描写中,开始部分似乎是隐含叙事者的视角,直到段落的最后一句话,才透露出老人一直在暗处细致观察男孩和他的鹦鹉。在这个荒凉的火车站附近,这种观察如同猎人觊觎猎物,这样的叙事视角凸显了男孩和鹦鹉弱小的受害者身份。在屋里暗暗观察的老侦探从男孩和鹦鹉身上发现了两处"显著反常（promising anomaly）"：一是男孩苍白的脸色和突出的膝盖骨，鹦鹉高傲的神色和展开的红尾羽毛；二是他们的"显著安静（apparent silence）"，对于一个九岁的男孩和一个以聒噪著称的非洲鹦鹉来说，老侦探认为"在任何时间，两个之中的一个都应该在讲话"（Chabon，2005：8）。自始至终，九岁男孩莱纳斯和非洲灰鹦鹉布鲁诺无疑是一对"显著反常"的组合。老侦探所观察到的这两个"显著反常"之处刻画出了大屠杀幸存者的创伤表征。这种非本人内叙事视角很自然地在故事内的不同人物之间建立了互为审视的关系，使人物关系紧密，故事张力增强。此外，小说的开篇和结尾互为呼应，以小男孩和鹦鹉在火车站的独处开始，以他们在火车站的独处结束，形成了一个似乎是封闭的圆形叙事。不同的是，二者在开篇以"显著反常"的安静进入读者视野，而在结尾男孩轻声伴着鹦鹉唱歌。这种人物形象的发展曲线似乎寄予了对创伤平复的某种希冀。在人物形象的塑造方面，谢邦从多个角度呈现了小男孩和鹦鹉的创伤表现。男孩和鹦鹉都表现出对陌生人的害怕和警惕。当老人从远处喊住他们时，莱纳斯扔掉了手里的雏菊，一动不动地立在原地，鹦鹉从他肩头躲到了后背上，"仿佛是在寻找庇护所"；当莱纳斯发现老人朝他们走近时，他"张开嘴巴，又合上"，倒是鹦鹉最终开口唱起了数字之歌。（10）男孩静静地听着鹦鹉歌唱。故事后面还出现多处鹦鹉用德语替男孩发言的场合，二者看似配合自然又默契。"男孩站着，微弱地一笑，用脏脏的手指抓挠着鹦鹉的脑袋，他的缄默看似远不止不愿开口那么简单；老人猜想他可能有智力障碍，或者是聋哑人。"（10）在老侦探看来，鹦鹉用德语唱歌，而莱纳斯虽然不开口说话，但对老人的德语提问会点头回应，因此在故事的开始他认为莱纳斯是个智力有问题的德国男孩儿。除了思维缜密的老侦探，小说中的各个人物大都因莱纳斯的失语将其草率判定为言语障碍者或者智力障碍者。

通过异故事叙事策略，谢邦让故事中的人物表达了他们对莱纳斯的印象和判断，这些结论往往使用简短的肯定句，传递出说话者对自己判断的认可。除了失语，这些成年人还认为莱纳斯是一个性格乖僻、内向的孩子：

　　她（帕尼可夫人）穿上自己最好的蓝色旗袍，下楼去找男孩。

　　早在布鲁诺消失之前，莱纳斯就常常失踪。在她看来，他不像是一个小男孩，而更像是一个男孩的影子，悄无声息地穿行在房子、村子和这个世界中间。他在世界的各个角落都有老鼠洞，教堂的阴暗角落里，牧师房子的房檐下，教堂的钟塔里。(43)

　　莱纳斯在故事中通过其他人物的视角被塑造成一个影子、没有声音、没有表情、没有存在感的形象。他们虽然同情莱纳斯，觉得他可怜，但只认为是"犹太人运气不好"(19)。在谢邦对失语幸存者进行非人化处理的同时，鹦鹉布鲁诺被大篇幅拟人化。二者的亲密关系和对立特点让故事的大屠杀创伤主题更加深刻和复杂，反映了大屠杀背景下的欧洲人对遭受迫害的犹太人的冷漠态度。

　　在帕尼可夫人看来，莱纳斯是一个帅气的男孩，布鲁诺是一只漂亮的鹦鹉，"二者都出奇的干净，但是他们彼此之间形影不离的紧密关系非常怪异，比这只鸟的歌唱更诡异"；帕尼可夫人曾经给他洗过澡，梳过头发，在他生病时给他喂饭、穿衣和接呕吐物，但是她"从来没有拥抱过他。"(45)显然，莱纳斯的失语还寄托了另一层含义，没有人真正试图和他交流。虽然救济委员会的人给这些孤儿安排了寄宿的人家，可是没有人关心过他们的心灵创伤，没有人给他们家人式的拥抱和温暖，他们只是像鹦鹉一样被饲养，而不是被养育。

　　和莱纳斯的失声相比，鹦鹉布鲁诺在故事中不仅可以诵唱各种经典诗词，还被赋予了大量的拟人化描写。因此，莱纳斯的失语和鹦鹉的歌唱、莱纳斯的非人化和鹦鹉的拟人化互为弥补，透露出作者意欲通过碎片化的、模糊的鸟语表达大屠杀造成的难以言表的创伤之痛。鹦鹉布鲁诺是莱纳斯的唯一伙伴，是他的代言人，是他唯一可以共同怀念德国生活的伙伴和亲人。在同住牧师家的其他房客看来，"这只鸟可以背诵歌德和席勒的诗歌片段，这些诗歌往往都是德国七岁以上的孩子们所熟知的"(16)。英国情报局军官尚恩甚至觉得"鹦鹉用批判的眼光盯着他"，当牧师帕尼可赞扬

"布鲁诺是一只了不起的动物,极富模仿天赋",尚恩半开玩笑戏谑道:"但是它真的是在背诵——鹦鹉学舌吗? ……或者他也有自己的思想? 我见过一只猪,装成一个小男孩,是只表演小猪,能计算三位数的平方根。"(21)尚恩在同一句话中分别用"它"和"他"指代鹦鹉,进一步构建了鹦鹉的拟人化形象,鹦鹉的歌唱和行为都是和男孩莱纳斯息息相关的。

　　鹦鹉布鲁诺除被赋予大量的声音外,还在小说的第十章获得了叙事聚焦,或称内聚焦角色。叙事学里的聚焦理论可以追溯至亨利·詹姆斯(Henry James),聚焦是指故事通过其中某个人物的视角以第三人称将人物、故事、场景等呈现给读者。詹姆斯称之为"镜子(mirrors)"或"反映(reflections)",热奈特称之为"聚焦人物/角色(focal character)",西摩·查特曼(Seymour Chatman)称之为"滤光片(filters)",米克·巴尔(Mieke Bal)称之为"内聚焦(internal focalizers)"。(Herman,2007:95)由于聚焦更加侧重呈现的选择性,即聚焦人物决定了让读者看到什么,因而被聚焦物(focalized object)是被动的,有时是不可信的,最重要的是,通过呈现的被聚焦物,读者可以从另一个角度思考和分析聚焦者的意识与心理。更由于聚焦视角不使用传统的第一人称,而是采用第三人称,在读者和人物之间制造距离,读者更容易做客观判断。现代小说家善于塑造具有解释主题意义的聚焦人物,后现代作家更是开始大胆将动物作为聚焦人物。比如莫言的小说中让动物充当聚焦角色,《生死疲劳》中的聚焦角色是一头驴。通过故事内部的某个人物的聚焦视野讲述故事,可以避免外部客观背景信息的插入,更容易进入这个聚焦人物的意识流层面,从而引起主题性的思考和发现。热奈特曾指出,聚焦策略不一定贯穿整部小说,也可能只是其中的某个章节部分,"也可以是很短小的部分"(1980:191)。中篇小说《最终解决》共有十一章,第十章整章都以鹦鹉为聚焦角色,通过鹦鹉的视角,读者看到了鹦鹉(受害者)和绑架杀人犯(施害者)之间的身体和心理斗争的过程。作为动物的鹦鹉,在这一章获得了和人类一样的观察、思考和博弈能力,反过来观察冷血自私的人类,充满了嘲讽意味:

他（鹦鹉）见过疯子：那种闻起来有煮熟鸟肉味道的人是疯子。

他知道鸟肉的味道，因为他们吃鸟肉。他们什么都吃。……现在他已经熟悉了对他们胃口的恐惧感，因而不再害怕被吃掉了；他观察过他们，这些人类，苍白的生物……他觉得，自己也有点疯了。他看着这个有煮熟鸡肉味道的人，凯尔博，在屋子里来回踱步、垂头丧气、脸色灰暗。他也在木条上来回移动，这样可以让自己感到舒服一些。想起那个荷兰人抓走他的那几个月，因为充满恐惧，他也是这样来回移动，静静地叼吃自己胸前的羽毛，直到流血。（Chabon，2005：110）

在这一章里，大量段落以指称鹦鹉的第三人称"他"开始，文本以鹦鹉的视角带领读者进入鹦鹉所观察到的世界。鹦鹉被凯尔博抓捕和拷问，但是通过鹦鹉的观察和思考，读者可以发现这只鹦鹉非但没有恐惧和惊慌，反而始终冷静地和抓捕者斗智斗勇，得意地模仿、嘲弄和折磨对方，"这个人站在那里，没有鞋子、没有衬衣，手上有几道抓痕，低声咕哝着什么"（Chabon，2005：111）。凯尔博日夜听抄鹦鹉歌词中的数字，试图找出其中的规律。机智的鹦鹉白天和凶手斗争，偏偏唱些诗歌，等这个凶手夜里睡着后，鹦鹉又唱起数字之歌，凶手被鹦鹉玩弄和折磨。通过被囚禁的鹦鹉聚焦视野，读者看到了鹦鹉眼里的残酷世界；当鹦鹉展开元叙事层面，叙述自己被抓的经历以及和男孩的温馨故事时，读者被带入鹦鹉的意识深层，阅读数字之歌的故事。

鹦鹉在囚禁室里还喜欢唱字母歌。"他的同类们在内心深处有一种刺痛"，当他唱字母歌时，这种刺痛感就会消失；当他唱火车歌时，这种刺痛感就会得到舒缓，"他也不清楚是什么原因，好像和悲伤有关，有关他被抓捕的悲伤，他流亡的悲伤，和他遇到的小男孩、远去的火车、小男孩的父母，以及小男孩失去父母后死寂的沉默的悲伤"（113）。通过鹦鹉的聚焦视角，讲述小男孩的创伤经历；通过鹦鹉的神秘元叙事，凸显了大屠杀的非理性。由此，谢邦实现了非自然的创伤叙事。

在鹦鹉的元叙事中,读者被带入鹦鹉的创伤经历,"过去这些年他多次挨打。他被掐过喉咙,被使劲摇晃过,被狠踢过"。谢邦赋予了鹦鹉反抗的精神,"他打算从这个男人的手上咬下一块肉"(114)。此外,鹦鹉还被赋予了孩童般的心思和善良,"布鲁诺不想帮他,因为凯尔博不是一个好人"。这一段的表达语气带有儿童思想单纯和简单善良的色彩,"布鲁诺看到他用斧头从背后把那个叫尚恩的男人打死了。虽然尚恩也计划偷走布鲁诺,但是布鲁诺从来没想要他死,他痛恨因目睹凶杀现场而不能抹掉的这段记忆"(116)。谢邦还赋予了鹦鹉像人类一样设法舒缓悲伤的能力:

> 当这个男人睡着后,他就可以唱字母歌和火车歌,模仿男孩那样的嗓音,就像男孩教他唱歌的样子,站在党卫军军官房子的后院窗户边,远远地看着火车轨道,注视着无尽的火车源源不断地驶向远方某个太阳会升起的地方,每个火车上都有特别的爪子印痕,它们就是那些没完没了的火车歌的歌词。(114)

在这一段里,鹦鹉用男孩的嗓音唱起了火车之歌,呈现了一种神秘的换装和附体现象,通过火车歌、大屠杀、纳粹军队、火车上留下的无数印痕等极富表达力的象征意象,传递了大屠杀对无数犹太人和他们的家庭造成的伤害。谢邦通过鹦鹉的元叙事展示抓捕他的人的自私冷酷,并通过一系列相关意象指向大屠杀,"在大屠杀元叙事和若干个通过不断复制产生的意象建立关联,相对应地,任何一个意象都指向或引发若干个其他历史的或是情感的意象,这就是文化记忆"(Richardson,2008:12)。

对于死于"二战"大屠杀的受害人数,历史上争议不断。原因不是数字记录的各种出入,而是最后的数字之大、所揭露的残酷迫害难以置信而令人发指。1938年11月9日,在巴黎的德国外交官被犹太青年刺杀而激发的水晶之夜拉开了整个大陆黑暗的苍白序幕。波兰成了最后解决方案的实验室。在波兰隔离区,五十万犹太人非正常死亡。经海德里希批准,约一百五十万犹太人被枪决,约十五万人死于毒气,奥斯威辛集中营死亡人数约一百五十万,但很多人不相信这些数字。当美国国务卿接到关于希特勒计划屠灭三百五十万—四百万的犹太人时,美国没有公开这份报告,认为是一派胡言。(Richardson,2008:107)在死亡营的吞噬下,一种整体文明的语言、风俗、习惯、幽默和生活方式结束了。这样的历史悲剧没有人能够解释,而这令悲痛更甚。幸存者小男孩莱纳斯因创伤而沉默,其失语本身亦是创伤的指代符号,是谢邦对大屠杀不可言状但非要表达的隐喻,即便难以表达,也要试图表达;即便不可逃生,也要努力斗争;即便生而流亡,也要找寻家园。《最终解决》里的男孩和鹦鹉如表演双簧一样,展示了犹太人的生存困境和矛盾斗争。

二、患写字障碍症的孤儿、患阿尔茨海默病的养蜂老人和他者形象的牧师

无疑,语言在这部小说中具有重要意义。莱纳斯不仅失去了话语表达的能力,而且患有重度写字障碍症。一个九岁德国籍犹太男孩,独身一人,在陌生的异乡完全陷入了孤立的状态。除了鹦鹉的代言形象,谢邦还设计了另外两个人物来衬托莱纳斯的无助和孤立——老侦探和印度裔牧师。莱纳斯的写字障碍表现为镜像书写(mirror writing),也被称为倒写。当他用德语和英语掺杂着倒着在纸上写下唯一一句话"为什么基督教徒不喜欢犹太小孩?(WHY DOG OV KRISCHIN DON'T LIKE JUDISH SDIK?)"时,帕尼可夫人因完全看不懂而疑惑。(Chabon,2005:46)实际上,谢邦在小说中加入了不少德语,不懂德语的读者必须借助查询手段才能理解,否则也将如帕尼可夫人一样迷失在神秘的案情中。这个倒写的疑问句直接指向大屠杀,同时也暗示了小说中存在的其他镜像对比关系:老人、牧师和男孩互为镜像,蜜蜂和鹦鹉互为镜像,凶杀案和大屠杀互为镜像,等等。

和莱纳斯唯一有少许肢体语言交流的是一名八十九岁的隐退的老侦探,小说里始终被称为"老人(the old man)"。他和被称为男孩(the boy)的九岁莱纳斯形成一老一少的对比组合。和莱纳斯一样,他也没有家人,深居简出,他只有非人类的伙伴——饲养的蜜蜂;和莱纳斯一样,他也身患

疾病——时而显露时而好转的阿尔茨海默病；最终抓住杀人凶手和找回鹦鹉的不是英国情报局或当地警察局，而是这名老人。"从扶手椅到门口的这段距离令他退缩，使他不愿与外界有任何交往……当有客人来访时，十之八九他都会坐着接待"，但是面对这个肩头上立着一只鹦鹉的男孩，老人宁愿听着自己的老骨头发出刺耳的咯吱声，也要起身去迎接。（Chabon，2005：9）老迈的侦探八十九岁，他耳鸣眼花，行动困难。老人的形象一方面和男孩形成呼应，另一方面则完全颠覆了传统侦探的英雄类型。

在《最终解决》中，谢邦不仅颠覆了侦探小说叙事情节的设计模式，在人物形象的塑造上也突破传统，不断挑战读者所熟悉的人物类型。小说中的老侦探在福尔摩斯的原型基础上经过演变，呈现陌生化的侦探特征。柯南·道尔曾称《最后的问题》（*The Final Problem*）是福尔摩斯系列的最后一本书，但后来在出版社和福尔摩斯迷的强烈要求下又出了一本《他最后一次鞠躬》（1917）。1974 年，尼古拉斯·迈尔斯推出福尔摩斯小说《百分之七的解决》。因此，从小说的题目、侦探素材和对老侦探的部分描述来看，谢邦的《最终解决》无疑都在引导读者尤其是侦探迷读者的阅读思路，让他们得出老人就是八十九岁的隐退的福尔摩斯的结论。根据福尔摩斯系列小说之一《他最后一次鞠躬》，福尔摩斯生于 1854 年。在故事里他参加过"一战"，作为间谍潜入德军军队搜集情报，并在战争结束后回到英国苏塞克斯郡，做了养蜂人。《最终解决》中的老人形象和福尔摩斯高度一致，老侦探独身隐居，也是在英国南部乡村的田野里养蜂取蜜，"和（福尔摩斯系列）凶杀案一样，其中必须有些动物形象，比如一只暹罗猫，经过特殊训练可以用胡须给人下毒药"（Chabon，2005：59）。不同的是，《最终解决》中的故事发生在"二战"时期，此时已然年迈的老侦探再一次走出茅庐，在三十年后为破案再次说德语，以破解英国情报局军官被杀和鹦鹉被绑案。谢邦把福尔摩斯引入自己的小说并进行了逆向反英雄改变。

对老侦探的解读成为读者了解失语男孩的另一个重要视角。通过语料检索软件 AntConc，分别对"男孩＋莱纳斯＋斯坦曼（小说中对男孩使用的指称）""鹦鹉＋布鲁诺＋鸟（小说中对鹦鹉使用的指称）""老人"进行频数分析,笔者发现,"老人"共出现 203 次,"男孩＋莱纳斯＋斯坦曼"共出现 183 次,"鹦鹉＋布鲁诺＋鸟"共出现 174 次。(见图 1-1、1-2、1-3)相比之下,"老人"的频数超过这两个角色,而其他人物在小说中出现的频数要更低。

HIT FILE:1　　FILE:Chabon,Michael-The Final Solution (rtf).txt

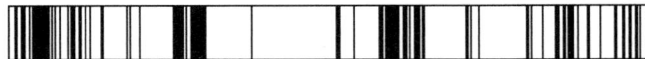

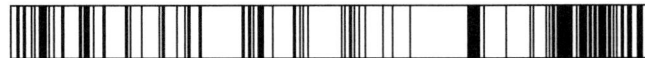

No.of Hits=203
File Length (in chars)=164207

图 1-1　"老人"出现频数

HIT FILE:1　　FILE:Chabon,Michael-The Final Solution (rtf).txt

No.of Hits=183
File Length (in chars)=164207

图 1-2　"男孩＋莱纳斯＋斯坦曼"出现频数

HIT FILE:1　　FILE:Chabon,Michael-The Final Solution (rtf).txt

No.of Hits=174
File Length (in chars)=164207

图 1-3　"鹦鹉＋布鲁诺＋鸟"出现频数

　　这个搜索结果说明老人在小说中的重要地位。另外,通过观察三组词语的索引定位条形码,可以发现老人在小说中主要占据中间部分,而男孩和鹦鹉则主要在开头和结尾。这种安排符合侦探小说以侦探为主角的传统,但是谢邦对这名侦探的形象塑造则是反传统的。故事伊始,昔日的英雄侦探已经变成一名隐居的老人,他还表现出一些阿尔茨海默病的早期症状,"舔着受伤的手指却完全没有意识到自己的这一举动",他已经无法正常推理(Chabon,2005:16)。自始至终,老侦探都没有名字,他被称为"老人"。他的认知功能正在退化,有时他觉得"世界的意义正在褪去,就像光因为日食而逃走了一样","他周围的世界变成了一页异化的文本",他像是"一个影子,就像农夫在木杆上挂的一张油纸布一样"。(84,88)他原本敏锐的本能也正在钝化,为此他感到悲痛。他曾经"可以把完全不相干的事实进行组合推理",可是现在,"在蜜蜂的"轰鸣"史诗里,在蜜蜂防护服下他发出的沉重喘息中,他没能察觉到一辆黑色豪华轿车开过来在家门口停下,在询问过帕金斯后他本来应该能够预测到这件事的",他为自己的这些失察懊恼、自嘲。(64)他和小男孩莱纳斯在火车轨道旁边自己的小房子外初遇,他意识到,在小男孩看来,"自己(老人)仿佛是从格林童话里阴森黑暗的木屋里突然冒出的人物,瘦骨嶙峋的手里拿着一个可疑的、生锈的糖盒"(17)。这位昔日大英雄呈现出身体虚弱、推理和警觉能力退化的情况,这些反英雄形象和他的无名(一直被称作老人)一样,与昔日大名鼎鼎的福尔摩斯的英明形象背道而驰。

老人因无法解答数字之谜而发出感叹:"我非常怀疑数字之歌是否有任何含义,即便有,我们恐怕也无处得知。"(125)表面上看,这是对理性和推理的嘲弄与解构;而从深层次来解读,将错综杂乱的阿瑟·柯南·道尔案情和深刻复杂的大屠杀并置,把个体细腻丰富的情感和侦探严谨的推理逻辑对峙,是谢邦所钟爱和擅长的"强大、痛苦和深刻的主题与细腻的维多利亚推理风"(Inskeep,2006:137)。谢邦是一个讲故事的高手。两层叙事,由浅入深,层层深入,他把读者的阅读体验由轻松娱乐的流行侦探文学带入严肃深刻的历史思考,并最终以一个悬念直指哲学层面的反思:当我们难以相信人性竟可以如此堕落可怕的时候,不代表大屠杀没有发生过或不可能发生;当旁观者无法体会受害者的痛苦时,不代表可以冷漠地否认和忽略。老侦探之不能解决数字之歌的含义也映射了一个事实,直至今日依然有不少学者持大屠杀捏造论调,他们对无法理解的事物采取拒绝承认的态度,他们因受害者数量之大无法相信而采取否认的推理逻辑,都令小说表达的大屠杀创伤之痛无以复加、难以言表。

和莱纳斯一样,老人像影子一样隐居,淡出世人视线,悄无声息地和蜜蜂朝夕相处。蜜蜂和鹦鹉作为分别陪伴自己主人的动物形象,也形成了一组对比。相对于鹦鹉拟人化地获得人类的语言、思维等能力,蜜蜂在小说中的形象更像是无声的被压制者和被剥削(采蜜)者。在老人遇到男孩和鹦鹉之前,"它们(蜜蜂)是他生活的乐趣。他觉得它们是动物乐趣。这些东西以前对他来说毫无意义"(Chabon,2005:76)。老侦探对蜜蜂的乐趣消弭了他无法像过去那样神勇断案的无奈,他从研究蜜蜂的习性中获得侦探推理带来的成就感,他带的防叮咬护罩浸过可以安定情绪的苯甲醛,从而麻痹蜜蜂成功采蜜,他还在英国有关蜜蜂的期刊上发表过研究文章。当英国情报局的人问他是否因喜爱蜂蜜所以成为养蜂者时,他断然否认。显然,他对蜜蜂的乐趣不是源自对蜂蜜的喜爱,而是源自对采蜜这个行为的喜爱:

> 过去三十年里,他一层层地刮着六个蜂箱里蜂巢上的蜂蜜,每个蜂箱两层蜂巢,把蜂巢的边框都刮干净,用加热的吐司刀切下蜂蜡,把滴着蜂蜜的蜂巢放进摇蜜机,直到所有的蜂蜜在引力和离心力的作用下都被甩下,最后装进蜂蜜罐里。(83)

老人采蜜和人们对鹦鹉的抓捕互为对照,并与大屠杀的迫害相呼应,映射了世间无处不在的自私和残酷。素食者不吃蜂蜜,在他们看来,养蜂者奴役蜜蜂,并窃取它们的劳动成果。小说进一步在空间叙事上将蜂箱和殖民地联系起来,暗示英国殖民者对殖民地人民的残酷剥削,这在后文中将专门阐述。这种殖民意象在牧师身上通过他者形象被加强。

除老人与蜜蜂、男孩与鹦鹉的镜像关系外,莱纳斯的房东、牧师帕尼可也和莱纳斯在他者形象上互为镜像。牧师的儿子是一个街头流氓,他认为莱纳斯"什么都说不出来……是个笨蛋",教区和社区的居民也都认为莱纳斯"不会说英语(non-Anglophonic),八成是个笨蛋",建筑历史学家、凶杀案帮凶帕金斯负责记录鹦鹉每日吟唱的歌词,在这个每日做细致观察和记录的人看来,莱纳斯"是一个九岁的小哑巴,他的脸像是记载人类悲伤史的厚书的封底空白页"。年轻的当地警官用专业术语描述莱纳斯和鹦鹉布鲁诺:"一只非洲灰鹦鹉。主人,可能是一个小男孩。九岁。德国籍——我打赌——犹太人,不会说话。"莱纳斯因为无法说英语而被视为他者和笨蛋,同样,担任神职的牧师帕尼可也因为"带着令人沮丧的印度次大陆口音"而不受教区人们的尊重。(Chabon,2005:18)在帕金斯的聚焦叙事中,帕尼可"不仅是一个印度人","黑得像是靴子的后跟",而且"礼貌又愚钝"。帕尼可除成功给老侦探当驾驶员以外,其他方面都是小说里的失败者。这个人物形象复杂隐晦，他是英国圣公会的牧师，所服务的教区是庄严肃穆的高教堂(high church)，是在英国国教中很受尊敬的教区。然而，他在小说中一直被称为是"一个黑人牧师"，事实上他只是肤色黝黑，他是一个马拉雅利人，来自印度南部喀拉拉。热爱旅行的现代读者可能会注意到，印度旅游胜地喀拉拉的宣传册上印着"上帝垂青的地方"。具有讽刺意味的是，帕尼可在教区不受教民欢迎，教民的吝啬使得这位牧师和家人过着穷日子，进而导致妻子对他的不满。他还是一个失败的父亲。他的儿子赌博，招摇撞骗，到处惹祸，是当地的"祸根子"和帕尼可一家的"耻辱"，他"辜负了父母最基本的期望"(23)。克拉普斯提出，牧师托马斯·帕尼可在小说中实际上代替了柯南·道尔笔下的华生，为老侦探驾车前往伦敦追捕凶手。按照克拉普斯的评价，福尔摩斯和他的忠实搭档华生都被彻底颠覆了传统的英雄形象。牧师帕尼可因为自己的口音和族裔身份而受到歧视，尽管担任神职，但依然被视为他者。他和男孩莱纳斯都因为语言所代表的族裔身份而被边缘化，反映了"二战"期间犹太幸存者逃离纳粹之后依然面临的生存困境。威·艾·柏·杜波伊斯(W. E. B. Du Bois)早在1901年就犀利指出："二十世纪的问题就是颜色(肤色)分界线的(color line)问题。"(354)黑兹尔·马科斯(Hazel Markus)和保拉·莫亚(Paula Moya)认为"体貌和社会行为等方面划分了不同人群"，"这些优势(白化)体貌和行为被赋予特权"，直接导致"不平等现象的公正化"。(2010:X)

　　侦探小说和大屠杀小说的共通之处在于探寻真相，发现隐藏的真实。在虚构的凶杀案件和真实的历史互文中，读者被引导到对大屠杀的思考上。谢邦借用了侦探类型小说，却又颠覆类型人物形象，其寓意深刻，从小说大量的历史互文性上可见一斑。而通过颠覆类型人物形象，这种历史思考的角度会发生扭转，读者会产生疑问。失语的小男孩在纸上写下"为什么基督教徒不喜欢犹太小孩？"，老侦探等所有人都无法回答这个问题。(Chabon,2005:46)这是一个失去父母的难民孩子对"二战"大屠杀和种族歧视的无声控诉。小说中大量对"二战"的指涉被很自然地植入凶杀案的侦查中。譬如，老侦探冲到马路上张开双臂，拦住了牧师帕尼可的汽车，他喊道:"火车暂停服务,我想是在运输兵力吧。没错,往莫坦增派援兵。我猜那里打得很激烈。总之今天没有到伦敦的火车,但是我必须去伦敦。"(133)这里的莫坦指的应该是"二战"时期法莱斯保卫战中的莫坦战场,1944 年在这个战场,盟军重创德军,与小说发生的时间背景完全一致。而此处历史的互文与老侦探前往伦敦形成对照。老人前往伦敦之于案件的展开和法莱斯战役之于"二战"的重要性一致。鹦鹉所唱的数字之歌复杂难解,这成为一个隐喻,暗示大屠杀的复杂性。通过塑造一个年迈、衰弱、无力破解此谜的福尔摩斯形象,小说表达了大屠杀不可以理性推理、超越人类理解的主题。(Craps,2011:580)小说以大屠杀的幸存者、失语孤儿莱纳斯在英国苏塞克斯郡丢失鹦鹉为起点,将大战场和小乡村的受害者、施害者和旁观者等放在同一个空间内,以侦探的推理逻辑审视人性的自私残酷和屠杀的无处不在,通过镜像式叙事讲述了难以言表的创伤之痛。

在 2014 年 7 月出版的学术著作《麦克·谢邦的美国——神奇的文字、隐秘的世界和神圣的空间》中,杰斯·卡瓦德罗(Jess Kavadlo)和鲍勃·巴奇洛(Bob Batchelor)奋笔疾呼:"就谢邦作品在读者中的受欢迎程度、在批评界的赞誉程度来说,学术界对谢邦的关注度远远不够,这是学术界犯下的一个过失。"(2014:ix)这种呼声在近两年得到了更多回应。国外学术期刊开始陆续刊登对谢邦作品进行解读的文章。尼古克莱恩·蒂姆(Nicoline Timmer)在其著作《你也有同感吗?——世纪之交美国小说的后现代症候》的扉页,如此表达对与谢邦同时代文人大卫·华莱士(David Wallace)的回忆:"极少的作品,使你惊喜地发现那也是你一直冥思苦想却不知如何表达的问题。由此,你觉得不那么孤单了。"谢邦的作品为读者带来的阅读体验不亚于此。在谢邦的作品中,他以诸多类型小说为题材,使读者可以继续获得某种可传承的阅读经验和审美经验,同时谢邦以优雅、幽默、充满想象力和睿智的文字描绘了处于快速变革中的科技、文化和社会中的现代人的孤独和蜕变困境,反映了后现代文学之后如何表达人类的生存窘境等问题。另外,很多当代作家尝试突破传统类型小说的局限,而谢邦以他的小说为证,说明完全遵守类型规则的作品难以产生文学价值,必须有所突破,同时又为类型小说的发展指向一条融通俗小说和严肃艺术于一体的道路。在《最终解决》中,读者可以看到作者把历史作为隐含大屠杀叙事植入表层侦探叙事中,颠覆传统的叙事模式和人物形象,尝试反类型叙事,塑造反类型人物形象,突破侦探主题对人性的探讨,从而深入沉重的历史主题,既保留通俗小说的魅力,又兼顾严肃艺术的深刻反思性。

第四节　持剑漂泊的另类犹太人

谢邦在中篇小说《漂泊绅士》不长的篇幅里不但构建了一个超级宏大的历史时空,还在这个十世纪左右、属于丝绸之路重要部分的高加索地区描绘了一群极富想象力的犹太族群——可萨犹太人。本节将结合历史、民族和宗教研究视角,细致分析这些来自各种民族、经历不同创伤、深处极端残酷的宗教之争的犹太人物形象,并论述小说通过非自然犹太人物形象探讨的犹太身份问题,以及作者对流亡和犹太人的深刻认识与独特观点。

可萨犹太人在历史上是否真实存在,众说纷纭。谢邦不但绘制了一幅可萨犹太王国的家园,还直接塑造了两名背离传统的犹太人形象,反映了作家对犹太主题的深度探索及其独特叙事手法。小说中的犹太人物形象的塑造大大突破了种族身份的限制,以一个来自埃塞俄比亚的非洲犹太人和一个德国东欧犹太人为主人公,他们帮助可萨犹太公主打败叛军,呈现了不被血统定义的,而更像是以创伤和流亡为本质特征的犹太人形象。

一、可萨犹太人的争议身份

犹太民族发源于西亚的以色列地(或称巴勒斯坦地)。由于犹太民族的历史和宗教联系紧密,很多关于犹太民族的历史取证于犹太教文本圣经。根据犹太教典籍《希伯来圣经》,犹太民族的始祖可以追溯至公元前二十世纪前后的亚伯拉罕等人,他们在以色列地共建立过三个政治独立的国家,分别是公元前十一世纪到公元前八世纪的前后两个以色列王国和1948

年建立的现代以色列国。而在历史上的大多数时期,犹太民族长期处于流浪散居的状态。(Johnson,1988:82)散居在世界各地的犹太人,在悠久的历史发展中经历了各种变迁,从而根据各自的特征划分为多个不同的族群。一般来说,犹太人最主要也是没有争议的两个族群是阿什肯纳兹犹太人(Ashkenazim)和赛法迪犹太人(Sephardim)。除这两个最大的犹太族群以外,还有一些小分支,如埃塞俄比亚犹太人、中国犹太人、印度犹太人等。可萨犹太人(Khazar)在十九世纪还是一个尚存争议的群体,由于其在历史上的隐秘的记载使得这一群体的存在没有得到确证。(Sand,2009:221)可萨人究竟在何时正式信奉犹太教,我们还不能够确定,一般认为大约在八世纪中叶。耶胡达·哈莱维(Yehudah Halevi)在《库萨里》(*The Book of Kuzari*)称可萨人皈依犹太教发生在740年,但施罗摩·桑德(Shlomo Sand)认为这个日期可能不正确,他对一些基督教作家的文献做了研究后,认为"可萨人大约是在八世纪中叶到九世纪中叶之间开始信奉犹太教的"(2009:221)。值得注意的是,八世纪的可萨帝国在"宗教上非常多元化",城市里的犹太会堂、伊斯兰教清真寺和基督教教堂比肩矗立,蔚为奇观(2009:223)。因此可以得知,当时只是一部分可萨人信仰犹太教。犹太拉比、希伯来大学历史系教授、以色列教育部前部长和以色列大屠杀纪念馆馆长迪努尔(Benzion Dinur)在《流亡的以色列》一书中指出,"当时信奉犹太教的可萨人是社会精英",包括当时的国王和宫廷权臣。(Sand,2009:224)可见,有相当一部分学者承认可萨犹太人的存在,因此谢邦的创作并不是空穴来风。桑德的专著《虚构的犹太民族》(*The Invention of the Jewish People*)比谢邦的小说《漂泊绅士》晚两年出版。谢邦作为作家的大胆创作虽然招致一些批判,但无法和这本号称历史著作的《虚构的犹太民族》引发的民愤相提并论。

桑德教授的这部著作可谓一石激起千层浪,争议无数,毁多于誉。通过一些历史考证,桑德教授在书中提出,犹太人在漫长的散居历史中演化出各种犹太族群,对犹太人的定义已经不限于生理遗传,因而现在所谓的犹太人大多已经不是古巴勒斯坦地区亚伯拉罕的后代了,现代犹太民族是虚假而不存在的。不仅如此,桑德还从地理人口学的视角质疑《圣经》作为犹太历史依据的不可靠性。总之,他成了很多犹太人仇恨的目标。肖·巴特尔(Shaul Bartal)在文章中不但指责桑德为反犹太反锡安主义者,还嘲讽他是"阿拉伯的情人"。(2015:1,12)

历史学界和文化学界除对桑德的反犹太主义提出各种指责之外,大卫·尼仁伯格(David Nrenberg)还对桑德在《虚构的犹太民族》中使用的方法论、论证依据和结论分别提出了疑问。他认为,《虚构的犹太民族》的最重要论据是可萨犹太人,桑德以可萨犹太人的存在作为依据,进一步提出流散中的大部分犹太人并不是犹大后人而是其地域的犹太人,而且主要是可萨犹太人,这些可萨犹太人是二十世纪"二战"前后移居到巴勒斯坦地区的东欧阿什肯纳兹犹太人的祖先。尼仁伯格认为,这个论据本身就是不可靠的,因为可萨人没有留下任何用他们自己的语言书写的历史材料,只有极少量其他语言的书籍提过这个历史模糊的民族。另外,尼仁伯格驳斥了桑德的以色列建国谎言论。桑德提出,以色列的建国基础是民族继承的一个谎言,即犹太人世代居住巴勒斯坦地区因而具有法定继承的建国资格。既然这些犹太人根本就是可萨犹太人,那么他们的民族继承资格就是非法、不成立的。桑德的论证方法和论证逻辑都被尼仁伯格驳斥。尼仁伯格在驳斥中引用了以色列开国总统哈伊姆·魏兹曼(Chaim Weizmann)在1947年联合国大会关于以色列建国会议上的发言,即"犹太人在巴勒斯坦地区需要一个国家不是因为种族问题,而是因为生存问题"(2010:104)。魏兹曼的这句话既务实又中肯,可以作为谢邦探索犹太主题的一个重要脚注。

二、坚持犹太身份的非洲犹太人和
放弃犹太教的东欧犹太人

《漂泊绅士》讲述的是两个结伴做侠义匪徒的犹太人,一个是来自非洲、曾在拜占庭军队当雇佣兵、随身总是携带一把维京斧头、满口操着希腊口音的埃塞俄比亚黑人——阿姆兰姆(Amram),一个是来自法兰克帝国、骨瘦如柴、总是一身黑装黑帽的医生扎里克曼(Zalikman)。阿姆兰姆是个大块头,皮肤黝黑光亮,身体健硕,但声音温柔,他自称是示巴女王的后人,传说中示巴女王因仰慕大卫之子所罗门王而携带大量财富拜会所罗门,之后"示巴女王和所罗门在野山羊和豹子的皮毛上共眠",从而有了非洲犹太人这一族群。(Chabon,2008:17)绝非巧合的是,以色列近代历史上曾经大量吸引非洲犹太人入籍,他们被称为黑色犹太人或贝塔犹太人。二十世纪下半叶的中东战争使得以色列这个新兴国家需要更多的男性壮年,拉比们被政府委派进行犹太种族的调查,并根据史料赋予这些非洲的犹太人以合法身份入籍以色列,回归犹太家园。通过移民进入以色列的非洲犹太人并没有因为得到拉比们文献的身份合法化就自然得到当地正统犹太人的接受和承认。相反,他们的犹太身份被正统犹太人所质疑并在社会上遭到各种排挤。他们往往聚居在一起,形成别有特色的非洲犹太人社区。十世纪在高加索地区流亡的阿姆兰姆的健壮外形及拜占庭帝国战士的外形,和二十世纪移民进入冲突频发的中东地区、作为以色列国后备国防军的非洲犹太人的外形形成非常耐人寻味的对照。小说中的这对匪徒搭档同时也构成了一系列对比:他们一文(医生)、一武(战士);一个身材瘦弱,一个身材健硕;一个一身黑衣,一个衣衫褴褛;一个是放弃犹太教拉比之子身份的和所谓的正统犹太人,一个是坚持犹太身份的黑皮肤大块头。与现实中不被认可的非洲以色列人一样,小说中阿姆兰姆的犹太身份也是充满疑问的。首先,他的犹太身份是他自诩的;其次,他的匪徒同伙、放弃犹太教的东欧犹太人扎里克曼则常常并无恶意地戏谑他的犹太信仰,"阿姆兰姆的神不过是些好运和厄运之神罢了",而阿姆兰姆的故乡埃塞俄比亚的犹太人认为,"世间丑陋源自活跃的魔鬼",扎里克曼则认为"世间没有神意""丑恶只是偶然所致"(Chabon,2008:17)。一方面,扎里克曼对阿姆兰姆的身份戏谑反映了非洲犹太人在以色列的身份和生存困境;另一方面,这对奇特形象的犹太匪徒与他们的犹太身份之谜传递了作者对犹太身份的质疑和探索。

匪徒搭档中的头领不是人高马大的阿姆兰姆,而是文质彬彬、神经兮兮的扎里克曼。两人的合作始于五年前,扎里克曼救了受到剑伤的阿姆兰姆,从此二人成了生死之交并结伴诈骗游荡。扎里克曼出生于极有威望的犹太拉比家族。他的叔叔是罗森斯伯格市受人尊敬的智者和拉比,还曾当过米兰宫廷的御医。扎里克曼从小师从叔叔学习医术,被家族视为天生的医者(healer);而扎里克曼自认为自己已经抛弃犹太信仰,所以他放弃了医生这一职业,选择和阿姆兰姆一起流浪行骗,在高加索地区没有目标地游荡。实际上,扎里克曼在宗教和职业上的自我放逐是创伤表现。随着故事的展开,读者会发现扎里克曼总是充满嘲讽和挑衅的个性似乎是一种自我保护,一种封闭内心不再感受爱与恨、悲伤与幸福的保护措施。十五岁生日当天,他亲眼看到母亲和妹妹被侵犯和残忍杀害,从此“他的心变成了石头”,“面对哭泣的人他不会心生同情”(Chabon,2008:27)。根据法兰克帝国的法律,犹太人一律不得携带刀具武器,“即使对面的持刀歹徒把你的母亲和妹妹从厨房拖出,并在大街上公然行凶,你这个(犹太)小男孩也必须赤手站立一边”(19)。谢邦在小说中适时插入的这些背景介绍,让读者渐渐了解了扎里克曼在法兰克帝国遭受的种族歧视、不公正待遇和悲惨的家庭变故。在《意第绪警察联盟》里,无法承受压力的再世弥赛亚梅纳赫姆沉迷毒品自我麻痹,而这名拉比之子则会在漂泊途中停歇之时吸上几口大麻烟,不吸烟的非洲同伴阿姆兰姆十分“鼓励”他的这个嗜好,在他看来,“这个烟管会让他的同伴对待世间的瑕疵更加宽容”。和扎里克曼一样,漂泊的阿姆兰姆也有家庭创伤,他的女儿迪娜二十年前被偷走了,从此“他在梦里、在各个帝国、在世间所有的路上寻找丢失女儿的灵魂”(33)。

　　除了这两个流浪匪徒,故事里的人物都有各自的伤心故事。两人在行骗途中偶遇被追杀的菲拉克(Filaq),菲拉克是前国王的女儿,除了她,她的所有家人都被发动政变的布言将军杀害。为了报仇雪恨,她化装成男子,声称自己是前国王的儿子,一路号召可萨人为老国王报仇。此外,还有一个和犹太光明节(Hanukkah)同名的刺客光明,持剑加入追杀菲拉克的刺客团,是为了筹资救出卖身为奴的爱人萨拉。当光明所在的追捕刺客团抓到菲拉克后,内部发生分歧,一派支持将菲拉克送给布言将军领取赏金,一派被能言善辩的菲拉克说服跟随她推翻布言将军,持不同意见的追捕者内讧并互相残杀。数十人被刺杀,这个血腥场面活像一场屠杀,上方盘旋着一群食腐鹰。这些被杀的人和老国王无冤无仇,各有各的苦衷。光明在内讧中受到重伤,以为自己必死无疑,结果被扎里克曼救活。而扎里克曼也从光明那里获得了救赎,他们三人一起度过安息日,光明和阿姆兰姆一起祷告。在这里,创伤和救赎获得了另一种诠释。阿姆兰姆拼死解救菲拉克,因为菲拉克让他想起自己被偷走的女儿。扎里克曼虽然放弃了犹太信仰,但是他从小接受犹太教育,保留犹太生活习性,他深信祖父的教诲,即在某个失传的《塔木德》段落中,罗森伯格斯拉比在诠释《撒母耳记》留下的一个注脚——"世界上真正值得学习的除《托拉》外就是拯救生命的科学"(68)。

小说中的主人公在帮助和拯救生命的过程中获得救赎,在互助的群体里获得信仰的力量,重拾自己的民族传统。然而,谢邦将发生在微小个体身上的这种拯救的希望置于战火涂炭、哀鸿遍野的可萨王国大环境内,使得个体显得微不足道,救赎显得苍白无力。谢邦在小说的后记中写道,小说最初的书名是《持剑犹太人》,当他把这个书名告诉人们时,大家都忍不住地笑,以为谢邦在开玩笑。在这笑声的背后,谢邦理解他们脑中想象的伍迪·艾伦挥舞着一把细剑噼里啪啦说着俏皮话的样子。谢邦说"自己理解其中的不和谐感",但自己是在写一部严肃的历险小说,讲述犹太人和他们的来处(land of origin),那个越来越长、越来越细的地方,那个由漂泊者的自由和流放者的束缚编织的领域,从而把犹太人和他的"家(Home)"绑到一起(203)。谢邦认为这是一部真正的犹太人历险记,历经危险、不幸、灾难,同时又保持斗志,在绝望和分娩般的痛苦中体会荣耀和光辉。

综观谢邦的诸多作品,他的小说越来越关注犹太问题,而他对犹太问题的特殊呈现方式和他在小说中所体现的大量虚构的甚至违背历史的想象为他带来褒贬不一的评论。D. 迈尔斯(D. Myers)认为,谢邦虽然是一个颇有才华的青年作家,但是他对犹太问题的写作不够严肃,"对于一个背离了犹太宗教和以色列国的犹太人,他只不过是做了另一种文化想象"(2008:558)。迈尔斯此处针对的是谢邦在《意第绪警察联盟》中虚构的以色列灭国的情况。谢邦本人经常去加利福尼亚的一座非正统犹太会堂,但是对自己的宗教信仰未做过公开声明。(Toeller-Novak,2015:11)虽然无法探究谢邦本人的宗教认同,但毋庸置疑的是他对犹太问题的关注。自二十世纪九十年代后,他的作品越来越突出犹太主题。本章讨论的四部小说的人物形象——旧约中提到的弥赛亚再世、由捷克拉比用泥巴创造的魔像哥勒姆、鹦鹉唱诵的数字之歌和具有神奇治愈能力的流浪犹太绅士都传达了犹太民族的神秘力量。《意第绪警察联盟》中的弥赛亚神童具有治愈犹太人各种疾病的神奇力量,却无法改变自己的同性恋身份,最后为了抵制犹太复国主义者的利用而选择死亡。这部小说不仅触及了犹太信仰的神奇力量,还传达出作者对极端复国主义者的斥责。当信仰力量被暴力利用,则会失去其治愈能力,更会造成伤害。这部历史悬疑和侦探小说无疑是对发生在 2001 年的"9·11"事件的谴责。在《卡瓦利和克雷的神奇冒险》中,约瑟夫正是在运输魔像的掩护下才能成功脱身并逃到美国,而装魔像的大箱子最终被神秘运往约瑟夫在纽约长岛的家门口。这只魔像巨大笨重,散发着河道的臭泥巴味儿,却如传说中帮助犹太人一样帮助着约瑟夫和克雷,使得二人在纽约成功地推出自己的漫画系列,其主角正是魔像的各种超人变体。魔像给了他们信心和成功的灵感,支撑着他们的信仰世界。《最终解决》中的鹦鹉是失语男孩的唯一伙伴,它时常诵吟的数字之歌被别有用心之徒误以为是"二战"军事机密和瑞士银行账号密码,事实上它是小男孩继续活下去的力量,它就像犹太经文一样,可以给小男孩力量,它代表其父母之所在。另外,本章还讨论了小说中多次出现的纸条和小男孩的镜像书写,从符号和所指的角度分析了小男孩的创伤世界。类型杂糅和文类创新的小说传递出了隐喻和反讽的犹太式幽默,以及求同存异的文化多元思想。谢邦的小说无疑是苦难的世界,充满了压迫、苦难以及小人物与弱势群体的痛苦挣扎,但是值得称道的是他们在重压之下也不放弃最微弱的希望。由此,谢邦的小说一方面呈现了一种因苦难称义的巨大力量,正如犹太人所相信的,苦难也是上帝的考验,在苦难中依然坚守的信仰为小说带来了耀眼、感人的光辉。另一方面,怎可妄自揣测上帝的旨意? 小说对人类自以为是的理性提出疑问,通过约瑟夫之口指出不理智才是唯一的救赎。

此外,谢邦笔下的还是一群出于各种原因无家可归、流离失所的犹太人,他们因为各种创伤经历而被陌生化和非自然化。这些非自然的人物形象一方面以反模仿的姿态挑战读者在现实世界中形成的认知和理解,另一方面让读者以陌生的感受和视角尝试重新理解这些非自然形象背后的故事和情感。魔像是犹太卡巴拉传说中的一个半人半魔形象,多次出现在其他犹太题材的小说中,因而作为一个具有超人能力的非自然人物形象,它已经在犹太文学传统中被渐渐自然化,而失去了其陌生化的震撼效果。然而,谢邦在魔像的非自然形象塑造上又做了大胆的尝试:魔像在小说中不再保持其传统的半人半魔形象,而是历经多次形象转变,从呆板的雕塑到滑稽的巨人到超人英雄最后到棺材里的河道散泥。这些形象的改变,挑战了读者对魔像形象的固化认识,并通过呈现多样的魔像形态传递出犹太人的多元身份和形象。这种多形态形象契合了犹太人在漫长离散历史中经历的不同异域文化的洗礼和其间的生存挣扎,并和弥赛亚再世少年、失语的大屠杀孤儿及中古时期的可萨犹太人一起,传递了作者对犹太问题的诸多思考:什么样的人是犹太人?犹太人是谁?犹太人经历了什么?犹太人如何生存?对于第一个问题,从这群非同寻常的人物形象身上可以发现一些共性,即他们都是孤家寡人、离群索居,他们都流落异乡、漂泊不定,他们都痛失家人、生活落魄。总的来说,谢邦创作了一群非自然创伤犹太人物原型,他们和犹太民族的历史经历一样,在各自的微观生活中遭受离散和伤害。犹太人是谁?谢邦在《卡瓦利和克雷的神奇冒险》中主要以犹太人物为主,而在其他三部都加入了少数族裔的非正统犹太人,尤其在《漂泊绅士》中塑造了非洲犹太人形象和尚在争议之中的可萨犹太人形象,可见谢邦笔下的犹太人不再局限为种族身份,他们是犹太人,也是非洲人、可萨人,是遭受离散和迫害的所有人。而犹太民族经历的典型离散、流亡和迫害历史,则映射了人类生存的本质特点——流亡。如何与流亡安然共处成为谢邦探讨的一个问题。谢邦曾把犹太人的流亡生存比作奥德赛历险记,

"从第一诫开始,上帝告诉亚伯拉罕:你将离家,你将迷失,你将遭遇诋毁、压迫、机遇、逃脱和毁灭,你将冒险"(Chabon,2008:203)。作家通过作品呈现生存挣扎的各种问题,然而答案并不在文本中,也许根本就没有答案。即便如此,阅读中还是会产生诸多貌似可能的答案。这种无可奉告的写作态度和作者触及的创伤题材关系密切。谢邦所提出的是难以表述的创伤问题,呈现问题本身已经是一个巨大的挑战,无须说解决问题的巨大难度。创伤研究专家认为,创伤在记忆中造成难以愈合的裂痕,因此创伤是一个缺场的存在,无法回忆和描述。谢邦在人物形象塑造方面,打破模仿的传统,通过这些人物的非自然性间接实现了创伤叙事。

　　总的来说,谢邦既不悲观,也不乐观。他笔下的这些人物历经各种创伤,生活在创伤的阴影之下,然而在临近结尾之处总是隐约表露出些许希望。魔像虽然化为沉重的河道散泥,但最终保留了其特有的布拉格散泥的气味,并和约瑟夫一家在纽约长岛团聚;再世弥赛亚梅纳赫姆虽然死去,但他所映射的犹太警察兰兹曼有可能寻回家庭从而结束孤旅;战争遗孤莱纳斯虽然深受创伤之苦,但最终寻回了鹦鹉,并在小说的最后一段开口轻声哼唱;漂泊绅士们虽然永远地失去了家人,却在互助中重新寻回了亲情和友情。这些隐含希望的故事表达了一种既符合犹太传统又包含美国精神的寄托——回归家庭和微观的个人生活。

第三章　创伤表征的非自然空间

在 2012 年于美国东北大学举办的第 20 届罗伯特·所罗门·莫特演讲会（Robert Salomon Morton Lectures）上，麦克·谢邦做了题为《想象的故土》（*Imaginary Homelands*）的演讲。他说："我写我所在：流亡。"仅仅是"故土"和"流亡"这两个词即可激发人们对犹太民族历史命运无限的感伤和无奈的感慨。不得不佩服谢邦精练的语言功底，寥寥数笔却深刻表达出犹太人的创伤与困境。"故土"是初心、家园和精神寄托，犹太作家谢邦的故土不是不存在，而是只存在于想象之中。这决定了他的"所在"之状态是"流亡"。很多美国犹太作家非常善于通过塑造身份迷茫的主人公表达这一主题。如索尔·贝娄在长篇小说《晃来晃去的人》（*Dangling Man*）中刻画的人物约瑟夫，他找不到自己在社会中的位置，步步陷入孤独的心灵流浪，最终沦为一个晃来晃去、无法立足社会的人。在艾萨克·辛格的短篇小说《狂热者伊莱》（*Eli, the Fanatic*）里，因失去家园从欧洲逃到美国的犹太难民伊莱，却被同族的美国犹太人排斥，犹太律师伊莱受困于传统犹太身份和美国犹太身份的矛盾而备受煎熬，最终被送往精神病院。无疑，自圣殿被毁，历史上的犹太人就一直在流亡之中，即便是像约瑟夫和伊莱那样，获得了某国国籍成为其公民，却依然无法认同这个栖身的地理家园。与这些文学前辈相比，谢邦试图在人物形象的塑造之外，在小说中寻找表达流亡和创伤的另一种叙述途径：犹太空间。

艺术家面临的重要问题之一就是为生活现实和经历的特定领域现实的共存做出解释。（伯格、卢克曼，2009：23）谢邦对空间表达的特别热情可以追溯到他的童年时期。1969 年，六岁的谢邦随父母搬到马里兰州的哥伦比亚地区。哥伦比亚地区是美国率先进行种族融合的示范社区。它是一个新生社区,于 1967 年开始开放使用。因此,这个社区很新,大量工程还在规划和建设之中。谢邦在回忆中如此描述:"它是几千人的家,而这些人自称为先驱者。他们是梦想的殖民者,移民到了一个地图上的家园,因为地图上五分之四的建筑还只是蓝图而已,这些住所、办公大楼、公园、游泳池、自行车道、小学和购物中心都还没有投入建设。"(2009:27)谢邦和父母拿着老早买好的规划地图,研究着地图上标注的一座座大楼和现实空间里的空旷工地,谢邦把地图上的这些虚构的地名称为"神奇的咒语",想象着几年后平地起大楼(31)。杰斯·卡瓦德罗和鲍勃·巴奇洛如此评价谢邦的空间想象力:"谢邦比大部分作家更熟知空间和故事的关系,从他的散文集标题'地图和传奇'就开始展现这种才能。"(2014:9)高平曲折,皆成山水之象,谢邦用想象力构建的犹太空间是对犹太民族、文化、宗教和历史的细腻的描绘与触摸。

　　本章将结合创伤理论和空间理论,分析谢邦小说中的各种犹太空间。创伤理论和空间理论在不同时期基于不同视角有不同术语,这些术语的不同含义和争论不是本章讨论的内容。本章所要讨论的犹太空间不是犹太会堂、犹太社区、犹太墓地等,而是那些犹太人生活、举办活动的地方,那些因为犹太活动而具备犹太符号的空间。它既指地理位置(location/place),又涵盖表现空间(performance/space,landscape,topography)。空间具体表达或具象化了过去的历史创伤和现在的存在之间的联系。空间不仅具备诸如地理表现形式等物理特点,还承载了更深层面的信息。(Fink,2014:89)谢邦在小说中呈现了犹太人流亡历史的空间和文化叙事,并展现了一种创伤表征的非自然空间,使得空间具象化了犹太民族的历史创伤和当下生活之间的联系。空间理论之父亨利·列斐伏尔曾提出:

　　　　空间涵盖信息,但空间可以被归纳为信息吗?它的存在方式
　　与切实现实(包括它的形式)和书写事物的现实比如书本有着巨大
　　的差异。空间既是因也是果,既是产品也是制造者……(1994:131)

> 空间在被阅读之前就已经被制造,另外它也不是为了被解读
> 和理解而被制造的,而是为了让人们居住其间,并被人们在不同
> 情境下居住。总之,总是先有空间再有空间解读,除非某些空间
> 就是为了被解读而被制造的。(142—143)

列斐伏尔对空间和阅读的关系之论可以被视作现实和写作的关系之论。谢邦的犹太书写是对犹太民族居住现实的一种解读,他作品中所虚构的空间一方面是对现实世界中犹太空间的理解和解读,另一方面是为读者做出各种理解和阅读而有意创造的。如此看来,列斐伏尔的第一个问题可以有不同的答案。空间里包含了各种信息,而对空间的解读则会产生各种信息文本,各种归纳理解都存在着不同程度的局限性。谢邦热衷于犹太写作,他所虚构的各种犹太空间既涵盖各种信息,也衍生出各种解读。

谢邦称自己从未放弃过对精神家园的向往和追求,他在作品中从未间断过对家园或是"一个属于自己的世界"的探寻。然而,这看起来是一个类似西西弗的努力,每每徒劳无功却总是不放弃尝试。谢邦的作品将其中的无奈极尽嘲讽。他在题为《鬼魅之地旅行手册》的评论文章中讽刺他在书店里看到的一本意第绪语旅行手册,称编者虽用意良善却单纯愚蠢。该手册名为《请说意第绪语》(Say It in Yiddish),和其他语种的旅行手册组成了一个系列。书中包括一千六百个意第绪语词条,涵盖购物、理发、餐饮、交通等各种情景式的简单对话。谢邦质疑的是,在极少人使用意第绪语的世界上,是否存在一个空间适用于该手册中的每一个词条? 换句话说,去哪里实现这本书的用武之地呢? 这个世界根本不存在这种地方——飞机场工作人员、出租车司机、理发师、牙医、服务员等只会讲意第绪语。谢邦认为:"编者在做没有意义的徒劳,它是悲苦的希望、甜美的白日梦和苦涩的乌托邦。"(2009:165)他的这篇文章使他"名声大振",一时间争议不断。一些网民骂他愚蠢无知,该书的夫妻编者之一碧翠丝·魏因赖希(Beatrice Weinrich)公开声明谢邦此文不仅嘲讽了她的先夫,还亵渎了意第绪语。为平息这场风波,谢邦专门给碧翠丝发了致歉信。但是他在信中声称,他并

不是为自己的文章道歉,而是为其无意引发的嘲讽风波道歉。(2009:173)
谢邦对这本意第绪语旅行手册的关注反映了他对犹太空间的高度敏感。
他批评这本书是一个苦涩的乌托邦之梦,这也许是因为他认为世界上没有
一个完完全全属于犹太人的家园。正如他在《意第绪警察联盟》里塑造的
犹太复国阴谋者利瓦特这一角色,谢邦对利瓦特的身体进行空间化书写,
表达了犹太人对犹太家园的渴望和注定失败的绝望,"他的身体既像是一
个用借来的零件钉、锯拼成的躯壳,又像是一个架在杆子上用废料做成的
鸟屋,而他的灵魂就是一直在鸟屋里打盹的流亡蝙蝠。他和所有犹太人一
样生错了世界,生错了国家,生错了时代,现在又生错了身体"。最终,"或
许就是这种犹太人心中固有的谬误感"让阴谋者得以扛下他们的使命,成
为他们的将军。(2007:348)谢邦的作品中总是存在关于犹太家园和犹太
空间的各种书写和想象建构。谢邦的空间叙事一方面充满了丰富、奇异和
大胆的想象力,另一方面又遗传式地携带着注定失败的悲痛、无奈和创伤
基因。

第一节　被打破的禁锢空间

　　《卡瓦利和克雷的神奇冒险》是一部以逃脱为主题的成长历险小说,逃
脱意味着打破束缚和获得自由的空间。本节将分析小说里面的各种逃脱
空间,它们既是犹太人在大屠杀梦魇之下的创伤符号,也是他们在大屠杀
的历史空间中努力寻求抗争的生存空间。

　　朱丽叶·休普斯(Julia Schoeps)认为,犹太历史和空间自古有着紧密
联系。她以一个重要的希伯来单词"别处(Makom)"为例提出,"别处"既指
代一个具体的地方,也是上帝的名字,因而具有形而上的含义(Brauch et al.,
2008:i)。"别处"意味着非此处,它映射了犹太人总是流亡他乡和寻觅家园
的生存状态,也反映了犹太空间的高强度流动性。小说中的主人公约瑟夫
和克雷都在"此处"的空间内遭受着各种禁锢和迫害,他们在痛苦之中挣扎

努力寻找他处的希望。朱丽叶·布罗西(Julia Brauch)认为犹太文化研究中过多强调时间和历史,而忽略地理和空间的重要性。犹太人作为"圣经里的人",视《圣经》为可携带的家园,同时也被视为"流亡的犹太人",这种形象本身传递了空间在犹太研究中的重要地位(2008:1)。布罗西所批评的对犹太空间的忽视,实际上是特指那些隐喻性的空间。在犹太研究史中,有大量文献研究犹太建筑、会堂和犹太社区等空间产物(produced space products),但少有研究微观层面、极具隐喻性的空间生产(production of space)。空间产物是指那些已经完成的具有丰厚文化意象的空间,比如犹太会堂、隔离区、集中营等;而空间生产更强调空间的文化生产过程,这些空间往往是生产进行中的、未被关注的和抽象的,比如集中营内的反抗空间等。换句话说,犹太人在流亡之中的生存斗争就是不断在压迫中制造犹太文化空间,流亡本身也是一种文化空间。

以"二战"犹太大屠杀事件为宏观历史背景的逃脱除代表逃离身体的迫害和获得身体的自由之外,还象征了微观层面受害者逃离大屠杀后的创伤阴影的折磨。因而,逃脱被赋予了具体和抽象、宏观和微观、被动和主动的多重含义。在小说中,逃脱涉及一系列空间问题,包括在不同空间之间的流动,在各种束缚空间的反抗和斗争,以及在有限犹太空间的生产等。具体来说,约瑟夫的逃脱术学习、约瑟夫和克雷的漫画创作及约瑟夫在美国的新生活都是其作为他者和受害者在有限空间里的斗争产物。小说中封闭的禁锢空间和开放的有限空间分别象征了主人公在各种禁锢空间内的挣扎和打破禁锢空间后的生存斗争。

一、封闭的禁锢空间

以逃脱为主题的《卡瓦利和克雷的神奇冒险》包含了多重逃脱叙事:魔术界的各种锁具和箱柜逃脱、欧洲犹太大屠杀的生命逃脱、同性恋身份和卑微生活的压力逃脱、仇恨和创伤阴影的心理逃脱等。于是,各种有形和无形的枷锁与牢笼被嵌入这些逃脱叙事中,这些枷锁和牢笼共同构成了这部长篇小说的各种禁锢空间,而被压迫者进行着打破空间束缚的各种挣扎和搏斗。

安放魔像的棺材是一个具有丰富象征意义的空间意象。棺材的意象在小说中频繁出现，该词条出现频率高达三十五次。被改造的棺材分为一大一小两个夹层，一边躺着化装成巨人的魔像，一边蜷缩着偷渡的约瑟夫。棺材意味着死亡，装载着实为魔像却假装巨人小丑的尸体；同时，棺材也意味着生命的希望，使约瑟夫逃出布拉格到达安全的立陶宛。藏在棺材里逃出布拉格的约瑟夫就像经历了一场生死考验，虽险些被火车站巡检的德国军官发现，但最终幸运地死里逃生。棺材内的约瑟夫呈现了一种近乎死者的状态，"约瑟夫毫无知觉地躺在棺材里，他已经昏睡了八到十个钟头……火车的规律震动、缺氧……他们把棺材搬下车时，约瑟夫并未醒来"。他在死亡的庇护下得到了一种安全感，"在这缺乏空气的永恒黑暗里，反而找到了安全感"（Chabon，2000：62）。相反，棺材被打开后的刺眼白光让约瑟夫感到一股"令人目眩的惊恐"，约瑟夫"感到一阵惊恐刮挠着他的心，就像被关在铁笼里的野兽正在用爪子猛抓栏杆"（63）。棺材内的黑暗给约瑟夫安全感，而棺材外的光亮则散发着死亡的威胁，棺材内外的空间呈现出一明一暗、庇护和屠杀、安全和死亡的鲜明对比，映射了大屠杀给欧洲犹太人造成的死亡阴影。

除了约瑟夫逃离时躲藏的棺材，小说还刻画了其他禁锢空间，比如战场上的掩护地道和荒凉冰原上的唯一一小木屋。约瑟夫成功逃离欧洲大陆并到达充满美国梦的纽约。虽然他的漫画事业给他带来了巨额的财富，但因为对纳粹的仇恨和对家人的愧疚，他无法挣脱创伤的阴影，所以放弃漫画和纽约而决定参军作战。约瑟夫被禁锢在仇恨和绝望之中，这种无形的禁锢被投射到约瑟夫在南极阿拉斯加战场[①]生活的地道这一形象上。"乔的生活局限在这个深埋雪地的极地坟墓，唯一的伙伴是一只半瞎的狗、三十七具尸体"，约瑟夫整日待在地道里，用无线电跟踪敌军和欧洲的信息，然而他似乎从来没听过有关捷克犹太人的任何信息。（Chabon，2000：441）约瑟夫驻守的南极战场被描述成一片毫无生命的荒凉冰原。最后，海军轮

---

①　南极阿拉斯加战场为小说虚构的场所。

船很偶然地在一个探险队丢弃的基地里找到了侥幸活着的约瑟夫。在这个小屋里,他唯一的伙伴是"一台无线电和一只死掉的企鹅"。谢邦所刻画的这个南极战场,没有欧洲主战场的飞机、大炮的轰炸,却通过荒凉凶险的冰原和裸露冰冻的动物尸体,刻画出了战争的毁灭性和唯一幸存者约瑟夫在战争中的孤独与绝望。另外,作为南极战场的唯一幸存者,约瑟夫获得了海军杰出服务十字勋章。

小说还充满了各种被锁的魔术逃脱空间。"锁(lock & locks)"这个意象在小说中的出现频率高达五十六次,主人公约瑟夫一生学习逃脱术就是要打开各种锁具,挣脱禁锢空间。约瑟夫的爱人罗莎模仿魔术大师胡迪尼的人物像为他画了一幅肖像图:

> 乔(约瑟夫)站在一张华丽的地毯上,全身赤裸。更惊人的是,从头到脚,他整个人都被捆绑在锁具的金属链里,链子上还吊满了挂锁、手铐、铁夹、脚镣,就像手环上的吊饰一样,他的双腿也用铁链脚镣锁在一起。这些金属刑具的重量压得他微弯着腰,但头抬得老高,以不服输的神情看着观众……乔胸口正中央的大锁是心形的。(588)

罗莎称这幅画是凭着"记忆和爱情神奇交错的证明"绘制的。这幅画的锁具显然具有双关意义:它们既表现了约瑟夫所热爱的逃脱术及与逃脱术相关的锁具,又象征了那些在大屠杀中身陷囹圄却顽强生存的犹太人。约瑟夫胸前的心形大锁则另有含义:约瑟夫每当想起自己在纳粹集中营的家人时,就"羞愧地抬不起头来",他无法毫无愧疚地享受纽约的自由。罗莎画的这把心形锁是约瑟夫自己戴上的。罗莎希望有一天他能解开心锁,然而约瑟夫一直到小说的结尾,即十五年后,才和魔像一起与罗莎团聚。除了罗莎画的这把心形锁,小说中反复提及的还有一把号称无法解脱的锁,"布拉默"子母钢锁(Bramah)。约瑟夫的老师、胡迪尼的高足、老魔术师孔恩布鲁曾多次向约瑟夫介绍过这把异常难解而"早已臭名昭著"的锁具

(553)。事实上,布拉默锁在历史上确实存在,由 1760 年英国工程师和液压机之父约瑟夫·布拉默(Joseph Bramah)发明。这种历史和虚构的结合,使小说中关于魔术表演的部分非常逼真。根据魔术师孔恩布鲁对约瑟夫讲述的这段亲身经历,他曾经目睹胡迪尼的最后一场盛大表演。胡迪尼要表演的是从一个用布拉默锁禁锢的箱子里逃出来,但是他失败了,最后是胡迪尼夫人把钥匙藏在水杯里并偷偷递给了他,从而将他从桎梏的箱子里解救出来,观众们则"仿佛经历了一场痛苦的集体高潮——孔恩布鲁用德文称之为危机——是喜悦,也是解脱"(555)。约瑟夫对孔恩布鲁讲述的这段经历深感怀疑,他亲自查证了报纸文献。孔恩布鲁所说的这场表演的时间、地点和故事始末完全不符合伦敦《镜报》的报道。约瑟夫对这个故事的质疑持续了很久,一直到小说即将结束,约瑟夫在自己的表演现场看到自己的儿子时,才感到"孔恩布鲁的声明背后有种感情强烈的真相——尽管不是事实的真相";孔恩布鲁讲述这个故事时两次重复强调的是,"唯有爱,才能解开那对布拉默子母钢锁"(552—556)。以布拉默锁的禁锢性为象征符号,谢邦映射了犹太人在欧洲被关在集中营和被迫害的残酷历史;同时,通过这一神奇解锁故事,作者表明走出创伤阴影的唯一钥匙是亲情和友爱。约瑟夫的母亲在写给他的最后一封信中请他忘掉自己:

> 约瑟夫,我要你忘掉我们,把我们永远永远抛到脑后。这不是你的本性,但你一定要这么做。我听说变成鬼后若是阴魂不散,会让自己变得痛苦不堪,只要一想到我们如此微不足道的生存会妨碍你享受自己年轻的生命,让你的未来暗淡无光,就令我心痛如绞。但情况若是反过来,则合理而适当。我常在脑中想象着你在那个自由与摇摆的城市里,站在某个光明繁忙的街角,你绝对想象不到我有多么开心。(323)

约瑟夫母亲的这段话正是约瑟夫封闭创伤心灵、将自己埋在对纳粹的仇恨之中的真实写照。在即将要表演逃出水中木箱魔术之前,约瑟夫得到了弟弟的遇难消息,他企图在木箱里憋死自己。小说共分成六个部分,前五部分分别以"逃脱大师""天才兄弟""漫画大战""黄金年代""无线电通信兵"为题,讲述了约瑟夫先后从欧洲逃离大屠杀、用漫画表达仇恨和拯救希望,以及投身战场却依然无力解救家人的经历;与此同时,深陷绝望的约瑟夫无法逃脱心中对纳粹的仇恨和对家人的愧疚之情。直到小说的最后一部分,当装载着魔像的松木棺材神秘出现在约瑟夫在纽约长岛的家中时,约瑟夫才最终理解了一生所学魔术的真谛,魔术不可能把"撕成万千碎片的东西天衣无缝地补回来",理解了"真正的魔术师让世上所有东西全都消失的能力",也就理解了母亲所请求的遗忘的重要性,因为"每一个黄金年代关乎的不只是幸福,也是遗忘"(323)。

小说中提及了各种禁锢空间,这些用各种锁具封闭的空间一方面映射了纳粹对犹太人的迫害,另一方面也暗指受害者对自己的心灵封锁。通过世上最难解开的锁具,即布拉默锁这一意象,谢邦表达了遗忘的困难和重要性,以及最关键的爱的神奇力量。

二、美国梦的城市空间

从《卡瓦利和克雷的神奇冒险》一书的书名就可以看出,约瑟和克雷的神奇冒险必然发生在多个空间内,约瑟夫从布拉格逃到纽约,又在纽约报名参军到阿拉斯加战场和纳粹作战,中间辗转多个地方。其中大量被描述的是纽约的街头和建筑。二十世纪五十年代的美国纽约街头充满了美国梦,工厂机器的隆隆声和艺术家们日夜亢奋的漫画创作都被赋予了一种美国梦的色彩。在谢邦笔下,这些梦想都带有一种胡迪尼式的色彩。以克雷为例,"他(克雷)从小困居在一个完全不透风的密闭容器里,也就是众所周知的纽约市布鲁克林区,整天觉得绑手绑脚",他"就像在茧中盲目挣扎的蛹一样,一心只想品尝光明与空气的气味"(Chabon,2000:3)。克雷道出了美国底层的都市犹太男孩的梦想。

小说对纽约城市的空间叙述有褒有贬。约瑟夫创作漫画的公寓在许多艺术家聚集的地区,这里被描述成庇护梦想的烂世界,"把这地方称为牛

棚、坟墓、鼠洞,也有人称为傻瓜工作室。不过后面这名字通常指的是整栋
公寓、整栋大楼,有时也指整个地区……也用这名字称呼这个该死的烂世
界"(118)。接着小说呈现了纽约的由钢筋混凝土造成的高楼大厦和日夜
不停制造噪音的破败工厂,还通过漫画公司的老板买房买楼的投资行为折
射二十世纪五十年代人们对财富的疯狂追求。另外,谢邦将某些城市空间
进行拟人化叙述:

> 他看着街道上下,突然跟这城市有种心有灵犀的感觉,他好
> 像知道每一条街道通往何处。他的脑海正浮现出清晰的曼哈顿
> 地图——在他看来,这个岛就像一个头在布朗克斯区的人伸出一
> 只手来打招呼——犹如解剖模型般剥了皮,除了街道和火车、电
> 车、公共汽车路线等循环系统。(165)

在上面这一段文字中,曼哈顿的地图被描述成一个人的身体,长岛是
头,布朗克斯区是一只手,而街道和公交路线等是血管。这种把地理空间
拟人化的描写方式和《意第绪警察联盟》里把人物空间化的描写有着异曲
同工之妙。《意第绪警察联盟》里的恐怖阴谋人物利瓦特渴望重建圣殿,他
的身体像一个破败的"鸟屋",传递出犹太人对犹太家园的渴望和注定失败
的绝望;而被大屠杀夺去所有亲人、流亡到纽约的约瑟夫把栖身的曼哈顿
视为一个人的身体,反映出他对家人的渴望和对这个新家园的希望,同时
也流露出约瑟夫的美国梦。约瑟夫把他的美国梦寄托在漫画上。帝国漫
画公司的接待室占据着纽约最好的位置,"可以看到中城的饭店与报社建
筑宛如绿色徽章的中央公园,仿佛一排城墙的新泽西和闪着金属光环的东
河,甚至还能瞥见披肩头纱般的皇后大桥"(Chabon,2000:213)。漫画公司
的绝佳位置反映了约瑟夫漫画的成功和他在美国的成功者地位,或者说,
他实现了美国梦。在女友罗莎看来,"他好像经历了一个转型过程,一点点
地从捷克变成美国,从布拉格变成纽约"(514)。约瑟夫对纽约的感情是矛
盾的,一方面"他对这流亡生涯的总部心存感激,毕竟纽约市带领他找到了

自己的使命,找到了这个伟大又疯狂的全新美国艺术形式";另一方面,他却始终不允许自己感觉纽约就是他的家(166)。

离开战场后,约瑟夫因心理障碍使他无法回到自己的爱人和儿子汤米身边。他被"恐惧"禁锢在帝国大厦七十二楼的一个房间内,他"和胡尼迪一样,走不出自制的陷阱",汤米认为,"他如今困在自己的密室里",而自己"必须拯救他"(525)。这最后的拯救一幕极具象征含义:

> 保罗·圣文森孤儿院的二十二名院童在一千英尺高空的城市屋顶上,顶着强风,挤在一起取暖……
>
> 一名戴着面罩身穿金色与湛蓝色衣服的人,面带微笑,颤颤巍巍地站在八十六层楼厚厚的水泥矮墙上,仿佛在云层里打穿了一个不规则形状的明亮大洞……他要为他们做场表演,为这些孩子,也为那些聚集在他脚下,大声诅咒、哄骗或恳求他下来的警察。他承诺要示范在漫画里已是常态的人类飞行,即使在这个超人没落的年代也依然存在。(550)

约瑟夫意识到,是小男孩的爱将他从木箱里拉出,这和孔恩布鲁的话形成呼应,孔恩布鲁反复劝说因离开欧洲而忧心忡忡的约瑟夫,"与其顾虑自己从哪里逃出来,不如担心往哪里逃"(57)。《卡瓦利和克雷的神奇冒险》是一部成长历险记,同时也是一部微缩的犹太民族流亡史。象征犹太传统的魔像历经十五年,经历多次变形,横跨欧洲和美洲大陆,见证了犹太人在布拉格遭受的迫害和黑暗岁月,以及他们在世界各地的生存困境。小说构建了各个禁锢空间及布拉格和纽约这样的城市空间。1992 年,谢邦本人写了一篇题为《他们背后留下的》的文章。在这篇文章中,谢邦讲述了自己参观布拉格的经历。谢邦称布拉格为世界上"最悲伤的城市",因为这座城市的辉煌只属于昨天。谢邦参观了布拉格的犹太隔离区、老城、魔像制造者洛夫拉比的墓地,感叹犹太人在布拉格历史上所遭受的各种迫害。在参观 1938 年的隔离区时,他写道:"1938 年的布拉格隔离区保存完好。只是那时的犹太人都不在了。这是我参观的第一个犹太人惨遭杀害的城市，我思索着，大屠杀的悲剧是否就是这座城市如今人口寥落的原因。"令他感到惊讶的是，旅行纪念品上到处可见魔像和卡夫卡，魔像和卡夫卡已经成为布拉格的城市名片，他由此感叹，这恰好可以反映布拉格的犹太历史，这是一座居住着无数犹太人幽灵的城市，"这座城市本身就是一个幽灵"。小说中逃出布拉格的魔像护送约瑟夫逃到纽约，并在多处将布拉格和纽约、穆尔道河和哈德逊河进行对比，预示着约瑟夫从过去的阴影走向流亡的现实。在小说的结尾，孔恩布鲁的幽灵出现，引领着约瑟夫回到家中迎接到达家中的魔像和棺材。谢邦用真的魔像建造了想象的家园。(Kavadlo & Batchelor,2014:15)他在小说中大量描写的纽约街道、高楼大厦和公寓建筑，一方面体现了美国二十世纪中期的经济发展和城市里躁动的美国梦，另一方面反映了大屠杀逃难者约瑟夫重建家园的困难和希望、挑战和机遇。

第二节　被延伸的绳索边界

《意第绪警察联盟》的故事发生在一个半虚构半真实的地方。阿拉斯加的锡特卡是真实存在的一个海边小城市，除此之外，故事中的维波夫黑帽犹太社区、城市之下四通八达的地道和所有破败街道等都是虚构的。本节将以这个半虚构城市里的犹太空间叙述为分析对象，论述这些不同的非自然化的空间意象所传达的犹太创伤主题。

谢邦在一片真实存在的美国土地上构建了一个虚构的犹太家园，最终又让这个家园梦破灭，所有犹太居民再次流离失所。这个故事本身就可以反映谢邦对建造犹太家园的渴望和疑惑。罗森菲尔德认为，该小说以兰兹曼"家在帽子里"和"家在故事里"试图回答犹太人的家园问题，使问题依然悬置，反映了作家建造家园的徒劳和写作的疲劳。(2007:36)萨拉·卡斯迪尔(Sarah Casteel)则指出，谢邦在《意第绪警察联盟》中虚构了一个阿拉斯加犹太居住区,旨在探讨犹太民族离散的开阔空间和族裔社区的封闭空间、空间的机动性和封闭化两组矛盾。她认为这种排他的、区域化的封闭空间有其两面性:一方面它可以凸显民族的身份和文化;另一方面,它不可避免地带有排他性和封闭性,具有帝国和后殖民意识色彩。她进一步提出,在全球化的背景下,小说的空间叙事给世人提出警示,全球化的时代同时也是围墙和隔断的时代。(Casteel,2009:320)贞·杜布罗(Jehanne Dubrow)则认为谢邦在《意第绪警察联盟》中呈现的阿拉斯加荒原承载了空间文化的深刻内涵,意指犹太人离散无家的本质特点。杜布罗进一步指出这个虚构的地理空间生动呈现了真实世界犹太族群的文化多样性和复杂矛盾等。(2008:145)对这部小说的争议性评论本身就呈现出犹太空间的矛盾和多面性及其背后更为复杂的犹太文化内涵。正如列斐伏尔所言,现实的犹太空间涵盖了无数文化内涵,那么,谢邦创造的这个犹太空间意欲折射出哪些信息呢? 在这个虚构的、充满嘲讽和无奈口吻的犹太空间,谢邦将多种犹太空间因素编制其中,比如犹太文化中占有重要地位的象棋棋局和棋盘空间、犹太教极端正统派社区空间、世俗化或美国化犹太空间、隐喻的中东纷争空间等,这些空间以一种奇异的方式并置,并通过极具犹太特色的边界绳索交叉联系,既展现了犹太民族空间的历史变迁和现存困境,又实现了在非自然空间形式下的创伤叙事功能。

一、复制的哈西德派社区和
逾越安息日的边界绳索(Eruv)

在地理空间阿拉斯加锡特卡城,谢邦虚构了一个极端正统的犹太哈西德教派,他们是来自乌克兰的维波夫派,对世俗世界的肮脏和纷扰视如敝屣,终日戴黑帽、着黑袍,把自己隔绝在宗教与信仰的高墙里,在小说中又被称为"黑帽子"。这些来自乌克兰的维波夫人在以色列建国后移居到耶路撒冷,1948 年以色列国被阿拉伯国家消灭后又流亡迁徙到阿拉斯加的锡特卡城,并按照乌克兰的维波夫社区重新复制了一个传统犹太社区。这个社区的空间存在是维波夫犹太人怀念故乡、坚守传统的实物证据。这里不仅在社区建设规划上完全复制，而且在社区管理和社区居民构成上也依然维持传统。维波夫犹太人团结、固执、守旧，"锡特卡特区的每一个警察都清楚，得尊重黑帽子的缄默权，否则这种拒绝回答的缄默就会像尘雾一样蔓延、聚集和深入，直至充满黑帽子社区的每一条街道"（Chabon，2007：90）。然而他们和传统的黑帽子又有所不同，由于1948年家园被毁以及大屠杀等毁灭性的灾难，侥幸活下来的他们一方面遵守犹太习俗和律法，一方面又利用世俗的千疮百孔而干些违法的勾当，在锡特卡打造了一个犯罪帝国，形成了一个势力强大的黑帮团体。因此，维波夫社区实际上既是犹太传统空间的一个延续，又是在被迫害的历史中创建的一个创伤阴影。这种创伤以黑暗和犯罪的形式被表现出来。谢邦所塑造的这个极端非自然犹太社区，借助犹太律法违背世俗法律，又借助世俗法律企图实现犹太复国之梦，从而制造了一个充满嘲讽意味的矛盾体。这个极端非自然犹太哈西德社区的（犹太）律法性和（世俗）违法性同时存在，构成了这个独特的矛盾存在体。

维波夫社区拥有高度严密的自治管理能力。从地理空间分布来看，所有街道"呈方格网状布局，纵横交错，用数字编号管理，是典型的锡特卡风格……如心灵传动般穿越了'蠕虫洞'，进入了维波夫人的星球"（101）；从社会空间的特征来看，"兰兹曼开着雪菲儿，飘摇在黑帽子的惊涛骇浪之中，满目可见的黑帽子许是毡制，帽身高耸，帽顶凹陷，帽檐仿佛有一里宽"（101），"（兰兹曼）在一群黑帽子中穿行，此时的他犹如在黑暗的海底摸索前进，周围毫无表情的面孔和死一样的寂静足以淹没一艘潜艇"（129）。这样一个传统的高度自治的哈西德派犹太社区，和锡特卡其他地区的犹太社区完全隔离，并占有经济、社会和文化的优越地位，似乎已经成为犹太人失而复得的一个家园。事实上，这个社区里很多犹太居民比其他地区的犹太人更能适应这个新家园。在过去的六十年里，锡特卡其他地区的犹太人不断抱怨"我们困在蛮荒之地，没有人在乎我们"，把抱怨"当成信条和哲学"（383）。当很多犹太人包括兰兹曼的父亲无法接受以色列国在1948年得而复失，终日沉迷在国际象棋中时，维波夫的犹太人已经安居乐业，并虔诚祈祷以色列国的回归。当锡特卡特区到期，所有犹太人即将再度失去家园而流亡时，维波夫的居民竟然并然有序地生活，因为他们坚信圣殿的重建和家园的回归，"当两人进入维波夫的心脏地带，一个失落的乌克兰维波夫城的复制品时，却看不到任何流亡结束、哄抬物价和弥赛亚革命的迹象。维波夫派拉比的大宅矗立在广场的一头，看上去坚固恒久，像是梦中的楼宇"（383）。坚定的信仰一方面把维波夫社区和其他街道一分为二：一个令读者想到耶路撒冷满街道的黑帽子、黑袍子，一个则令人想到美国纽约犹太社区的商店和霓虹灯。另一方面，在面对再次流亡的犹太人时，将他们再次一分为二：维波夫犹太人坦然接受上帝的安排，并然有序地生活；而其他街道则夹杂着是如世界末日来临般的哄抬物价和慌乱交易。从维波夫社区的社会空间来看，谢邦的叙述态度是肯定的，甚至是有一点赞许的。

　　谢邦在小说中搭建的正统犹太空间和世俗犹太空间既被社区的围墙隔离，又不可避免地相互交织共同存在于这个犹太特区中。一方面，犹太社区内部的空间特征表现出强烈的排他性特点，与非犹太空间存在清晰的界限。另一方面，犹太空间也存在跨文化和跨地理的特点，犹太空间和非犹太空间互相交叉，通过各种方式延伸进入对方的空间。这种交叉影响和相互纠缠的关系制造了紧张气氛和矛盾冲突。

　　在维波夫这个高度依赖边界绳索的哈西德派社区里，谢邦描绘了一个将犹太律法和世俗法律、传统宗教和现代文明结为一体的社会模型。生活在这个空间的犹太人既要遵守犹太律法，又要融入世俗文化社会，这实际上反映了当代以色列很多正统犹太社区面临的尴尬困境，以及应运而生的对律法的新解读和应对办法。比如，安息日这天不可以开灯、开车和按电梯按钮，而现代生活已经高度依赖电力，所以很多家电都设置了安息日预约按钮，使用者在安息日前夜按下预约按钮，这样电器可以正常使用，而使用者不需要接触任何用电开关。类似的装置还有计时器、安息日手机和安息日电梯等。

　　在这样一个虔诚的宗教社区，谢邦将大拉比塑造成一个黑帮老大式的人物，掌管黑帮势力，从事违法犯罪活动。大拉比的身体像是丑陋的高山那样庞大而笨拙,而警察兰兹曼坚信"是暴戾和贪腐让拉比的身体膨胀到了这个样子,因为他的肚子里塞了太多男人的骨头、鞋子和心脏,其中有一半已经被他的律法胃酸消化掉了"(135)。大拉比是"一个能翻云覆雨的人物",曾"涉足洗钱、走私和非法牟利"。维波夫哈西德派曾经险些被全部消灭,只有"帽子最黑的成员活了下来……他打造了一个犯罪帝国,超越了公理的屏障,从无畏的骚乱中牟利。世俗世界越是千疮百孔、堕落腐败、无可救药,黑钱就越是滚滚而来。事实上,维波夫人只有在行某些礼节时,才会觉得自己尚存一点人性"(99)。谢邦还借助拉比妻子的嘴,嘲讽这里所有的犹太居民"都有一颗扭曲的灵魂。但他们把扭曲藏了起来,出于保守、谦卑和对上帝的敬畏,上帝指示他们见到他时须戴上帽子,遮住脑袋"(220)。他们的大拉比借助犹太律法中的边界绳索做些逾越律法的勾当。根据犹太律法,在安息日这天,很多私人物品禁止被带到公共领域里。《塔木德》规定:"一个有很多个门的墙还是一面墙,即便这么多的门共同搭建出一片公共领域。"(Rozovsky,2009)因此犹太人想出了"Eruv"的解决办法,指安息日那天由边界大师用杆子和绳索搭建出来的公共领域,犹太人可以携带私人物品到这个公共领域进行交易等各种活动。这个空间对当代犹太人的重要性赋予了边界大师很高的威信和地位,"边界大师津巴利斯特虽然不是拉比,但所有拉比都对他言听计从。实际上,在安息日这天,锡特卡特区每一个虔诚犹太人的灵魂,只有登上他的地图,被他的团队用一捆绳索拴住才安心。从某个角度看,他甚至是维波夫最有权力的犹太人"(111)。为了和世俗的城市街道的商业活动接轨,为了在安息日进行活动,维波夫社区的大拉比和所有人都依赖边界大师网开一面,为他们量身定做出合适的"非律法限制的空间",进行逾越律法的活动。根据犹太律法,安息日是上帝创世纪时休息的一天,因而所有人都不得工作,不得将私人物品带入公共领域。然而边界绳索可以创建出一个既是私人又是公共的空间领域。这个边界绳索划出的空间既是地理的,也是文化的、社会的、宗教的。它的存在将正统哈西德派社区的生活边界延伸至现代世俗商业和犯罪活动的社会。这个边界划出的空间还是历史的,根据小说中第三人称叙事者的讲述,正是由于哈西德派被残酷迫害的历史创伤,大拉比才会以牙还牙,采取"低俗小说中邪恶天才"的手腕,从事黑暗犯罪活动。维波夫社区空间的双重矛盾,即居民把锡特卡作为重获的家园并在其间安居乐业的现状和信徒虔诚期待重返耶路撒冷的信念的矛盾,与维波夫和信徒们严格遵守犹太律法却又违反法律从事犯罪活动的矛盾,映射了犹太民族遭受的迫害和流亡的创伤,以及现代犹太人面临的歧视和困境。

二、充满变数的棋盘空间和
各种绳索世界/犹太精神空间

谢邦在小说中不仅构建了相互交织的社区空间和边界绳索空间,还将空间叙事从物理空间延伸到精神空间,呈现了犹太历史、宗教和文化的多重性和复杂性。国际象棋显然不是犹太文化的产物。国际象棋一般被认为是源自印度的一种游戏——恰图兰卡,七世纪时传至波斯,穆斯林统治波斯后,将其带入阿拉伯国家,后来传至欧洲。在小说中,警探兰兹曼感叹说阿拉伯数字和国际象棋都发源于印度而后经由阿拉伯国家传播,最终成为欧洲文化的重要部分。(Chabon,2007:371)国际象棋在小说中占有大量篇幅,这是一个重要的隐喻符号,全文搜索显示"国际象棋(chess)"的词条频数高达为一百零三次。小说中的主要人物都和国际象棋有深厚渊源:被认为是再世弥赛亚的拉比之子梅纳赫姆从小酷爱国际象棋,并显示出极高的天赋,"梅纳赫姆的智商高达一百七十,他八九岁时就能够阅读西伯利亚文、亚拉姆文、犹太—西班牙文、拉丁文和希腊文文章⋯⋯他的记忆力也非常惊人,任何棋局都能过目不忘"(117)。因为喜欢国际象棋和结交边界大师,其父认为是国际象棋害他偏离了上帝为他安排的轨道;边界大师也认为自己对弥赛亚的死负有责任,因为"(他)错在是男孩唯一的棋友,而正是国际象棋让那男孩偏离了上帝为了他安排的光荣之路"(129)。和弥赛亚构成双角色的警探兰兹曼曾因国际象棋而受到创伤,他有一个为国际象棋而活的父亲,正是自己辜负了父亲对他在国际象棋方面的期待导致父亲自杀。在小说的物理空间中,有一个重要的场所,即爱因斯坦国际象棋俱乐部,这是一个失意、落魄的犹太人聚集地,"流亡锡特卡的犹太国际象棋高手们天天在这里的咖啡厅捉对厮杀,丝毫不留情面或流露同情心"。兰兹曼的父亲生前终日在此下棋,也是在这个俱乐部所在的同名旅馆——爱因斯坦旅馆自杀。这个旅馆被称为"存放在浴缸里的老鼠笼"和"锡特卡人的自杀圣地"。为调查案情,兰兹曼数次前往爱因斯坦国际象棋俱乐部,而解开弥赛亚梅纳赫姆被杀之谜的关键线索是凶杀现场的一盘国际象棋残局。梅纳赫姆死前邀请锡特卡退休警察局局长下棋,摆出了"迫移困境"的棋局,请求对方帮助自己结束不堪重压的生命。由国际象棋寓意犹太精神空间,一方面反映了犹太人擅长国际象棋的现实,符合读者对犹太棋手的印象和期待。另一方面刻画出流亡的犹太人无法走出创伤阴影而选择沉溺国际象棋以逃避现实的事实,超越了读者对国际象棋棋手理性、智慧的常规认识;同时,这些失意的犹太棋手共同勾勒出一幅破败的流亡之地的精神空间。

爱因斯坦国际象棋俱乐部位于世俗犹太人居住的老城区,这里的荒凉和颓败隐喻流亡犹太人对信仰和未来失去信心的精神世界;边界绳索在维波夫哈西德派社区占有重要地位,其存在反映了正统犹太人借助犹太律法谋求在现代社会发展的生存状态。小说在充满变数的棋局和制造无限可能机会的边界绳索之间建立了颇多关联。国际象棋棋局变幻无常,"二十四个问题就像是六盘棋局里的基本棋步,无止境地重新组合,直到数目变得和脑中的神经元一样多为止"(363)。犹太民族崇尚律法和律法解读,对犹太人而言,因为对律法的不同解读而发生争执也是常有之事。小说中塑造了热爱规则和深谙规则的犹太人物,"维波夫派深谙游戏规则,就如同他们深谙犹太法典一样。他们财力雄厚,对外界永远摆出一张神秘莫测的脸谱,背地里却攻破了众多权力机构"(105)。谢邦将犹太法典的规则、社会对弈的规则和国际象棋的规则并置在文本中,引发对犹太民族的文化和传统的深刻思考。而应对这些犹太律法限制的边界绳索在文中被描述得淋漓尽致。为了满足对世俗社会里的各种需求,各种边界绳索应运而生:

> 细绳、粗绳、吊绳、钢丝绳、麻绳、印绳、丝绳、条带、伸缩绳、缆
> 索,各式各样的绳子;聚丙烯、橡胶、橡胶包铜、钢、蚕丝、编制天鹅
> 绒、亚麻纤维、大麻纤维、杜邦公司产的凯富拉尔纤维,各种各样
> 的材质。边界大师对《塔木德》法典烂熟于胸,总会条件反射般地
> 运用地形学、地理学、测绘学、几何学及三角法……被他视为如生
> 命般重要的,只有绳子的品质。(108)

边界大师一方面深谙《塔木德》法典,一方面又了解各种绳索,从而可以针对犹太人在安息日的各种活动要求用不同绳索划出各种兼容私人和公共的空间范围。边界大师非常清楚自己的绳索给自己带来的权威和力量,他觉得自己"就像是异质蜘蛛,自己的绳索就像蜘蛛网",有任何蛛丝马迹蜘蛛都能察觉,因此一切都逃不过他的眼睛。然而每天和边界大师下棋的梅纳赫姆可以洞悉一切,甚至看穿了边界大师私会患癌症的情人一事,却并不说穿,"他的眼神里透着怜悯、嘲讽与宽恕,没有评价,也没有责备"(123)。边界大师认为自己谙熟包括边界绳索和犹太律法的各种规则,很清楚"什么线不该跨,什么门不能越,以免威迫灵魂"(115),然而面对梅纳赫姆的棋路和轻声细语,他却完全不清楚,他"实在不清楚梅纳赫姆这一步棋意图何在,它似乎蕴藏着绝妙之笔"(136)。在这里,谢邦将充满无限变数的棋局和犹太边界绳索的各种可能组合并置甚至暗示二者的相似性,这二者构成的抽象空间同时暗指犹太律法的变通性和犹太民族的流亡创伤历史。

棋盘和边界绳索营造的抽象空间被放置在虚构的犹太特区物理空间内,产生了无限的想象世界。在很多特区移民看来,包括谢梅茨夫人都以为,"锡特卡就像地窖或盆栽棚,她们就像球根花卉——地窖或盆栽棚能容纳球根花卉安然度过寒冬,等到室外的土壤解冻后,球根花卉就能回到室外,重新生根成长——谁会想到,欧洲大陆的土壤被深深播撒了仇恨,她们再也无法落叶归根"(28)。这种将犹太移民比作盆栽植物,将欧洲土地比作仇恨土壤的修辞,实际上反映了犹太人在流亡历史中完全被动的地位和

无可奈何的悲惨命运。就是在这种被动和无奈的背景之下，还是有很多犹太人坚守信仰，努力重建家园，正如棋盘和边界绳索的各种变数和无限可能一样。然而大多数结果是无数次失败后的绝望和放弃。精通国际象棋、智力超群又谙熟人性的再世弥赛亚梅纳赫姆最终放弃了自己的生命，因为案情调查而深入其内心世界的警探兰兹曼也一度因家庭创伤而沉沦于酒精和工作中。锡特卡犹太人被驱逐出耶路撒冷而远渡重洋，落脚阿拉斯加重建家园，他们面对的挑战既来自地理空间，也来自精神空间：

> 两百万犹太人下船之后，映入眼帘的既不是牛群，也不是头饰羽毛、骑着骏马的印第安人，而是洪水肆虐的山脊和五万名占据了大部分可居住土地的特林吉特族印第安居民。初来乍到的犹太人没有地方可以扩张、成长，只能像在立陶宛维尔纽斯和波兰罗兹时一样密集地聚居在一起。电影、通俗小说和美国内政部的宣传小册让他们燃起的希望之火就这样在抵达的那一刻骤然熄灭。（291）

正如棋盘上的角逐一样，犹太新移民在这片已经失去开局优势的土地上，不得不谋求中局的生存，从而凝聚在一起。这个开局映射了以色列建国初期的情形。彼时大部分可耕种土地已经被阿拉伯人占有，犹太人只能依靠智慧和勤劳开垦贫瘠的土地。锡特卡城里尤其是维波夫哈西德派社区的犹太移民一方面怀揣着一个遥远的回归圣地梦，一方面又脚踏实地地生活在脚下的新土地上。他们熟读犹太律法，比世俗犹太人能更好地利用犹太律法的各种变通性为新生活创造实惠和便利。然而对于大部分世俗犹太人来说，失去信仰的支撑，回归圣地的梦想渐渐变成破灭的幻想，"兰兹曼觉得自己正在看着那个梦想，它青葱又璀璨，像是海市蜃楼，像是他自己对未来的憧憬，兰兹曼觉得，他的未来就是海市蜃楼"（291）。未来是海市蜃楼的修辞在小说中反复出现，"房子中央，一张低矮大桌子上摆有圣殿山模型，沐浴在卤素灯泡放出的光芒中，恍如海市蜃楼……兰兹曼觉得那模型仿佛是在讲述一个道理，就是每个犹太人都有自己的弥赛亚，只是他们从未来过"(331)。通过兰兹曼的叙事视角，谢邦表达了犹太人发现弥赛亚只是一个海市蜃楼般的幻想后的失落和绝望。

当维波夫犹太人得知救赎自己的弥赛亚已经身亡后，濒临崩溃，"在坚固安全的地方待了很久，却忽然发现万丈深渊其实一直就在自己脚下时，会有哭的冲动"(96)。紧抓再世弥赛亚救赎稻草的维波夫犹太人将面临何种命运？通过调查弥赛亚凶杀案而深刻理解梅纳赫姆的使命、矛盾和痛苦之后，兰兹曼的命运是否得到了改变？谢邦没有给出明确的答案，但在棋局的变幻和边界绳索的可能世界里，关于犹太人美国化的想象世界悄然显现。

在隶属于美国领土的锡特卡犹太特区里，正统哈西德派犹太人已经深受美国社会的影响，比如"年轻的黑帽子被警察逮到后，有时会表现出傲慢或愤怒的样子，像美国人一样要求尊重他们的权利。有的时候，他们会情绪崩溃，失声痛哭"(96)。"对斯皮罗这样的美国东海岸犹太人而言，锡特卡是放逐者的家园，是蛮荒的半亩之地，是阿拉斯加的孤儿，唯有说美式英语，才能确保自己活在真实之中，确保自己很快就能回到可口可乐之国。"(239)在本段第一例引文中，年轻的黑帽子虽然出身正统犹太教，但其成长受美国教育和民主思想的影响；在被警察逮捕后，年轻的黑帽子不是顺从，而是用美国人的方法为自己申辩。从第二例引文可以看到，在美国东海岸成长的犹太人已经被美国化，他们虽不得不来到这个犹太人之国，但并不把它当作自己的国家，只把它当作流浪的犹太人被放逐的荒野之地；这些犹太人是更早移民到美国的，已经在美国纽约和其他城市扎根生活，历经好几代。他们的英语是美式英语，来到锡特卡之后，他们鄙视其他带着浓厚口音的犹太人。他们在这个口音各异的移民新土地上，固执地坚守带有优越感的美式英语，期待有一天回到美国去。此处，他们和维波夫社群里在边界绳索的可能世界里生存的或是把生命的所有意义都寄托在国际象棋这一变幻莫测世界里的犹太个体，共同勾勒了宏观世界里的微观生存图景。琐碎、真实和私人化的个人生存选择，构成了对宏大、梦幻和集体化的族群信仰追求的对抗。恩巴·卡明斯基(Inbar Kamingsky)认为，谢邦通过这种个人挣扎和最终选择反映集体救赎的宏大犹太主题产生了质疑,"犹太人的命运依然是不确定的。同时,犹太主人公、犹太个体成功逃脱了犹太族群的集体生存困境,这是一场象征性和非常个人化的胜利"(2014:164)。然而这种通过逃脱族群集体困境而实现的胜利并不能乐观地被视为超越创伤的成功尝试。实际上,普遍存在于谢邦小说中的幻想破灭和想象性重建,传递的是更接近于一种失败后的流放悲观感,谢邦曾在自己因篇幅巨长而被放弃的第二部小说《喷泉城市》中坦言:"我似乎就是一个装满失落、放弃和失败的巨型仓库的保管员……作为一个作家,我的目标就是为这种不可触摸的仓库搭建客观对应物(objective correlative)。"(2010b:4)在《意第绪警察联盟》的想象世界中,他笔下的人物对国际象棋世界和绳索世界的无限探索都不幸失败,他利用梅纳赫姆对边界绳索的玩弄表达了对宏大集体救赎梦想的嘲讽,"他(梅纳赫姆)会为妹妹做玩具,用边界大师给的细绳做洋娃娃的头发"(Chabon,2007:117),用于在犹太安息日搭建重要宗教空间的绳索被这位再世弥赛亚戏谑地用于制作洋娃娃的头发。最终,谢邦又通过兰兹曼表达了在不断追求梦想、重建家园失败后的颓败感和疲劳感,"兰兹曼突然觉得自己已经听够了什么坏蛋、先知、手枪、牺牲和上帝,对应许之地和救赎他所不可避免的杀戮越来越感到厌倦"。他不禁发牢骚抱怨说:"我的故土在我的帽子里,在我前妻的手提袋里。"(368)在这里,谢邦再一次展现了他对想象世界的建构热情和无一例外的失败结局。谢邦执着于版图式的想象建构起源于他童年生活的社区,即马里兰州哥伦比亚地区的种族融合示范社区的建设。年幼的谢邦和父亲喜欢拿着社区的建设蓝图一处处地去寻找现实空间里的建筑对应物。马特·卡瓦纳(Matt Kavanagh)认为,这个理想社区的最终失败及同时期谢邦父母的离异对谢邦的写作世界造成了极大的影响,他在小说中表达的想象家园的分崩离析正是受了他破碎家庭、破碎社区的回忆的影响。

从作家的创作角度来说,正如谢邦回忆自己第二部小说《喷泉城市》(又名《失落的世界》)所写的那样:"失落世界的最简单又最复杂的主题最终都是源自我个人流亡式的生存经历,我绕了很大的弯子写庙宇、棒球、法罗斯岛灯塔,写关于它们的梦想和最终的失败,其实都是对我早年已逝家庭幸福的叙述。"(2010b:28)这种命运般的挫败感深深弥漫在小说的字里行间,"锡特卡的时空是曲线形的,一个犹太人可以朝任何方向将手伸到最远,最后却只能绕回自己的背"(Chabon,2007:374)。锡特卡犹太特区里被给予的回归圣地的梦想、可搭建无限空间的边界绳索和有无数棋局可能的棋盘一起呈现了一个想象世界的构建和破碎过程。

此外,绳索的边界空间和线条交叉的棋盘空间共同呈现了犹太人个体内部空间和内外部空间的复杂交织关系。第三空间的主要特征是语言和文化的沟通共存。通过延伸越界的绳索和横竖交叉的棋盘,谢邦展现了犹太空间的内部和内外部——维波夫犹太人之间、维波夫人和世俗犹太人、犹太复国者和美国及阿拉斯加印第安人等之间的空间交错关系。查尔斯·泰德(Charles Tedder)认为,谢邦的家园想象本质上就是无限的边界和边界之间的交叉分割,边界既划出并隔离了异质的区域空间,同时也划入并聚合了同质的社区空间(2010:150)。而个体在同质空间内和异质空间之间的活动既是受限制的,譬如宗教的、社区的各种限制;又是自由的,如可以利用犹太律法避开安息日禁忌的边界绳索,利用围棋规则制胜的各种棋局等。然而,谢邦通过具有神秘宗教因素的边界绳索和无限可能的围棋空间制造出来的叙事空间,既呈现了空间的局限性和自由度,又表达了个体在文化空间内的生存困境。无论是兰兹曼和梅纳赫姆寄居的破旅馆,还是落魄的犹太人打发余生的爱因斯坦国际象棋俱乐部,抑或是秉承希望、坚守信仰的哈西德派居住的维波夫社区,每一个空间都充斥了矛盾并存的希望和绝望、温暖和创伤。不可否认的是,小说中的社群空间最终都是一个破碎的虚幻之梦,锡特卡犹太特区不是犹太人永恒的家园,而流亡却是犹太人永恒的命运。在这种悲观基调中,谢邦又赋予了这些小人物无限的希望,如兰兹曼,"没有家,没有未来,没有命运",从小说开始每日酗酒逃避无家可归、无依无靠的流亡之痛,到最后和前妻复合,"只有碧娜,上帝应许给他和碧娜的土地"。谢邦的犹太空间既带有犹太民族流亡历史的悲痛回音,又被注入了一种美国个人主义的理想色彩。

第三节 被禁闭的箱柜空间

　　谢邦的多部作品涉及大屠杀主题,但在呈现大屠杀创伤记忆的策略方面,几乎所有作品都采取了间接手法。其中,《最终解决》的大屠杀主题相对最鲜明,而其叙述手法也是间接的。本节将以小说中映射大屠杀和殖民侵略的空间符号为分析对象,论述大屠杀历史对犹太个体造成的巨大创伤,并从历史和文化的视角探讨大屠杀的历史意义。

　　小说中的主人公之一是一个通过犹太救助委员会从德国逃到英国的失语孤儿莱纳斯,莱纳斯不仅失语,而且由于作者没有给予莱纳斯叙事者的身份,所以其在欧洲的任何经历都无从得知。大屠杀对犹太人的迫害是通过多层隐喻空间表达的。谢邦在小说中建构的这些隐喻性封闭空间,并不是大屠杀中的空间,而是莱纳斯逃难地英国的各种禁锢性空间,它们间接映射了犹太人在大屠杀历史中遭受的各种迫害。克拉普斯通过分析这些隐喻意象指出,《最终解决》揭露了大屠杀给人类带来的无法言明和难以忘记的内心创伤。(Craps & Buelens,2011:570)小说中禁闭鹦鹉的各种空间,如鸟笼和衣柜,呈现了小说表层、发生在英国的绑架案件叙事,与小说中的火车站和车厢等空间形成呼应,映射了深层的、发生在德国的大屠杀历史叙事。此外,谢邦还在小说中描述了一个意象较为隐晦的蜂箱空间。这些蜂箱里的蜜蜂是老侦探独居生活的唯一伙伴,老人隐退之后的十七年一直与蜜蜂为伴,隐居在英国南部小镇的偏远郊区里。蜂箱的形象指向了英国殖民地,从而构成了小说深层的后殖民创伤叙事。由此,这个篇幅不长的中篇小说以丰富的空间意象构建了跨越不同历史时期的各种创伤空间叙事。

一、大屠杀创伤空间:火车站和鹦鹉禁闭室

　　火车是"二战"大屠杀运送犹太人的重要交通工具和帮凶,火车也成了很多大屠杀幸存者的噩梦。仅在1941年10月15到11月5日,就有两万

多德国犹太人被火车从德国运送到波兰的罗兹集中营（Lodz）。（Bartov，2015：112）犹太人被火车运往各个隔离区或集中营，从集中营再被运到死亡营。对于经历过大屠杀的犹太人来说，火车上的密闭空间充斥了超越死亡的恐惧。一个幸存者回忆说："即便是私底下告诉你火车上的可怕事情，我也没办法不感到痛苦。"也有其他幸存者讲述火车上的脏臭、饥饿、寒冷甚至食人事件。（Bartov，2015：245）对于作家来说，如何表达这种创伤之痛？创伤在记忆中造成了巨大的裂痕，使得叙述回忆成为困难，心理治疗通常使用相关意象和关联物的刺激法和联想法。由于大屠杀，火车、焚烧炉和牛车等意象已经超越了它们本身的含义，它们成为大屠杀的隐喻符号。《最终解决》的开篇和结尾都发生在火车站。当失语的大屠杀孤儿被放置在空旷的火车站，和从英国出发前往欧洲运输军用物资的火车意象并置时，作者构建了关于大屠杀的想象空间：

> 大地开始颤动，从远处传来钢轮划过钢轨的呼啸。一列火车从车站开过。这是一列军事货物专列，火车皮是沉闷的灰绿色，载着贝壳、火腿和棺材，驶向欧洲战场繁忙的仓库。男孩抬头看着火车颠簸着慢下来。他注视着火车皮，目光闪烁，似乎是在读着什么。（Chabon，2005：127）

随后莱纳斯轻声念出德语数字，鹦鹉听到后盘旋着飞起并模仿一个女人的声音嘹亮高歌，小说到此戛然而止。在小说最后的这个部分，谢邦将老侦探等其他人物悉数清场，留下了一个火车站的舞台，舞台上火车呼啸，载着预示死亡的棺材驶向预示更多死亡的战场，鹦鹉和男孩哼唱着落幕。莱纳斯依然是孤独的，他见到火车目光闪烁，没有谁忍心将火车与集中营、死亡的真实联系告知这个九岁男孩。他的记忆中父母是乘着火车远去的，也许他怀着像找到鹦鹉一样寻回双亲的希望？此处的莱纳斯被赋予了有限的视野，他虽然知道火车将父母带走，但是他不知道火车将自己的父母带到了何方，而熟悉大屠杀历史的读者则拥有全知视野，了解火车将犹太人载往了死亡的远方这一事实,这种对比加深了读者对男孩的同情和理解。大屠杀造成的创伤是难以言表和难以解释的,有幸存者说:"他们没有经历过而无法理解,我不怪他们,他们不可能理解,不可能。"历史学家理查德·埃文斯(Richard Evans)也认为,对于出生在大屠杀之后的人们来说,很难接受纳粹暴行曾真实发生的事实。(Bartov,2015:245)谢邦采用了一种近似戏剧的方式,用语言制造大屠杀的视觉联想,实现了创伤叙事。

　　除了火车站的空间叙事,小说对鹦鹉在禁闭室搏斗的空间叙事也非常精彩。杀人凶手和鹦鹉绑架犯凯尔博把鹦鹉关在一个房间内,极尽引诱威胁之手段,希望解出鹦鹉歌唱数字之谜。鹦鹉被关在密闭小屋衣柜中的洗衣袋里,这是一个三重密闭空间。满屋子都是纸张,"男人用爪子(手)在纸上做了各种标记",当老侦探和当地警探为调查案情敲门时,凯尔博把鹦鹉装进一个洗衣袋,然后藏到了衣柜里,"布鲁诺(鹦鹉)呆住了,在(衣柜里的)黑暗里它全身麻痹"。(Chabon,2005:111,119)这个空间被描述成"缺少空气"而"令人窒息的",因而"有一刻鹦鹉觉得自己是要放弃呼吸了,让它被凶残抓捕然后悲伤流浪的一生在这片温柔的黑暗中将结束掉"(118)。作者通过鹦鹉的视角将这个三重空间刻画成既密闭而又温暖的矛盾空间:一方面它是令人窒息和威胁生命的,另一方面它又带着某种安定的温度,一个可结束流亡生命的美好幻觉。这种在黑暗里感受到的暂时逃脱抓捕的安全感只是一种幻觉,鹦鹉的这种拟人化斗争反映了大屠杀时很多犹太人的逃避心理和矛盾心情。《当我们在谈论安妮·弗兰克时我们在谈论什么》(What We Talk About When We Talk About Anne Frank)的作者、美国犹太作家内森·英格兰德(Nathan Englander)在短篇小说《杂技小丑》(The Tumblers)中描绘了切诺姆隔离区的村民在黑暗中自欺欺人的生活境况。他们用缺少的东西命名有的东西,如用金子命名土豆,用自由命名黑暗,用希望命名污秽物。和鹦鹉一样,切诺姆人希望用黑暗代替自由。英格兰德用讽刺的口吻描写了切诺姆人的鸵鸟心理,但同时也表达了犹太人在大屠杀中的悲惨遭遇。不同的是,鹦鹉没有放弃反抗。"黑暗中有一种异质存在;他看到一丝微光从衣柜的缝隙里穿进来",但鹦鹉的一番挣扎失败后,"他躺在衣柜底板上,大口喘气",鹦鹉想要歌唱"他的无能、愤怒和仇恨",但是他的喉咙似被麻痹般失声,衣柜外面的屋子"深沉的、又几乎是掷地有声的沉默,仿佛是所有生灵都在等待布鲁诺的发声",最终鹦鹉听到了侦探提出检查衣柜的要求。(Chabon,2005:120)被拟人化描写的鹦鹉,象征被关闭和被迫害的犹太人,而多重的黑暗空间则象征了欧洲大陆各处隐藏的集中营、死亡营、焚烧炉等。鹦鹉深陷在伦敦某区公寓中衣柜内的洗衣袋里,它在这个黑暗空间里的挣扎显得脆弱无力,他的几乎要放弃的心态合情合理,他最后的获救表现了作者人道主义的关怀和希望。

二、后殖民创伤空间:蜂箱和鸟市

和前两部小说不同的是,《最终解决》除通过构建大屠杀创伤空间表达创伤经历外,还构建了意义更为隐秘的其他空间。除火车站和鹦鹉禁闭室外,《最终解决》中对老侦探的蜂箱、伦敦的鸟市等做了极富含义的描写。它们在地理、布局、文化内涵等方面都展示了深层表达的可能。蜂箱的形象在老人的聚焦视野经历了几次变化,从平和的世外桃源,到后来的殖民地形象的联想,而鸟市是通过印度裔牧师帕尼可的视角被构建的。谢邦的这种空间建构和人物视角的配置展现了他对人类文明进程中的掠夺和暴力的思考。

在鹦鹉绑架案发生前,老人和蜜蜂结伴安然隐居。在老人看来,蜂箱就像是一个有文化、有历史的城市一样,他在蜜蜂的歌唱中穿行,读取其中的信息:

> 它(蜜蜂)的歌唱是一个城市的歌唱,这个城市离伦敦,就像伦敦离天堂的距离,在这个城市里,它们准确地做着该做的事情,就像它们遥远、神圣的祖先教诲的那样。在这个城市里,宝石、金币、信用证、秘密海军计划从来不会失窃,没有刺杀、绞杀、鞭打、射击,没有暴力,除了偶尔的弑君。蜜蜂之城的所有死亡都是几百万年前计划好的、有步骤的。每一次死亡迅速有效地带来蜂房的更多生命。(Chabon,2005:67)

　　显然,作者在用老人的视角解读蜜蜂的世界,实则是解释了老人隐居的真正原因。老人厌倦了人类的谋杀、贪婪和阴谋,逃离人世而隐于单纯的蜜蜂世界。蜂箱被视为一个比人类城市更文明、更古老的城市。然而,此处埋下了一个伏笔。蜜蜂的弑君行为在后面再次被提起。老人的一句"四号蜂箱需要重新立蜂后",揭示了蜜蜂的弑君并不是蜜蜂自己的选择,而是养蜂人作为统治者和权力者的决定和命令。(Chabon,2005:28)实际上,养蜂人为了保证高产量出蜜,不断选用新的蜂后,即杀死前任蜂后,选用一只更年轻的蜂后。因此,老人出于对暴力的厌恶而选择养蜂,最后却亲自导演蜂箱里的暴力事件;同时,老人称弑君是蜜蜂文化几百万年以来的传统,但是被养殖蜜蜂的弑君显然和传统无关。老人养蜂所体现的这种矛盾性,即为躲避屠杀而隐居乡下养蜂的初衷和养蜂本身揭示的自然界的杀害之间的矛盾,似乎寓意了暴力和创伤无处不在和无可逃避的本质。此外,小说对老人的养蜂技术进行了大量铺陈,比如老人就养蜂技巧发表过重要文章,老人的专业药水和设备,等等,并在蜂房的空间叙事中进一步建立了养蜂人和殖民者之间共性的想象勾连:

> 　　他把六个蜂箱的顶层架子一个个取出,每个蜂箱取两层架子,用加热的面包刀把架子上的蜂巢切片,然后把滴着蜂蜜的蜂巢块放到甩蜜机里,直到蜂巢上所有的蜂蜜在离心力和引力的作用下都被甩掉,装进罐里。最后把被搜刮(ravaged)的架子放回蜂箱。(83)

　　在这一段的描述中,老人是蜂箱的掠夺者。小说中将老人的取蜜称为"偷蜜(steal)"(78)和"抢蜜(riot)"(83)。在素食主义者看来,"养蜂人奴役蜜蜂并偷取它们的劳动果实"(Lewis,2016)。老人对养蜂究竟抱着何种心态?如何解释自己的养蜂选择?随着小说情节的推进,这些问题不断冒出,可能的答案也渐渐浮出水面。老人在介入侦查鹦鹉失踪案之前,伦敦来的警官问及其是否因为喜欢蜜蜂所以选择隐居养蜂,老人断然否认。但是老人对蜂箱的看法随着案情的进展开始发生改变。作者在描述蜂箱的颜色、外形和排列时,以老人为聚焦视野,做了指向英国殖民地的表述。老人的蜜蜂像一个个部落一样生活在一起,而这些堆积的蜂箱让老人想起了"庙宇林立的勒克瑙街道(印度北部城市)"(84)。印度曾是英国的殖民地,老人的联想成功使读者在蜂箱和殖民地之间建立起对比关联,作者则进一步暗示了英国对其殖民地的剥削和压迫。老人的这个联想打破了之前他对蜜蜂世界与世无争的和平想象,意味着老人自我意识的觉醒:

> 蜂箱在小屋的南墙根成山形排列,就像是迷你的宝塔,或是排列整齐的白色婚礼蛋糕。最早的一个部落/殖民地(colony)始于1926年,他(老侦探)总是称它为老蜂箱。老蜂箱总是由强壮、繁殖力强的蜂后统治和管理。对老人来说,它就像英国一样古老。现在,和过去十七个夏天一样,到了刮取蜂蜜的时候了。(75)

> 最后,他站在老蜂箱前面,拿着喷烟板和一瓶苯甲醛。蜂箱散发出一种厄运般的欢乐气息,如同一座城市在经历狂欢节后沉睡不醒,而不远处的山顶上则是觊觎它的德军(Huns)。老人深吸一口烟,然后蹲下去,倚着喷烟板。几个工人在这个城邦的圆形入口处探头探脑。(76)

在这段描写中,蜂箱被描述成即将遭到德军袭击的华丽城市。"Huns"一词在"二战"时期被英国用作对德军的贬称。在这个空间中,蜜代表着财富,被德军所垂涎,代表了一种大屠杀发生理论,即"经济原因——希特勒出于经济因素而非单纯的种族歧视发动了大屠杀行动"(Bartov,2015:92)。由此,蜂箱的形象含义被深化,从最初的太平假象演化到殖民地再到发生大屠杀的欧洲,这三种不同形象既打破了老人对蜜蜂世界的原始理解,又通过自然界的杀戮揭示了发生在二十世纪不同时期的重大历史暴力事件。克拉普斯从新历史主义的角度分析了蜂箱的殖民主义意象空间含义,提出蜂房的空间意象表达了谢邦对大屠杀的思考,即大屠杀并不是简单的犹太排斥和犹太屠杀,也不是一个孤立的历史片段。克拉普斯认为,大屠杀是西方现代社会种族屠杀的本质反映，它和黑奴史、殖民史一样，是现代性的本质特点，是极端理性的悲剧结果。克拉普斯引用了西奥多·阿多诺、马克思·霍克海默、齐格蒙特·鲍曼等左翼社会学家的观点，解释大屠杀和现代性的直接关系。他认为谢邦在小说里通过构建各种意象和对话把大屠杀置于欧洲殖民史的框架下，从根本上反映了作家"反理性、反现代性"的思想（Craps & Buelens，2011：583）。克拉普斯无疑是非常大胆的，他基于文本细读和社会哲学的思考既是跨学科研究的典范，也为理解当代美国文学作品提供了崭新的历史视角。蜂箱的太平世界形象、被掠夺殖民地形象和被掠夺犹太城市形象隐含了作者将大屠杀历史化解释的倾向和将大屠杀理解为非独特历史个案的倾向。由于对蜂箱的叙述都是出自老人的聚集视野，最后谢邦又通过老人的视野将这种隐含表达模糊化了，"他曾经自认为明了熟知的经验知识、逻辑和推理，一下子变得一无是处。他周围的世界只是一个陌生的文本而已"（Chabon，2005：85）。老人对自己理性判断的否定似乎表达了作者对理性的嘲弄。

可见，蜂箱的空间叙事是通过老人的聚焦视野完成的。除了蜂箱这个空间意象，作者还构建了另外一个映射殖民暴力的空间意象，即伦敦鸟市。伦敦鸟市的空间叙述是通过印度移民牧师帕尼可的视角实现的。帕尼可和老人因为案件调查到鸟市寻访鹦鹉的下落。虽然他们到达的当日是不开市的星期一，但是帕尼可根据自己四十多年前到此地的记忆还是断定，鸟市所在的伦敦俱乐部街没有什么变化。在帕尼可的回忆中，鸟市充斥了"愚蠢而可怕"的欢呼声，那些鸟商的叫卖声不胜烦人，"这些叫卖声和他们笼子里的货物的啁啾声"此起彼伏，相互映衬并彼此嘲弄。虽然帕尼可知道这些鸟只是被当作宠物售卖，但是他还是认定这是对笼子里可怜鸟儿的杀戮，他因此咒骂这条街。另外，冷落寂静的星期一市场呈现出热闹买卖之后的一片狼藉，"地上是撕破的包装袋、油污的报纸和破布，污水上覆盖着木屑，而帕尼可不想去猜测这些污水从何而来"，"商店藏在钢条和铁百叶窗的后面"，这些大门紧闭的房子"就像嫌疑犯一样，合伙装出一副无辜的样子"，帕尼可觉得"这里依然是，而且原本就是，一个令人郁闷的地方"

（101）。从帕尼可眼里呈现的是一个残酷的鸟市，尽显人性的自私、贪婪和冷血，而鸟市的喧闹和兴隆揭示了鹦鹉布鲁诺在非洲被抓捕的真正原因。帕尼可原本是一个无家可归，流浪在英国街头的马来西亚赤脚男孩，他见识过世界的残酷无情。他的失败婚姻、无赖儿子和教区对他的无视，让他"人生的房子"坍塌了。它们"砸毁了房子的窗户，撕破了墙纸"，并把所有东西烧毁。帕尼可随着老侦探走过鸟市和伦敦街道，"心情沉重"，他期待"在印度喀拉拉也家喻户晓的老侦探能对这个令人心碎却又像发条时钟一样精准运行的世界做出一个解释"（102）。来自英国殖民地印度的帕尼可对伦敦鸟市的丑陋化描述视角，既表现了帕尼可对殖民地存在的压迫和囚禁的反抗情绪，也反映了他对自己人生失败的失意之憾。他和鹦鹉布鲁诺一样，都是殖民创伤的受害者；他对眼里的鸟市的叙述违背了人们印象中花鸟市场的蓬勃生机和清新自然，而通过市场歇业时的残局反思人们喜爱宠物背后的残酷事实。

蜂箱和鸟市一方面映射了英国对殖民地的压迫和剥削，另一方面，这种对他者的迫害与犹太人作为他者遭到的迫害形成对照。蜂箱和鸟市、火车站、禁闭室，都是压迫、迫害的空间，它们在同一个时空，分别代表1944年的英国折射出的不同时空、十九世纪到二十世纪的非洲和欧洲、所发生的迫害事件等。正如帕尼可所看到的，世界本就如此残酷。借助这些禁锢空间，谢邦实现了对创伤的叙述。与此同时，谢邦借助老侦探的视角表达了空间里的希望。老侦探眼里的伦敦街道展现出顽强的生命力，"报纸上总是讲伦敦遭受的炮火轰炸。我原以为会看到一片废墟"，"我以为这里只剩下硝烟和灰烬了"，他被"废墟中又盖起来的新楼"和城市的"不可压制、非人类的扩张力量"所震惊。（100）老侦探所看到的伦敦街道有双重矛盾属性——被破坏的废墟和被建设的新楼。伦敦街道展现出奇怪的新生命。这些新元素是美国化的：街道上的美军士兵、美军车辆、美国电影、生发油的味道、不可写的弹簧一样的元音（美式发音）和奔放的爵士俚语。遗憾的是，伦敦街道空间表现的这种美国属性有一点突兀和不了了之。谢邦通过老侦探的视角呈现的美国元素如蜻蜓点水，戛然而止，没有后续的呼应。

由于小说的大部分空间叙述都是创伤表达,而这段短小的美国元素又被安置在"二战"时伦敦的废墟上,这段插入显得"欲言又止",表达力度微乎其微。但是如果和小说标题联系起来,也许可以换个角度理解这段美国元素的空间描述。希特勒纳粹分子提出的"最终解决"方案和其具体执行的大屠杀在欧洲制造了阴霾密布的死亡气息,而太平洋战争让美军加入了终结这一暴行的队伍。伦敦街头的美军既象征了"二战"中美国影响力的崛起,也暗示了英国甚至欧洲影响的衰退。另外,老侦探在这宗哀伤幽怨的鹦鹉绑架案中,虽骁勇如初抓获凶手,"最终解决"凶杀案和绑架案,但是无法破解案情中最关键的鹦鹉之歌,这隐约暗示了英国乃至欧洲文化的衰退,这和伦敦街头兴起的美国元素形成了呼应。

在《最终解决》这部小说里,谢邦笔下的创伤主题被普及,创伤表达则通过非自然的空间叙事完成。小说的空间叙事表达了创伤从过去到现在的延续。通过殖民地意象的蜂箱和鸟市,以及代表"二战"意象的火车车厢和鹦鹉囚禁室,谢邦不仅讲述了犹太人在二十世纪遭受的创伤,也映射了十九世纪殖民地人民的创伤,从而将创伤事件从犹太人扩大到英国殖民地、从二十世纪回溯到十九世纪,从人类延伸到动物。创伤的时间跨度、涵盖范围和发生形式都得到了丰富和深化。大屠杀由此不再是独特历史个案,而是创伤历史中的某个章节。这种创伤空间叙事表现了作者对人类文明进程中发生的掠夺和暴力的深刻思考,并通过插入美国元素的空间传递了美国文化的悄然兴起和发展趋势。

第四节　想象的可萨犹太王国

谢邦在《漂泊绅士》中描绘了各种神秘奇异的中古世纪空间,本节将对这些空间的宗教、民族含义做深入的探讨,试图论述作者深入久远历史空间的姿态下表现出的种族和宗教思考。

对于在漫长历史中多次经历各种迫害和驱逐的犹太人来说,流亡已经成为一种被内化认可的生存状态,流亡者已经成为一种本质特征的身份符号。流亡一方面被赋予无限可能的活动空间,另一方面意味着无法扎根和定居的漂泊之苦。因此,地理空间的广阔疆域和文化空间的狭隘限制的相互制动,决定了犹太人生存空间的两个矛盾属性:无限的可能和永恒的否定。一方面,流亡的犹太人被驱离家园,从而不得不到广袤的世界里开拓各种可能居住的家园,追寻似乎有无限可能的家园世界;另一方面,被排斥和迫害的犹太人所到之地都受到各种压迫和歧视,因此每一次追寻都注定是失败的故事和悲痛的创伤。

这种流亡创伤大可概括到整个犹太民族,追溯至"出埃及记"至两次圣殿被毁后的漫长流亡之路,小可缩影到犹太个体在微观空间里痛苦尝试的对家庭和社区的空间建构。谢邦笔下的每一个人物几乎都被打上了这样的流亡烙印,漂泊着、追寻着,最终失败。因为流离失所而热切寻找属于自己的生存空间,却又因为永恒流亡的民族属性而注定失败,这成了一个解不开的、深陷其中的魔咒。即便是作为当代美国作家的谢邦也难逃此劫。他自幼生活的哥伦比亚地区这是全美率先标杆的种族融合示范社区,最终的结局却是高楼依然停留在蓝图上,种族融合的愿望依然是一个梦想。不仅如此,他在这个蓝图社区里的家庭也终因父母离异而破碎。理想家园梦在现实中破灭,却又在文学故事中重现,也许谢邦是怀着在想象中实现家园梦的理想提笔创作的。而当现实照进梦想,虚构故事也难逃现实的创伤阴影。谢邦在《意第绪警察联盟》中所构建的想象家园以其复杂的特点、多面的形式和矛盾的困境引起一些学者的关注;相比而言,谢邦在《漂泊绅士》中描绘的中世纪犹太世界更加充满想象力、诡异空间和矛盾线索,但极少被学界讨论。

在《漂泊绅士》中,作者在文献收集的基础上,想象并还原了一段至今尚未确认的犹太历史——可萨犹太人历史,并引入了对犹太身份的深层思考。当施罗德·桑德在《虚构的犹太民族》一书中解构犹太民族的线性历史时,谢邦则通过虚拟故事构建了丰富的犹太发展史。具体来说,施罗德受法国历史学家马塞尔·德蒂安(Marcel Detinne)的启发,认为从"十九世纪下半叶起,一些研究过去的天才的重构者累积了关于犹太教和基督教记忆的诸多片段,并富有想象力地构建了一个犹太民族的漫长的、连续的谱系",他因此希望"在民族史中去民族化"。(2009:21,27)。施罗德在该书中的一个小章节中也讲述了对可萨犹太人的历史调查,并指出,以色列出于各种政治原因抵制和封锁对可萨犹太人的研究。(259)施罗德对犹太民族的解构出于去民族化的目的,而谢邦虽然在小说中构建了可萨犹太人的历史,却异曲同工地表达了犹太人不限于种族特征的身份定位;此外,施罗德在书中强调"这个东方犹太王国的奇迹在于它的宗教多元主义,人们为此仍然在赞美它"。谢邦在《漂泊绅士》中同样呈现了一个多元化宗教的犹太王国。在笔者看来,《漂泊绅士》是谢邦关于犹太民族历史空间的一次想象大挑战,在这个想象空间内,以历险题材还原了宗教内部空间、宗教外部空间的交流、较量和冲突,并进一步讨论了犹太身份的多元可能和各族人民的多元宗教可能。

一、多重语言的异域犹太王国

故事发生在十世纪高加索地区。谢邦在这部小说之中,极尽能事,表现出他对地理和规划的热爱。小说中展现的是地形复杂的高加索山脉、古拜占庭帝国、法兰西王国、古亚兰王国(Kingdom of Arran)、基辅罗斯和丝绸之路,以及穿梭在这些古老时空里的商人、流浪绅士、商货大篷车、马匹和骆驼及其汇聚的小客栈。小说的扉页后面附有一张古老的黑白地图,地图的名称是"漂泊绅士的世界",地图上甚至详细标注了以上这些古老地域的位置和名称。无疑,这张地图是作者的想象之作,如同在这个虚构地图上的虚构空间里发生的流亡故事一样,而这一切想象也许是为了去探寻是否真的如同故事里的扎里克曼惊叹的那样:"世上真的有这样的地方?……那里的犹太国王治理着犹太人民。"(Chabon,2008:22)

在这个中世纪的异域空间内,充斥了多种语言。小说中的各个人物操持多种语言,包括希腊语、土耳其语、阿拉伯语和犹太人的"神圣语言(the Holy Tongue)"。对于犹太人使用的语言,小说中没有清楚地指出是希伯来语还是意第绪语,而一直被称为神圣语言。毫无疑问,语言在小说中被赋予了特殊的功能和含义。在大篷车旅馆行骗的扎里克曼操着一口优雅的拜占庭希腊语,显示出高贵的身份和地位,加上一身精致服装,所以能成功地使旅馆里的人们相信他是个傲慢的贵族子弟;而配合他行骗的阿姆兰姆则说着一口粗俗轻快的、君士坦丁堡雇佣兵使用的希腊语,配上他的粗犷着装和大块头身材,旅客们自然相信他在和扎里克曼的决斗中必胜无疑。二人在旅馆里的精彩双簧决斗表演,成功骗得看客纷纷掏腰包下赌注。当二人第一次见到可萨帝国被追杀的王子菲拉克(其实是公主,一路化装成王子)时,王子说的是夹杂着土耳其语和犹太神圣语言的混合语言。当扎里克曼听到菲拉克"神圣语言说出的梦一样的语句"时,竟然心生冲动,想去寻找"里海西岸的那些犹太帐篷、可萨尖塔、属于红头发犹太人的王国"(22)。扎里克曼第二次说神圣语言,是在菲拉克孤注一掷想要去报复杀害全家的布言将军的时候。说神圣语言的扎里克曼,一改往日模样,声音温柔,态度和蔼,"一切终结于死亡……报复不过是多此一举。布言将军终将灰飞烟灭……报复是上帝的权力"(36)。除了希腊语和犹太神圣语言,扎里克曼还使用阿拉伯语。他和布言将军的士兵以及艾尔西亚(Arsiyah)穆斯林雇佣军团交流时使用阿拉伯语。扎里克曼和阿姆兰姆一路护送公主,穿越可萨王国的平原、山谷和高地,骑马持剑,说着多种语言,完全颠覆了传统犹太人的历险空间。在政治叛乱和宗教仇恨的混乱之中,谢邦呈现了不同语言和不同文化和谐共处的可能性。

> 扎里克曼、阿姆兰姆和光明晚饭后祈祷。为感谢上帝赐予食物,光明唱了一首可萨歌曲,这首歌听起来低沉洪亮、令人伤感。阿姆兰姆拿出了波斯象棋盘,三个人开始下棋等天黑。(58)

在逃避追杀的途中,三个背景迥异的犹太人依靠犹太式祈祷、可萨歌曲和波斯象棋的慰藉共渡难关。不同语言和不同文化的交融汇聚,呈现了多元文化下的友好氛围。谢邦在小说的后记中写道,希望能够到历史深处回头看看,到模糊的王国里去寻找那些充满侠义和尊严的犹太冒险家,这个神秘而模糊的王国曾经让流亡的犹太人迷惑和向往。(205)谢邦称由于缺乏可萨王国的确切记载,没有人知道这个王国是如何、在何种程度皈依犹太教的,依据的主要来源是"当时在可萨王国游历的一些伟大的阿拉伯旅行者的游记"(206)。作为一个流亡之中的犹太人,作者谢邦在大量文献调查的基础上,完成了一次想象的伟大历险。谢邦希望回头看犹太的来处和历史,并在小说中呈现了他所看到的来处和历史:这是一个政治和宗教冲突不断的地方,唯有跨越多种语言和文化障碍的交流与互助,才能展现生存的希望。

二、远古的宗教冲突空间

陷于战争中的可萨王国烽烟四起、生灵涂炭,一方面新旧国王的各种势力相互作战,另一方面穆斯林军团和被称为"金发巨人"的东正教军团在城镇里迫害信仰对方宗教的人民。城市里硝烟滚滚,人们举家逃散。谢邦在此处描绘了政治冲突引发的宗教报复和宗教暴力。在宗教仇恨的推动下,政治冲突升级,残暴的屠杀无视异教的生命,呈现出世界末日般的情形。

在这片世界末日般的恐慌中,谢邦指出,唯一的温暖恰恰来自跨越宗教界限的普世温情。在血腥的城市里,主人公扎里克曼的眼睛被浓烟刺痛,耳边回荡着婴儿的啼哭声,面对屠杀他几次呕吐。虚弱的流浪绅士最终在城市角落的清真寺落脚。寺内的祈祷声使扎里克曼的心中激起某种感激的回音。这个放弃犹太教却遵守犹太习俗的矛盾人物在另一种宗教里获得温暖和慰藉,故事由此表现了不同宗教的共通之处和宗教多元化的可能。此处应该是小说主题的重中之重:一个放弃犹太教的犹太人,在世界末日中从所谓的"敌人"庙宇——清真寺中获得落脚之地,并从所谓"敌对"的祈祷声中汲取生命的希望和力量。

扎里克曼一行人向北部的首都行进。然而北部安然无恙的犹太社区和南部惨遭洗劫的伊斯兰村庄形成鲜明对比,这让穆斯林愤愤不平。"越往北部,出现了越来越多的犹太会堂,这些村落没有被东正教军团洗劫的征兆,来自北部的俄国人只是和当地人和平做些买卖"(80)。一方面,东正教和犹太教之间没有发生东正教和伊斯兰教之间的武力冲突,这一区别让兄弟团的穆斯林义愤填膺;另一方面,从这里一直到首都,尽管公主本人也皈依犹太教,但是她得不到当地犹太人的支持。《漂泊绅士》里深陷政治和宗教冲突的三个宗教派别,在这场纠缠难解的斗争中分别表现出不同的命运和态度。可萨王国的宗教纷争和政治动乱导致非常复杂的局势,随后谢邦进一步通过光明这个人物对不同的宗教进行了对比。光明被如此大规模的大屠杀震惊了,这些基辅罗斯人对可萨人民——"无论是信仰耶和华还是阿拉的突厥人的后人、挪亚(Noah)之子,雅弗之子、歌篾的后人、蒙古帐篷人(People of the felt walls)、烧马粪、向蓝天之神发誓的民族"犯下的暴行让光明深感恐惧(80)。另外,当光明看到一个艾尔西亚穆斯林士兵残忍地拖行一个沉默、战栗、像死鱼肚皮一样苍白的受伤基辅罗斯俘虏时,他同样感到无法理解这些暴行的意义并深感迷惑。光明拖着昏沉的身躯走进清真寺,睡梦中梦到情人萨拉和她屋内檀香的味道。当醒来的光明看到救过自己一命的扎里克曼后,他意识到"无论曾经被多么糟糕地蹂躏、摧残,人们总是可以被修复。希望是强大的兴奋剂"(81)。光明对自己的宗教身份的定位是多元化的,他是一个信仰犹太教的穆斯林教徒。身处这场惨无人道的政治和宗教大屠杀中,他意识到同类相残的可怕和拥抱信仰的巨大力量。在多元的宗教、种族、国家等各种身份之中,这些漂泊绅士对自己的身份定位更多基于社群关系,如扎里克曼认为自己是"一个漂泊绅士,一个背弃父亲信仰的人,一个叛徒、一个土匪、一个杀手、一个强盗"(115)。通过这种身份定位,谢邦表达了扎里克曼的创伤来源和自我放逐。扎里克曼曾目睹母亲和妹妹被强奸,却碍于犹太人不得手持武器的法律没有挺身而出。他因此而深深自责,远离家乡,成为一个演双簧骗钱的流匪;他曾接受过良好的教育,学习过医术,言语行为流露出绅士修养和医者仁心。扎里克曼的创伤既源于反犹历史,也源于个人选择。商队的拉唐人首领告诉他:"宽恕是一个伟大的恩赐,而自我宽恕是一个更了不起的恩赐。"(116)

拉唐人对宽恕的解释既是帮助扎里克曼走出自责的心灵良药，又是充满犹太式智慧的智语。值得注意的是，扎里克曼的自我身份定位中没有宗教、种族或是国家因素，这表现了作者对个人身份定位的私人空间化倾向，也反映了美国犹太人对日常生活身份的重视。

和《意第绪警察联盟》一样，一方面，《漂泊绅士》呈现了极端宗教和人类阴谋的可怕后果，以及微观个体在宏观历史动荡中的脆弱，探讨了群体内部互助的拯救希望；另一方面，小说也触及了宗教之间的复杂冲突。小说中有为犹太教的老国王效忠的穆斯林军团、索布人（Sorb），犹太商队拉唐人、东征军等。虽然历史记载非常模糊，但是谢邦借助想象力构建的这个宗教是非之地令读者再次联想到当代的中东局势。

综观谢邦的空间叙述，它们因为犹太历史或传统的因素具有浓厚的犹太属性，这些犹太属性都显现出复杂的矛盾性，使得这些空间呈现出与历史和传统叙述相背离的特点。《卡瓦利和克雷的神奇冒险》以象征大屠杀迫害的魔像棺材为空间代表，既表征了犹太人被压迫、禁锢、迫害的流亡史，又表达了犹太人逃脱、挣扎和反抗的生存史，因而它既是充满绝望的又是充满希望的。这种矛盾性表现了谢邦对犹太人流亡生存的本质认识，以及他的美国个人主义和回归家庭的价值观。谢邦在《意第绪警察联盟》中进一步表达了集体空间的困扰和个体空间的重要性。当小说中的流亡犹太人无法接受流亡的本质特点，而希望通过恐怖阴谋活动创建犹太国土时，结局只能是更为悲惨的命运。在空间生产的文化和文化生产的空间之间，小说展示了充满张力的辩证关系。《意第绪警察联盟》探讨了集体文化的空间属性对个人生存的负面影响，而《最终解决》则进一步聚焦宏观历史背景下微观空间里的个体创伤。这部小说中的各种密闭禁锢空间象征了普遍存在的冷酷和自私人性，即便是打击犯罪的著名大侦探也不自觉地掉进了剥削他者的窠臼之中。无论是宏观集体空间还是微观个体空间，都在表明犹太人或者普世意义上的流亡命运。谢邦在《漂泊绅士》中，采取了回头追溯的姿态，呈现了一个一千多年前的多民族、多宗教的复杂的古老空间。作者在高加索这片多重地理特征的空间内，既展现了宗教可能引发的冲突、暴力和流血事件,也展示了宗教信仰对信徒和非信徒都慷慨给予的慰藉和归属感。在这个超越想象的异域犹太空间内,超越传统形象的犹太绅士穿越整个王国,展现不同宗教和种族的人们在宗教与政治冲突中失去家园和亲人的创伤经历。微观和宏观的创伤空间被一起放大,照射出普世流亡的创伤生存本质。

第四章　讲述创伤的非自然叙事策略

　　谢邦的作品以其不可思议的幽默、机智和大胆创新的文风而取胜，其风趣和睿智的语言进一步丰富了他的人物形象和空间意象。比如《意第绪警察联盟》中描写的依赖工作、酒精和食物抵御内心孤独而又自怨自艾的兰兹曼，"猪肉派般的又圆又扁的礼帽歪到左边，外套搭在肩上，天蓝色的自助餐券紧握手中，仿佛那是支撑他站稳的公交车吊环"；而肥胖、威严的拉比，再世弥赛亚之父被形容成一座"丑陋的高山""荒废的大沙漠""窗户紧闭、水龙头忘关的卡通房子"。（Chabon，2007：149，160）与此同时，谢邦小说的宏观架构、宏观写作策略和主题表达也显示出这位当代美国犹太作家的各种创新和独特风格。《意第绪警察联盟》和《卡瓦利和克雷的神奇冒险》都是四百多页的长篇历险小说，时间跨度长，地理空间跨度大，在侦探和历险的类型小说的纵向维度上巧妙地铺入了犹太创伤主题的横向维度，兼顾了通俗类型和严肃主题，使小说呈现出独特的魅力。

　　谢邦的创伤叙述已经自成一体，微观上塑造别具一格的创伤人物和表征创伤的空间意象，宏观上借力于侦探、历史、历险、魔幻等类型小说的各种表达元素，创立谢邦风格的类型杂糅，并将大屠杀和犹太创伤叙事并置于虚构的小说情节、真实的宏大历史背景和篡改的或然历史假设情景中，探讨犹太人的流亡身份以及与这种身份安然相处之道。此外，谢邦所呈现的大屠杀和犹太人身份具有美国化的倾向，体现了美国历史意识中的民主、多元和移民文化。

　　本章将就谢邦在四部小说中体现的非自然创伤叙事分别从三个方面进行讨论，即文类杂糅、或然历史和美国化的大屠杀叙事。

第一节　文类杂糅的创伤言说

当代美国文坛备受瞩目的才子作家,麦克·谢邦在通俗小说和严肃小说两种截然不同的文学类型之间架起桥梁创作了多部作品。(Meyers,2010,vii)他的作品既吸引了大批忠实的读者,又获得了评论界的热议和好评。他的系列作品呈现出诸多类型小说的元素,如犯罪侦探小说、漫画小说、成长小说、历史小说、魔幻小说等,在每一部作品里都融入了文类杂糅的叙事方法,颠覆传统的小说类型模式,以其独特的形式突破通俗小说和严肃小说的边界,探讨了严肃深刻的历史和现实问题。谢邦曾经坦诚自己对类型小说和犹太主题的热爱:

> 事实上,你们从《意第绪警察联盟》《漂泊绅士》《卡瓦利和克雷的神奇冒险》《最终解决》中都会发现我的这种写作动机(文类杂糅中对犹太主题的探索)。在各种类型和流行文化的次传统中,可以发现人物的犹太性更加彰显;或者在没有犹太传统的地方,放入犹太因素试看会发生什么。如果你去看冷硬派侦探小说,里面的英雄侦探没有一个是犹太人,随便翻看钱德勒(Chandler)、哈米特(Hammett),或是史毕兰(Spillane)的侦探小说都是这样;如果你去看科幻小说,里面到处是犹太人,比如阿西莫夫(Asimov)、戴维森(Davidson)和西弗堡(Silverberg)等的作品。(Kavadlo & Batchelor,2014:226)

可见,谢邦对类型小说的探索和他对犹太主题的执着有着密切关系。本书所研究的四部作品以各种杂糅方式讲述了犹太人的创伤历史。约瑟夫·杜威在其专著《理解麦克·谢邦》(*Understanding Michael Chabon*)中将他归为后现代作家。他认为,谢邦对大屠杀的叙事方式符合他一贯的风格,"用引人入胜的通俗小说类型制作出严肃的文学文本"(2014:2)。显然,谢邦小说中的大屠杀都是作为宏大的历史背景,作为历史背景的大屠杀叙事是严肃的,而在此背景之上的侦探、魔幻、冒险等叙事是通俗化的。这也是谢邦通过通俗文学表达严肃历史的特殊方式。

安娜·理查德森指出,"《最终解决》是谢邦的一个大胆尝试,是侦探类型和大屠杀文学类型的混血儿叙事",读者在错综复杂的案件中思索推理,也在探寻关于历史的、宗教的和大屠杀的问题。(2010:162)老侦探之不能解决数字之谜是一个隐喻,对无法理解的事物采取拒绝承认的态度的隐喻。这既暗示痛之无以言表,恶之非理性所及,又影射了很多非犹太人对大屠杀死亡人数的怀疑。二十一世纪的美国作家在处理大屠杀这个题材的时候,多采用断裂的叙事或是扭曲的形式,似乎只有通过扭曲的方式才有可能表达大屠杀的可怕,或者企图避开苍白无力的暴力书写。无疑,传统的现实主义写作无法实现谢邦既要再现大屠杀又要避开暴力书写的意愿。早在二十世纪六十年代现实主义小说的形式就已经遭到质疑。比如,英国作家汤姆·麦卡西(Tom McCarthy)如此评论自己在 2010 年出版的小说《C》:"我必须放弃曾经的主流小说形式。"(2012:12)理查德·格雷(Richard Grey)则说:"'9·11'小说试图表达恐怖袭击的影响,但大部分在形式上就失败了。如果还固守传统的小说模式,就无法表达这一悲惨事件带来的痛苦和折磨。"(2009:135)小说是否已经死亡,这不是二十一世纪的新话题。在面对二十世纪的重大灾难时,小说是否还有描述和表现的能力?尤其是传统类型小说是否具备把大屠杀的内在现实呈现出来的能力?质疑之声遍地皆是。二十世纪末,关于小说未来命运的争论更是甚嚣尘上。小说是否可以继续?在形式上如何突破?战后生活是否可以言表?大卫·洛奇(David Lodge)提出:"我们这个时代的人对历史彻底失去信念,这必将导致唯我论。表现在小说上,就是彻底废弃现实主义。"(1977:41)贾格·莫里森(Jago Morrison)表示认同,他提出"在二十世纪的诸多重大灾难面前,小说这一形式显得脆弱无力,不堪重负"(2003:9)。在争辩喧哗中,各种突破类型小说的形式进入人们的视野。对传统的类型小说进行形式的反转和突破,从而在熟悉的叙事框架中感受陌生化的扭曲和改变,成为灾难叙事的课题之一。谢邦的小说往往将现实主义的历史事件和魔幻的、神秘的个体事件杂糅,将各种类型小说的不同元素杂糅在一起,形成新的风格。比如他在《意第绪警察联盟》和《最终解决》中将历史小说、侦探小说和魔幻小说杂糅,使他在想象中构建了创伤事件,以探寻通过想象走出创伤的可能性。

　　就侦探小说来说,它作为一个小说类型,是一个动态的小说集合体。追根溯源,它实际上是一个古老的话题。然而对侦探小说和其他通俗小说的学术研究,直到二十世纪六十年代才真正开始。在这之前,"通俗小说和高雅文学泾渭分明"(Priestman,1991:1)。二十世纪八十年代左右,侦探小说成为一个狭义的概念,广义上称为犯罪小说,并细分为侦探小说(又称推理小说)、神秘小说、警察小说、间谍小说等。考虑到《最终解决》中对福尔摩斯侦探小说的戏仿,本书在分析中使用侦探小说这个狭义概念。对侦探小说的定义也各有不同,本书不做探讨,只探讨谢邦对侦探小说的类型突破。在通俗小说领域,侦探小说可以追溯到十九世纪的爱伦·坡(Edgar Allan Poe)、十九世纪末二十世纪初的阿瑟·柯南·道尔和二十世纪的阿加莎·克里斯蒂(Agatha Christie)的作品。他们的小说风靡全球,深受读者喜爱,并不断被搬上荧幕。柯南笔下的福尔摩斯和阿加莎笔下的波洛已经成为全世界家喻户晓的大侦探。二十世纪和二十一世纪的犯罪侦探小说在类型上被不断突破和创新。维多利亚时代以爱伦·坡和阿瑟·柯南·道尔的推理侦探为盛,当代侦探小说在推理的基础上,加入了更多精神心理分析和生存思辨。卡尔·D. 马尔姆格林(Carl D. Malmgren)将当代的犯罪小说分成三个类型,即以阿加莎为代表的神秘侦探小说,以雷蒙德·钱德勒(Raymond Chandler)为代表的冷硬派侦探小说,从犯罪分子视角讲述的犯罪小说。(Priestman,1991:119)这三种类型都有鲜明的特点,是三种泾渭分明的侦探小说。马尔姆格林的这种划分很有代表性。但是谢邦的小说很难按照他的划分归类,这是因为经常可以发现谢邦的小说同时都符合三种类型,或者包含三种类型的所有特点,其中既有神秘莫测的事件，又有久经沙场、办案老道的硬汉侦探，还有来自犯罪分子视角的叙述。

　　事实上，谢邦作品中的这些杂糅类型之间有一些共性，使得侦探、魔幻、犯罪和大屠杀等类型叙述可以很好地兼容，比如它们基本都是探寻模式，即遭遇问题、寻求解读的思路。在探寻过程中，总是存在一种维克特·什克洛夫斯基提出的"时间调移（temporal transpositions）"，"即一些关键细节在叙事时间流中总是被隐去，直到真相大白之时才会被说明"（Prestman，1991：101）。里蒙-凯南认为，侦探小说都是叙述拼图，原因总是在后果出现之后才会显现（Prestman，1991：126）。这个被隐藏的原因成为推动侦探故事发展的动力。在叙事模式方面，侦探小说存在这样一些共同特点：一个扑朔迷离的案情、一个超强的逻辑推理和一个"罪案发生—排除嫌疑—抓到真凶"的程式。侦探的这种"发现问题—探索问题—解决问题"的模式和大屠杀叙事的探寻叙事模式（quest narrative）一致，侦探小说是解决案情，而大屠杀叙事则是尝试理解创伤和自我身份重建。读者在阅读中也常会不自觉地参与这种探寻，猜测凶案真相，或是追寻小说叙事线索的文化解答。然而，这种探索共性的最终解答，在谢邦的小说中是颠覆传统的。《最终解决》部分推翻了传统有问题必解决的结局安排，而是让推理大英雄老侦探解答部分案情保留部分悬置。老侦探虽然抓捕了凶手，却无法解开数字之谜，这是对老侦探推理能力的嘲讽吗？《最终解决》全书关于老侦探的叙述所占篇幅不短，老侦探通篇被称为"老人（old man）"，语气充满敬意。小说更像是对福尔摩斯的致敬，而不是嘲讽。在故事的结尾，布鲁诺回到莱纳斯身边，作者依然没有明确公布所唱数字之含义，老侦探依然无法解开，只有熟悉大屠杀历史的细心读者可以通过结尾的意象和情节做出推测。它突破了传统侦探小说的叙事模式。如前面所述，侦探类型的叙事总是侦探顺利解决案情，不留疑点。老侦探无法解决鹦鹉所唱数字之歌的含义，颠覆了传统侦探小说完美解决疑案的结局，留下一个悬念，从而让读者来充当比福尔摩斯更高明的侦探，这样的安排颠覆了侦探小说的传统，使杂糅的两个类型——侦探和大屠杀叙事，呈现相悖倾向。安娜·理查德森认为，这样的矛盾相悖叙事反映了作者对传统侦探叙事营造有

秩序社会、可理解世界的否认。(2008:162)

　　同样,《意第绪警察联盟》中的警察和警察局也颠覆了保护百姓、家园的传统形象。这里的警察联盟不是好莱坞那些运用高科技上天入地的超强保护者形象,相反,小说的主人公兰兹曼自己都无家可归,而警察局最终被解散,他们要保护的锡特卡犹太特区也被撤销,所有的犹太人将再次失去家园,流亡各地。《意第绪警察联盟》中的再世弥赛亚形象为小说增添了神秘魔幻色彩,这部小说成功将历史、侦探和魔幻三种类型杂糅在一起。在传统的神秘侦探小说中,罪恶的出现扰乱了社会治安,并产生混乱无政府主义的威胁;警察或侦探总能伸张正义、除暴安良,最终维护社会的安定和秩序,这样的叙事模式是经典的侦探叙事逻辑。马尔姆格林认为,"神秘侦探小说通常是假定发生在一个圆形世界",这个世界的核心存在着一个坚定的信条,即"宇宙总体是善的和可以认知的"。(1997:119)但是,这样的叙事逻辑在大屠杀题材中遭遇困难。如何在超越人类理解和想象的大屠杀叙事中,坚持宇宙总体是善的和可以认知的信条? 安娜·理查德森认为,大屠杀文学给读者呈现的不再是一个确定可知的世界,读者在大屠杀阅读中难免经历难以想象和理解的认知危机,大屠杀叙事就是要打破侦探叙事在符号和意义之间构建的确定逻辑关系。(2008:162)谢邦在《意第绪警察联盟》《最终解决》中将叙述个人创伤的侦探类型和讲述集体创伤的历史类型进行杂糅,将屠杀、流亡的创伤世界作为叙述的主要基调,让个人的渺小和奋斗在这种宏大的灰色基调中偶尔闪出希望的光芒。《卡瓦利和克雷的神奇冒险》和《漂泊绅士》将讲述个人创伤的冒险类型和讲述国破人亡的历史类型杂糅,同样呈现了世界是残酷无情的主基调,并通过小人物的微观抗争表达逃脱创伤的希望和可能。谢邦的类型杂糅小说将微观和宏观并置,使得历史长河和个人命运交织。

　　谢邦的小说类型杂糅,糅而不杂,一方面是因为他的小说有一个基本不变的模式,既以人物成长经历为线索;另一方面是,他在不同类型的叙事之间巧妙安置了具有丰富含义和桥梁作用的象征联想意象。大屠杀文学和犯罪小说都被标签为通俗小说。克里斯汀·埃文斯(Christine Evans)提出，"通俗小说的特点是它在形式上的可复制性"，"一部通俗小说的魅力往往取决于它是否能让读者轻松地发现所熟悉的叙述结构策略"。（1994：160）比如，犯罪小说的叙事模式往往是"凶杀—调查—破案"的顺序。颠覆传统历史小说和侦探小说的类型与模式，谢邦的杂糅小说中也表现出一些形式上的模式。谢邦以创伤为主题的小说往往都是以某个创伤个体的经历为主线，呈现出"创伤—凶杀—调查—创伤后"的叙事模式（见图 3-1）。在这个模式中，凶杀和调查往往引出第二个叙事层面，即历史层面的创伤案件，创伤个体在调查历史凶案中认识和理解创伤在他人和历史之间的发生情形，从而经历一种类似走出创伤的治疗。

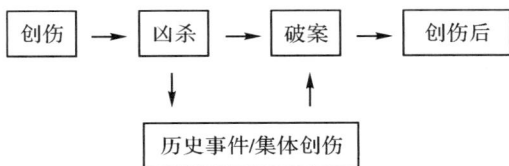

图 3-1　"创伤—凶杀—调查—创伤后"的叙事模式

　　第一层的侦探叙事和第二层的历史叙事常常是通过一些与犹太文化或大屠杀相关的标志物建立联系，如火车、集中营、狗等。如《最终解决》中，男孩莱纳斯的鹦鹉被绑架，两个犯罪分子在争夺鹦鹉的过程中发生争斗，一人被杀，而鹦鹉所唱的数字是运送犹太人到隔离区和集中营的火车车厢号码。除鹦鹉的歌唱外，小说中还利用其他禁锢的空间传递大屠杀在小说中的深层存在。在《意第绪警察联盟》中，兰兹曼因父亲自杀、放弃未出生的儿子、婚姻破碎等个人创伤而过着白天工作、夜晚酗酒的痛苦生活，他在旅馆里的凶杀案调查中，追查到一起犹太极端组织计划炸毁金顶寺夺回家园的阴谋活动，并成功找到凶手、厘清案情。故事的结尾处，兰兹曼和前妻开始约会，暗示走出创伤的可能。两层叙事之间的关键标志性联系是被杀的再世弥赛亚。再世弥赛亚是可以将个人创伤和历史阴谋贯穿起来的关键人物，而他作为现代世界里的瘾君子、同性恋者和弥赛亚等多重身份，使得两层叙事的衔接顺利、自然。

　　谢邦的另外两部作品，《卡瓦利和克雷的神奇冒险》和《漂泊绅士》杂糅了历史、战争和冒险小说的一些元素。和侦探小说一样,冒险也有一条清晰的探寻叙事模式。约瑟夫和克雷在纽约谋求生存与梦想的成长冒险中探寻着属于自己的精神家园,他们在"二战"、大屠杀和美国梦的宏大历史背景下或遇挑战,或得机遇,在经历人生选择的曲折后,都成功找到了自己的精神家园。同样,《漂泊绅士》从标题就宣告了小说的叙事曲线,在漂泊中坚守自己的绅士精神。两名匪徒因侠义之心被裹挟到可萨王国的政治叛乱和宗教纷争中,他们不断出手救助同样漂泊的陌生人,最终在帮助平乱后又一起踏上了漂泊之路。在这两部小说中,经历冒险的主人公都有失去亲人的创伤经历,约瑟夫和扎里克曼在失去亲人后最初都采取了逃离的方式,他们在逃离的过程中主动或被动地进入宏大历史背景的战斗和冒险,并在历险后显示出可能走出创伤的希望(见图 3-2)。他们的亲人都是在战乱或社会暴动中丧生的,他们的创伤感受除悲痛之情外,还有因自己无法救助亲人而产生的自责和内疚之情。因此,他们在战争中亲历了某种生死斗争后,以相似的亲身经历实现了一种重新进入创伤经历的可能,从而克服了弗洛伊德创伤学派提出的创伤复现和暗恐(uncanny)情绪。

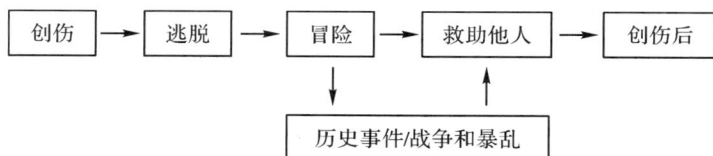

图 3-2 《卡瓦利和克雷的神奇冒险》和《漂泊绅士》的叙事模式

　　此外,除了类型杂糅,谢邦的小说还使用多种语言,塑造多种族人物形象。本书所探讨的这四部小说中,每一部都插入不少非英语写作,它们或是意第绪语,或是德语,或是希伯来语,等等,非英语的插入使得阅读被一种陌生的语言文化和记忆打断。《最终解决》中鹦鹉的歌唱内容全都是德语,男孩莱纳斯的镜像书写也是德语和错误英语夹杂着出现的。德语一方面表明男孩和鹦鹉的身份,即他们都来自德国,并无声讽刺和谴责了大屠杀的荒诞和残酷——说德语的男孩被剥夺国籍并遭到德国纳粹的迫害;另一方面反映了他们在英国被视为他者的境遇,在英语文字讲述的故事中,受害男孩因创伤失语,模仿人声的鹦鹉则重复着男孩曾喜爱的德语歌谣。《意第绪警察联盟》中的语言杂糅则更为明显,这个犹太人临时特区的街道名称都是意第绪语和希伯来语结合的产物,如"枪"被称为"Sholem",将意第绪语中的"枪"和希伯来语中的"和平"组合一起;"电话"是"Shoyfer",将意第绪语中的"电话"和希伯来语中用来召集宗教仪式的"羊角"组合在一起。这些词语杂糅表现了锡特卡城语言的混乱和特区人民的复杂身份,是在以色列经历大屠杀的犹太人为自己的语言设计的保护盔甲或伪装色彩。《漂泊绅士》里插入了一些古希伯来语,这些希伯来语通常充满哲思。在《卡瓦利和克雷的神奇冒险》中,卡瓦利的魔术老师孔恩布鲁也用希伯来语表达哲理性的思考,如"他的灵魂是沉重的重量(Mach' bida lo nafsho)"。这种多语言书写的策略反映了读者市场的特点,即以美国犹太人为主的读者群,了解犹太历史和语言,却不懂这些语言。这些符号本身对他们来说就像是历史记忆的唤醒法器。同时,多语言的使用还反映了谢邦作为一位美国犹太作家的多元文化身份。

谢邦的作品所呈现的类型杂糅,既包含了多类型小说的因素杂糅,又显示出他一定的叙事模式。不同的小说类型在小说中形成不同的叙述层次,如历史叙述层、魔幻叙述层、冒险叙述层和侦探叙述层等。创伤主人公在不同的叙述层之间移动,从而形成了谢邦特色的创伤叙事。类型杂糅既是对小说类型传统的继承,也是一种突破和创新。每一种创新形式在被广泛套用后又成为一种固有类型,于是再次被突破和创新。形式创新的成功取决于小说主题的表达,同样,主题表达的成功也有赖于形式的创新。谢邦打破了通俗文学和严肃文学的边界,在类型杂糅的形式创新中实现了创伤叙事,展现了现代美国犹太人对历史创伤的认识和态度。

第二节　虚实拼接的或然历史

如同谢邦对各种类型小说的探索,他对历史题材的书写也同样表现出持久的热爱和大胆的创新。谢邦的小说总是把个人的挣扎置于历史冲突的大背景之下,如《最终解决》和《卡瓦利和克雷的神奇冒险》借助了大屠杀的历史背景,但是这两部小说并没有给历史更多的话语和展示。谢邦对历史的遐想和大胆篡改体现在《意第绪警察联盟》这部小说里,以"历史如果那样的话"的好奇心和想象重新改写过去,这种类型的小说被称为或然历史小说(Alternate History)、架空历史小说(Allohistory)、反事实小说(Counterfactuals)、类历史(Parahistory)等。或然历史小说和历史小说的最大区别是,或然历史小说改变历史事实和历史记载的结果,通过叙事手段揣测和反思改变结果。(Ransom,2003:60)作家在假设这种历史改变的同时还往往假设它可能引发的重大历史灾难,类似二十世纪七十年代美国气象学家洛伦兹提出的蝴蝶效应(The Butterfly Effect),即初始条件十分微小的变化经过多次影响和不断放大后,可能对未来状态造成巨大的差别。亚当·罗夫纳(Adam Rovner)认为最早的或然历史小说至少可以追溯到本雅明·狄斯拉理(Benjamin Disraeli)在 1883 年出版的小说《阿尔罗伊的奇妙故事》(*The Wonderous Tale of Alroy*)。在这部早期或然历史小说中,狄斯拉理在十二世纪的巴格达地区建立了一个强大的犹太王国。随后,西奥多·赫佐(Theodor Herzl)于 1900 年出版了一部犹太建国的或然历史故事书。"二战"后,出现了更多的犹太作家的或然历史小说,其中包括菲利普·罗斯(Philip Roth)的《反美阴谋》。或然历史小说似乎成为被压抑、受迫害群体的钟爱类型。谢邦在《意第绪警察联盟》中改变了中东战争的结果,假设以色列国在 1948 年被阿拉伯国家打败,并由此美国为犹太难民在阿拉斯加划出了一个临时的犹太人特区。

事实上,谢邦的这个想象并非空穴来风。罗斯福的内政部长,哈罗德·伊克斯(Harold Ickes)于 1939 年曾经书面提议在阿拉斯加设区接纳欧洲犹太难民,这份提议在 1940 年被国会否决。(Binyamini,1990:283)谢邦改变了这份提议的命运,并在阿拉斯加这个岛屿上设置了一个临时犹太家园。另外,岛屿作为犹太人历史家园的形象也象征了犹太人被视为他者、被歧视、被隔离的命运。由此,岛屿、孤岛、岛国的他者形象被强化,锡特卡犹太特区的地理空间传达了犹太人被他者化的双重含义:被迫害的犹

太人成为流离失所的难民，"二战"期间少有国家愿意接纳犹太难民，即便
是有，如锡特卡，也是把他们发配到一个被孤立的地理空间。

　　谢邦还在小说中再次假设了一次大屠杀：阿拉伯军队占领以色列后又
屠杀了二百万犹太人。这些险些丧生的犹太难民在锡特卡开始了新家园
的建设。被改变的历史和历史的现实性形成了对比。锡特卡犹太人把希
伯来语改造了，使用的是希伯来语和意第绪语的结合体，因为希伯来语是
一门"失败和灾难的语言"（Chabon，2007：286）。以色列锡安主义者经过多
年努力才使在历史上几乎消失和废弃的希伯来语重新被犹太人接受和使
用，但是锡特卡犹太人因为以色列国被阿拉伯军队占领而备受打击，希伯
来语仿佛是一个破碎的梦想的遗物，令幸存者触目之处皆是伤心事。值得
注意的是，在现实中的以色列，希伯来语是官方语言，在社会生活中也占据
主导地位。谢邦对希伯来语命运的或然想象与现实的希伯来语的使用情
况完全不同，国家和语言的紧密关系间接表达了民族身份的多层含义。另
一个鲜明对比是锡特卡的种族分布和以色列的种族分布。锡特卡特区的
原住民，美洲印第安特林吉特人，因为犹太人的到来失去土地，两个民族之
间冲突频发，并发生了多次印第安人的大规模流血事件。小说中多次提到
犹太会堂暴乱事件。这些犹太会堂被建在有争议的土地上，因而特林吉特
人在安息日组织突袭和爆炸，导致十一个特林吉特人死亡。这个虚构冲突
似乎指向了以色列国内犹太人和巴勒斯坦人的现实冲突。锡特卡特区警
局主要是犹太人警察，以色列大街小巷都是武装的犹太军人。小说结尾处
进一步强化了这种虚构的特区和真实以色列国的对比，一群犹太恐怖分子
而不是伊斯兰恐怖分子成功组织了一次金顶寺的爆炸袭击活动。

　　《意第绪警察联盟》和菲利普·罗斯的《反美阴谋》两部或然历史小说
把"9·11"恐慌、反恐战争和大屠杀历史成功并置，既提醒世人不忘历史，
又激发读者反思当下。在玛格丽特·斯坎伦（Margaret Scanlan）看来，"或
然历史并不是简单地模仿历史"，而是在小说中"扭曲、改写和重写历史"。
（2011：506）约翰·杜沃（John Duvall）和罗伯特·马泽科（Robert Marzek）
都认同斯坎伦的观点，认为谢邦等当代作家利用或然历史的文类表达了对

美国外交和反恐政策的质疑。(2011:396—397)亚当·罗夫纳(Adam Rovner)也认为,谢邦对历史的每一个改写既呼应历史,又映射当下,如让以色列被阿拉伯国家占领,希伯来语随着以色列的亡国而被弃用,幸存犹太人全部迁居阿拉斯加并说意第绪语,梦露和肯尼迪结婚,印第安人和犹太人发生武装冲突,等等。罗夫纳引史举证,提出谢邦的反历史和反事实写作是典型的或然历史优秀作品,它通过历史偶然性假设批驳历史决定论,对历史结果提出疑问,引领读者辩证思考"如果不是"和"历史如斯"之间的哲学关系,从而反思当代犹太身份。(2011:149)阿尔文·罗森菲尔德认为谢邦的这部小说旨在表达历史和命运、流亡和赎罪、伦理和身份的主题,但是表达显得肤浅苍白,使他的"贝娄和纳博科夫接班人"称号名不副实(2007:35)。罗森菲尔德对谢邦的诟病可以总结为:野心勃勃却语焉不详。在他看来,谢邦试图讨论以下重大问题:背负着历史包袱的当代犹太人是何种身份,他们的家在何方,以色列国对犹太人意味着什么,等等。但是小说对"二战"历史的篡改过于明显地指向当代中东冲突问题,有直白、牵强和鲁莽之嫌;另外,小说以兰兹曼"家在帽子里"和"家在故事里"试图回答犹太人的家园问题,却使问题依然悬置,反映了作家意图的徒劳和写作的疲劳(2007:36)。

改编一段历史,对于作家既是挑战也是机会。谢邦自己曾说,写作意味着可以让自己感受剥离真实世界的身份而变成任何其他样子。在虚构文本里,创建一个或然/可能世界。这个世界是一种逃离,可以逃离自己的真实身份。(Cahill,2005:17)谢邦认为童年生活的社区影响了自己的虚构文本中的世界:

> 我出生于马里兰州的哥伦比亚,我十一二岁的时候举家搬到这里。这个地方多元种族融合,多种经济融合,是个欢迎一切人的地方……在这里我周围都是黑人小孩,他们是我的同学、我的朋友、我的对头,是欺负我和保护我的人,是我的女朋友、老师和校长。后来我离开哥伦比亚,我突然发现其他地方不是这样的,这是一个粗暴的惊醒。(Kavadlo & Batchelor,2014:218)

　　哥伦比亚地区是二十世纪的人们设想的新型社区，是年幼的谢邦成长的世界，是他以为世界就该如此的地方。当他走出哥伦比亚地区，发现世界可以不是这样，那么如果是呢？如果世界有另一个轨迹呢？"我总是被失乐园、失去的城市等失去的世界吸引，也许是因为我父亲，他在布鲁克林长大，是一名道奇队粉丝，二十世纪四十年代是一个失落的世界"（Kavadlo & Batchelor，2014：221）。作为作家的谢邦是幸运的，因为他可以在想象的世界里自由修改，把心存的疑问通过想象建构，对这些虚构和现实之间的差异和摩擦进行遐想与反思。艺术家面临的重要问题之一就是，为生活现实和经历的特定领域及现实的共存做出解释。（伯格、卢克曼，2009：23）借用约翰·卡维尔提（John Cawelti）的"秩序与混乱、虚构和真实"的理论，马尔姆格林提出每个文本中都存在着两个世界，一个是作者对现实混乱世界的模仿，另一个是作者对理性秩序世界的建构。（1997：117）按照马尔姆格林对文本中两个世界的分析，读者在阅读中将体验混乱的历史真相和秩序的叙事整体之间的碰撞与边界。或者说，在涂尔干的客观事实和韦伯的主观建构之间，作家引导读者体验了虚构的和历史的时序之差。

　　或然历史小说挑战了历史的客观性和权威性，将历史从某个点切断改变其后轨迹，探寻在事实"一定如此"之后是否存在另一个"也可以如此"的可能。用虚构将历史轨迹修改，提供另外一番历史记忆，从而构建两个时间维度的世界：一个是被修改的过去，一个是不变的现实。在虚构的岛屿特区和真实的以色列国之间，在虚构的二百万人大屠杀和现实的六百万人大屠杀之间，在虚构的犹太恐怖分子和现实的阿拉伯恐怖分子之间，读者被引导到对大屠杀、民族和信仰冲突的思考之中。犹太人、印第安人、阿拉伯人，现在的文明冲突是如何形成的？以色列国是如何形成的？又存在何种矛盾？作为个体的犹太人也好，印第安人也罢，民族身份被界定为什么？民族身份也许还可以是什么？如何守护自己的个人世界？如何改变自己的生活轨迹？兰兹曼曾犹豫，是保守自己侦破的秘密从而换取自己在意第绪族群社区的安定生活，还是向世人揭发真相然后永远被驱逐。兰兹曼选择了后者，他失去了国家身份，然而他的选择得到了前妻的支持，因而获得了自己的完整家庭。

第三节　美国化的大屠杀叙事

阿兰·伯格认为谢邦的大屠杀叙事视角出自"一个没有经历欧洲血腥战争的美国人"(2009:84)。谢邦既不是大屠杀见证者,也没有家人经历过大屠杀。除了大屠杀小说,他还写过其他题材的流行小说,因而谢邦不是一个专门的大屠杀叙事作家。因此,谢邦的大屠杀叙事反映了当代美国犹太人对民族创伤的继承、认识和表达。

很多传统学者都认为,大屠杀是不可言喻的,包括阿多诺(Adorno)、利奥塔德(Lyotard)和哈贝马斯(Habermas)。(Rose,1996:43)持此观点的学者通常把奥斯威辛集中营和大屠杀看作神和人类历史的破裂标志。这种关系破裂的独特性使得任何命名、叙事、美学的呈现都是不可能的。难以叙述的大屠杀和错误叙述的大屠杀成为大屠杀文学必须克服的难点。吉莲·罗斯(Gillian Rose)把这种论调称为"大屠杀虔诚论(Holocaust Piety)",即认为纳粹的种族大屠杀在人类历史中是极端独特事件,是不可表述和不可理解的,因而也是不可能被认知和分析的。罗斯并不认同这种论调:

> 哈贝马斯的文字流露出创伤、对人类有限知识的失望,这成了持续已久的时代烙印。在它的影响下,人们面对非人道的残酷暴力时做出的反应,往往是令人失望的。他们提出要沉默、祈祷、放逐诗歌和认识,见证不可言说、不可表达之事,这实际上是在将那些我们不敢理解的事物神秘化,是因为我们害怕发现它其实很容易理解,它和我们人类——凡人的恶实在太相称。(1996:43)

换言之,罗斯批评这种不可言说的论调是一种鸵鸟心态,企图通过将死亡和暴力神秘化来逃避人性中黑暗残酷的现实。"大屠杀虔诚论"将大屠杀的独特性夸大从而神秘化,因而对大屠杀文学和其他艺术再现呈怀疑态度。所以,当谢邦在虚构作品中不但大胆想象历史中的大屠杀,如《最终解决》,还匪夷所思地篡改历史、编造以色列国的灭亡时,如《意第绪警察联盟》,对大屠杀文学本来就怀疑的人就更是找到证据一般,谢邦的作品成为他们眼中典型的反例。(Wisse,2007:75;Huner,2013:73)谢邦在接受美国大屠杀纪念馆的网络电台访问时,被问及虚构锡特卡特区的出发点,谢邦回答说:"在《意第绪警察联盟》中我尽量发挥自己的想象力,去消解大屠杀的某些影响,试图借助想象走出灾难。"想象对侦探小说的重要性不言而喻,作家通过丰富的想象力建构侦查案情的细节。但是,通过想象去描述不可言喻的大屠杀,并通过想象走出灾难的创伤,谢邦的这种创伤叙事不但可能被大屠杀虔诚论者诟病,还有可能被危险地指责为对大屠杀纪念的亵渎。实际上,不乏批评某些美国作家亵渎或否认大屠杀的声音。(Krijnen,2016:1)马修·鲍斯威尔(Matthew Boswell)认为,"大屠杀非神秘化"并没有使大屠杀被"虚构"掉,相反,在虚构和事实、形象和经历、文化和历史的摩擦之间形成了新的大屠杀记忆。(2012:33)这些观点反映了大屠杀再现的不同方式和不同观点。

　　二十世纪后期开始出现大量以 1933—1945 年的纳粹事件为题材的作品。大屠杀文学已经有不少幸存者回忆录和证词传记,这也是相当一部分传统犹太学者非常重视的一种纪念大屠杀的方式,如威廉·斯特龙(William Styron)的《苏菲的选择》(Sophie's Choice,1979)、托马斯·肯尼利(Thomas Keneally)的《辛德勒的名单》(Schindler's Ark,1952)、安妮·迈克尔斯(Anne Michaels)的《漂泊的日记》(Fugitive Pieces,1999),以及获得诺贝尔和平奖的埃利·维塞尔(Elie Wiesel)出版的《夜》(Night,1958)等作品。这些作品被称为后大屠杀叙事。后大屠杀或后奥斯威辛学派的代表包括西奥多·阿多诺、埃利·维塞尔、让·利奥塔德(Jean Lyotard)和乔治·斯坦纳(George Steiner)等。斯坦纳提出,"我们是(历史)的后来者,这也是我们的神经位置,(我们处于)人道主义价值和希望被史无前例地摧毁了的时代";他还认为,曾经的文明进步和理性道德都因为这个历史灾难而轰然坍塌。(1998:4)由此,后大屠杀学派通常认为,"欧洲的现代性带着这样的文明创伤,使得所有的大屠杀叙事和阐释都成了不可能的事情"(Santner,1990:9)。埃利·维塞尔甚至认为:"用文字或任何表达形式去阐释它(大屠杀)都是一种曲解。"(1979:234)伴随着这种观点,大量大屠杀作品在形式和内容上都符合传统的现实主义写作。然而,在二十世纪的最后二十年里,开始出现了一些反传统的大屠杀作品,这些作品一反严肃悲痛的大屠杀语调,形成了一种新的大屠杀叙事潮流,表现出马修·鲍斯威尔的"大屠杀非神秘化(Holocaust Impiety)"特点。无论是传统的神秘化大屠杀叙事还是当代的美国化大屠杀叙事,都是对大屠杀历史和文化的不同解读,为当代读者提供了解读历史的不同方式。

谢邦的《意第绪警察联盟》应该是"大屠杀非神秘化"的代表作品。它通过篡改的方式,以嘲讽的口气,讲述了另一种视角下的大屠杀记忆,如同谢邦自己表达的,"强烈希望大屠杀不是这样地难以接受,希望它没有发生过,也希望理解它是怎么发生的,从而希望它也许是另外一种情形"。从谢邦的大屠杀题材的作品来看,大屠杀叙事不但打破了形象的禁忌,而且突破了大屠杀记忆的局限性。也就是说,这些作品所关注的不局限于大屠杀本身,而是扩展到所有关于创伤、流亡和身份的问题。通过大屠杀叙事,谢邦的作品延续了美国犹太作家一直关心的话题——身份,同时,谢邦的大屠杀叙事具有浓重的美国化书写特点,如个体化、碎片化、娱乐化、多元化、叙述拟物化(narrative fetishism)等。

> 我为了娱乐(entertainment)读书,也为了娱乐写作。或许我可以就写作动机说些漂亮的话来装点自己的作品,比如读者反应理论、拉康的话语等,但说到底,我写作就是为了娱乐,为了愉悦(pleasure)。(Chabon,2009:14)

谢邦所说的娱乐绝非纯粹的感官愉悦,而是指连接人和人之间的"情感桥梁"和"意识海湾"(Chabon,2009:17)。帕特里克·奥杜奈尔(Patrick O'Donnell)在《二十世纪文学百科》中是这样介绍谢邦的:"谢邦是一个致力于探索类型小说、兼写娱乐和严肃题材的作家,他作品中的人物属于不同的年龄层,都经历着复杂人生和社会冲突。"(Kavadlo & Batchelor,2014:221)谢邦强调的娱乐性实则是文学产生的基本目标,即讲好一个故事。在类型小说的形式之下,在《意第绪警察联盟》《最终解决》《卡瓦利和克雷的神奇冒险》中,历史创伤和大屠杀被无限放大。谢邦甚至说:"要扩大我们对娱乐的定义,把我们脑子能想到的所有愉悦的事情都写到文学里面去。"(2009:14)因此,不能简单地认为谢邦的娱乐写作是单纯地迎合市场需求。谢邦认为不能把写作的娱乐性误读为"不经大脑的快感":

> 娱乐的最初含义是指在交集中产生的可爱的互助,就像长着长着就缠绕一起的两棵树,两棵树相互缠绕、相互支撑。在半空中交换力量,在空气中交流,就像连接两个桥塔的缆绳和钢筋一样。这是我能想到的读者和作者之间能达到的最佳境界了。(2009:15)

谢邦这里所强调的作者和读者的关系,正好进一步解释了他对娱乐文学的定义,即在人们之间建立有意义的联系,以防他们在无意义的空洞(空气)中彼此孤立。理解了谢邦对娱乐的定义,就可以更好地理解他作品中的关于大屠杀的讨论。《卡瓦利和克雷的神奇冒险》中有很大的篇幅讨论美国的漫画产业、漫画创作和漫画作品。主人公约瑟夫和克雷所创作的漫画是和纳粹斗争的超级英雄——魔像逃脱侠。约瑟夫通过漫画表达对纳粹的仇恨和逃离大屠杀的希望,他在漫画中找到了逃离大屠杀创伤的可能;而当他的漫画为自己带来财富和名利后,他又在欧洲的大屠杀想象和美国的安逸生活之间痛苦挣扎。科伊纳认为,谢邦这种把严肃和通俗糅合到一起是典型的后现代写作策略,然而和"约瑟夫·海勒、品钦等后现代作家不同的是",谢邦的这种糅合并没有"在小说中制造分裂",而是弥合了事实间的裂痕(2016:191)。通过这种方式,大屠杀、犹太历史和犹太身份等严肃话题不再是神圣的、不可改变的,大屠杀的重要意义在言说中被不断强化和重建。

基于托克维尔（Tocqueville）和鲍德里亚（Baudrillard）的历史意识分析，科伊纳从美国的历史意识角度分析了大屠杀美国化的五个特点——推崇民主、个人主义、原始主义、现代性和乌托邦，并认为大屠杀美国化书写是美国文学的重要发展。这种书写具体到文学作品，体现了从美国文化的视角将大屠杀内化的趋势。谢邦在大屠杀叙事中所展现的个人在历史冲突中的斗争和奋斗，不仅体现了美国的个人主义精神，而且继续发扬了美国犹太文学传统对美国犹太人身份的讨论和探索。第一代重要美国犹太作家如亚伯拉罕·卡恩（Abraham Cahan）、安齐娅·叶齐尔斯卡（Anzia Yezierska）、玛丽·安婷（Mary Antin）的作品主要是通过移民题材讨论身份问题，第二代重要犹太作家如索尔·贝娄、贝纳德·马拉默德、菲利普·罗斯的作品则关注二代移民遭遇的保持犹太身份和美国同化的问题，第三代作家群不再关注似乎已被解决的同化和犹太身份问题。此外，传统美国犹太身份的标记，如信仰、移民背景、政治立场和对以色列的态度不再像以前那样可以有力团结美国犹太社区。（Krijnen，2016：14）随着族裔通婚的增多、犹太教育影响力的下降和信教犹太人的减少，犹太族裔的身份和黏合力正在逐渐被弱化。（Lipset & Raab，2016：47）那么，当代美国犹太人的凝聚力在哪里？皮特·挪威克（Peter Novick）认为："当代美国犹太人的共同遗产是欧洲犹太人的历史，而欧洲犹太人在二十世纪最重要的历史就是大屠杀，因而大屠杀成为美国犹太人的凝聚力标志。"（1999：7）谢邦的美国化大屠杀书写恰恰反映了当代美国犹太人身份中增加的部分：大屠杀记忆。

美国大屠杀纪念馆主任迈克尔·贝伦鲍姆（Michael Berenbaum）认为，大屠杀叙述的美国化有助于美国人用美国的方式写作大屠杀、讲述大屠杀和认识大屠杀，并用美国的"多元化、包容文化重新塑造大屠杀历史。"（1990：20）对大屠杀美国化书写持反对态度的罗森菲尔德则认为，这种大屠杀叙述"忽视甚至掩盖了生命中的黑暗和残酷一面，夸大了主体道德行为的救赎力量"（1995：37）。这两种对立观点反映了对大屠杀书写进行评论的不同视角，是从历史的大屠杀为视角还是以大屠杀之后的美国犹太人为视角。科伊纳认为，语言是了解历史的途径，美国化的大屠杀叙事为人们联系过去提供了多种视角，谢邦、福尔、克劳斯和英格兰德等的大屠杀写作是美国犹太人大屠杀身份的形成写照。（Rosenfeld,1995:25）换句话说，美国犹太人在时间上往后看，在空间上往外看，于是和二十世纪的欧洲大屠杀建立了联系。

第五章　结束语

　　本书所研究的犹太非自然创伤叙事，本质上并不是为了解决创伤是什么的概念，而是以非自然叙事的视角分析作者在再现犹太人的创伤世界的艺术表现特点；从小说中的创伤再现艺术，即非自然犹太人物形象、非自然犹太空间和非自然叙事策略等三个方面分析虚构人物的创伤表现，从而探究创伤现实是如何发生和表现的，它们在微观个体和群体的创伤记忆中是如何留存和继承的，它们在宏观历史的洪流中又是如何延续和发展的；最终探寻作家在创伤表达的深处如何实现悠然自处和自我定位，并在创伤历史的重新表达中如何构建美国化的犹太创伤视野。

　　本书对谢邦小说中的犹太创伤叙事的分析，是对二十世纪的学者们质疑大屠杀创伤不可言说的尝试性回应。以谢邦作品为代表的现代大屠杀文学证明，大屠杀言说不但可能，而且意义重大。因为如果不被表达或者被建立到象征体系内，就更没有被研究、被理解和被牢记的可能，就会被遗忘，被彻底消解。谢邦通过对大屠杀和犹太流亡等创伤历史的书写，以其特有的风格带领读者走进创伤阴影下的犹太人，从而了解犹太民族的创伤历史。谢邦笔下的创伤人物一般都是小角色，是在巨浪滔天的历史事件中奋力划桨的小舟。当他们的个人创伤经历在宏大历史的集体创伤中被镜像和反照时，他们获得了一种类似救赎的希望和力量。在小说中，往往是创伤人物在他者的创伤处境中看到了自己的镜像，并最终在美国化的个人救赎和多元精神中看到了救赎的希望。

　　谢邦的创伤人物和创伤空间都具有浓重的非自然叙事特点和犹太传统特征。这些极端反模仿和陌生化的犹太创伤人物，如魔像、再世弥赛亚、失语战争遗孤和持剑行走高加索地区的犹太侠客等,以及这些极富象征意义又被扭曲和异化的犹太空间,如魔术密室、犹太安息日边界绳索、大屠杀押运火车、殖民化的鸟市,以及多语种、多宗教的中古世纪等,如同历史发出的沉重叹息,表达了作者对犹太身份的独特理解:犹太人的身份之本质是流亡,其犹太身份决定了其流亡的命运,而接受流亡的身份就等于找到了其真正的精神家园——流亡。谢邦的小说往往将这种矛盾的身份属性通过各种嘲讽、失败和绝望表达到极致。然而,谢邦的每一部小说都是以暗示的希望作为结局,不但如此,结尾的希望常常都是通过夫妻团圆、寻回亲情、回归家庭等方式表达,表现了谢邦对犹太历史和大屠杀的美国化书写。在美国化的大屠杀叙事里,大屠杀的历史悲剧不再是严肃的、神秘的和难以表述的,而是个人化的、碎片化的和通俗化的。流亡和创伤最终获得了安然存放在自我意识中的可行性。

谢邦的美国化大屠杀叙事可以被视为美国犹太文学对犹太身份探讨的延续。本书讨论的四部小说都显示出种族多元化、语言多元化、文化多元化、类型多元化的多元素杂糅特点。小说的类型杂糅的叙事外衣下,是维波夫黑帽犹太人、德国犹太人、"锡特卡"犹太人、可萨犹太人、非洲犹太人等各种正统或非正统的犹太人,他们说着英语、德语、希伯来语、意第绪语、阿拉伯语、希腊语、可萨语等,他们遵守着不同的安息日规则,但都在作品中以犹太人的身份在各种纷争和冲突中努力生存。谢邦笔下的各式犹太人形象反映了他对犹太人种族身份的宽容态度,也代表了当代美国犹太人的自我身份定位。不仅如此,作为不在场的非大屠杀亲历者,谢邦通过对大屠杀和犹太创伤的艺术建构,实现了将大屠杀,乃至更为久远的创伤历史编织进美国犹太人的集体回忆中,使美国犹太人实现了某种可以独立于以色列以外的犹太民族记忆。回头看、向外看的姿态重新定位美国犹太人的身份,这种身份的构建反映了当代美国犹太人独立、自由、民主的精神和民族自信心,它表达了包括谢邦、福尔和英格兰德等第三代美国犹太作家延续美国犹太文学的新姿态。

附　录

　　在写此书之前,2015 年在导师的课上读到菲利普·罗斯的一个短篇故事,从此开始关注犹太文学的空间叙事和创伤主题。后形成课程论文。论文几经修改,后来发表在《解放军外国语学院学报》上。该文从社会空间和文化抗争的视角分析了菲利普·罗斯所塑造的一个疯子形象,从犹太人的内部冲突、社区的犹太文化抗争、社区的文化空间矛盾三个方面,探讨了这个短篇故事背后的历史意义和人文意义。犹太社区不仅是一个物理空间和地理空间,更是一个文化空间,是二十世纪五十年代美国犹太人的精神隐喻,它反映了罗斯对美国同化犹太人的莫大讽刺和批评。让伊莱陷于神经质的罪魁祸首正是强势美国犹太人和弱势欧洲犹太移民对城市空间是否可具备和显示传统犹太性所秉持的对立观点。

附录一

"谁诱惑了谁":菲利普·罗斯短篇小说
《疯子艾利》的身份问题和道德追问

　　摘要:作为当代美国文坛非常有影响力的犹太作家,菲利普·罗斯在多部作品中表达了美国犹太人在后现代社会中遭遇的身份困扰问题。他笔下的人物也多因身份意识的困扰而备受精神和身体折磨。在罗斯的第一部小说集中,罗斯对身份主题的执着已经初露端倪。本文通过分析其中一个未能得到足够重视的短篇小说《疯子艾利》,考察美国后现代社会中人们多重身份的矛盾角力,试图在主人公的不确定身份和后现代社会的不确定本质之间建立隐喻关联,进而在这个早期故事中管窥罗斯对现实社会的道德思考和人道主义关注。

关键词:菲利普·罗斯;《疯子艾利》;身份问题;不确定性;道德

　　作为美国当代最具有影响力和多产的作家之一,从 1959 年发表第一部作品到 2012 年宣布退出文坛为止,菲利普·罗斯已经完成了三十一部作品。这些作品为罗斯赢得了诸多文学大奖,也给他带来了各种赞誉和大量批评。有人称他为反犹作家,也有人称他为犹太道德家;有人称他为浪漫主义作家,也有人称他为现实主义作家;有人称赞他的善变和诙谐讽刺,有人批评他说谎和矫揉造作;他曾因"对社会的清晰批判"而备受赞誉,却又被指责宣扬"对社会的扭曲见解",或被批评"过于关注个体世界而排斥外在社会"①。对于外界对他褒贬不一、毁誉参半的评论,罗斯似乎是不在意的,又好像是聆听着的。一方面,他坚持塑造犹太人物,不断重复真实与虚构的主题②,努力探讨在后异化的美国繁荣社会里,现代人的身份问题、生存状态、犹太性、生与死等话题。另一方面,他又把评论界对他的批评经历写进小说,如《解剖学课程》,并在其中刻画了一个可笑的评论家形象。

　　菲利普·罗斯笔下的作品以及作品中的人物和主题之间通常相互关联、盘根错节,那么,追根溯源,通过分析罗斯的早期代表性作品《疯子艾

① John N. McDaniel,"Distinctive Features of Roth's Artistic Vision." In *Bloom's Modern Critical Views:Philip Roth—Criticism and Interpretation*,edited by Harold Bloom. New York:Chelsea House Publishers,2003,p. 42.

② 卡门·嘉丽尔曾批评罗斯的重复主题,"他几乎在每一本书里都在写同样的主题。他好像坐在你脸上,让你无法呼吸"。但罗斯乐此不疲地重复着,甚至在十几部小说里使用同一个人物或叙事者。关于这一点,可以参见杨卫东:《菲利普·罗斯:十足的玩笑,要命的认真》,选自阎晶明:《文艺世界的激情与梦想》,安徽文艺出版社 2014 年版,第 16—23 页。

利》，或许可以管窥罗斯作品的思想起源，为后期作品的复杂思想理清脉络。国外的研究学者专门成立了罗斯研究协会，相继发行了九部《罗斯研究》。2003 年，由哈罗德·布鲁姆编著的《布鲁姆现代批评论丛之罗斯卷》出版，收录了包括布鲁姆在内的共十五篇文章，其中三篇分析了罗斯作品的犹太身份意识，七篇文章提及罗斯第一部小说《再见，哥伦布》的巨大成功。斯坦利·海门指出，《疯子艾利》体现了罗斯语言的力量与美。① 2007 年，提莫西·帕里西编著的《剑桥文学指南之菲利普·罗斯》出版，其中收录了十一位罗斯研究者的专题研究，他们分别从犹太身份、后现代影响、朱克曼系列、大屠杀、心理分析、性别分析、种族身份、自传式写作等视角分析了罗斯的作品。除其中的朱克曼系列是罗斯中期创作的系列外，其他专题都是贯穿罗斯早中晚期创作的。国内研究方面，中国知网期刊与硕博论文库全文搜索有"菲利普·罗斯"的共一千零六十三篇，其中主题身份研究的三百七十篇，研究分析《再见，哥伦布》的只有十三篇。

一、不确定性：真实与虚构的边界

与罗斯作品的多样化相对应的是评论界对罗斯批评的多重声音。孰是孰非？借用《疯子艾利》中艾利提出来的问题，"是谁诱惑了谁干什么？（Who was tempting who into what?）"。有没有一个绝对公正的评判？如果要追寻这个问题，如同要质问罗斯书中的人物身份一样，恐怕是没有唯一答案的。哈罗德·布鲁姆可能会说，与卡夫卡不同，罗斯并不逃避解读，他逃避的是罪恶，因为罪恶感绝非空穴来风。而斯坦利·海门（Stanley Hyman）可能会说，罗斯的《书写美国小说》一文已经明白无误地拒绝任何简单真实的可能。在客观现实的"创造力"已远远大于作家的想象力时，在现实的荒诞离奇、匪夷所思程度远远超过作家的想象时，作家

---

① Stanley Hyman，"A Novelist of Great Promise." In *Bloom's Modern Critical Views：Philip Roth—Criticism and Interpretation*，edited by Harold Bloom. New York：Chelsea House，2003，p. 5.

还能做什么？[①] 跨越时空，菲利普·罗斯关于真实与虚构的叙述和米歇尔·福柯关于语言与世界的表达遥相呼应：语言和世界之间存在着裂痕，符号太少而意义太多。真实与虚构，已经无从辨别，真实比虚构更加疯狂可疑，虚构比真实更加生动可靠。使用逻辑推理的概念解释，就是真实不等于非虚构，而虚构不等于非真实，真实与虚构不是反对关系，二者可以同时正确，也可以同时错误。如果可以理解罗斯对真实与虚构的哲学思考，就不难摆脱无法从他的文本中找到确切答案的纠结。答案也许是有的，但相对于得到答案，提出问题并进行反思才更为重要，这大概是罗斯作品的重要归结点吧。这一归结点在罗斯发表的第一部小说集中的短篇《疯子艾利》尤其突出，关于身份的探寻、夫妻乃至个体与社会的隔阂、犹太民族的集体记忆等主题都可以在这部早期短篇中发现。

《疯子艾利》用短小的篇幅讲述了犹太律师艾利·派克最终成为众人眼里的疯子的故事。短短一万五千字左右，二十六岁的菲利普·罗斯就以极为清晰的思路、开放隐晦的主题、无不讽刺的机智语言、多重象征的丰富意象，勾勒了一个在后异化的美国社会中，摇摆在犹太文化根意识和同化主流价值之间的犹太青年。《疯子艾利》、四部短篇小说和中篇小说《再见，哥伦布》发表于1959年罗斯的处女作《再见，哥伦布》一书中。《再见，哥伦布》获得了巨大的成功，诸多美国文学大家纷纷给予高度评价。阿尔弗莱德·卡赞（Alfred Kazin）称赞罗斯"以菲茨杰拉德式的敏锐观察力和独特魅力，对浮夸虚伪的美国繁荣，给予了极大的讽刺"，就连菲利普·罗斯非常敬佩的索尔·贝娄也不吝夸赞："仅仅二十六岁，却具备了艺术大师级的技巧、机智、热情和表现。"欧文·豪写道："很多作家穷其一生追求的东西，独特的声音、稳妥的节奏、鲜明的主题，都可以在菲利普·罗斯的作品中尽览无遗。"翌年，《再见，哥伦布》获得了美国国家图书奖，被誉为"1959年度

---

　　① 参见 Philip Roth 于 1960 年在一次研讨会上的发言——"Writing American Fiction"。Harold Bloom，*Bloom's Modern Critical Views*：*Philip Roth—Criticism and Interpretation*. New York：Chelsea House，2003，p. 8.

出版的最杰出小说"①。

故事发生在1948年5月,在纽约郊区的上层社区伍顿屯,犹太拉比利奥·祖雷夫建立了一个犹太学堂,收留并教育从德国集中营逃来的十八个男孩和一个犹太年轻人(黑帽人),孩子们的诵经和那名犹太年轻人的古老黑帽黑袍衣着令久居此地、已经融入美国主流社会的犹太居民非常不安和恼火,委托曾两次精神病发作的犹太律师艾利关闭学校,令其搬出伍顿屯。同为犹太人的艾利,却在和拉比的几次交涉中产生同情,立场渐渐发生改变,提出让犹太黑帽人脱掉犹太传统服饰改穿普通衣着的折中方案。在社区居民不断电话施压和妻子临产的情况下,艾利找出自己最好的一套衣服,深夜送给黑帽人,黑帽人不仅接受了他的赠予,而且把自己的犹太黑衣黑袍送给了艾利。衣帽古老的味道发出不可抵抗的召唤,艾利穿上了黑衣黑袍并走上大街,走到医院看望刚刚出生的儿子。一路上,社区邻居看到换装的艾利,纷纷感叹艾利的精神病第三次发作。故事的结尾,在医院,"精神病、疯子"艾利被医生强行拉走注射镇静剂。

故事里的人物全都是犹太人,然而即使在这个无外族的犹太族群内部,不同人物扮演着不同角色,身披不同身份,在暗自涌动的身份之间的角力中,发生着微妙的变化,包括丢弃传统习俗、融入美国主流文化的被同化的犹太人与坚守犹太传统、遭受纳粹迫害的逃亡犹太人之间的角力,律师与客户、丈夫与妻子之间的矛盾和张力关系,等等。在人物的身份角力中,罗斯在这部早期作品中展现了对弗洛伊德心理分析的热衷。通过各种象征意象烘托心理暗流,强化艾利的身份不确定性意识和外界确定群体施加压力导致的危机,为艾利最终的换装行为埋下伏笔,引发动机思考。在叙述的最深层,是罗斯作品中关于道德冲突和大屠杀记忆的探讨。在罗斯的后期作品中,这些深层思考埋得更深、更为隐秘,但在这部短篇中,关于生

① Stanley Hyman, "A Novelist of Great Promise." In *Bloom's Modern Critical Views: Philip Roth—Criticism and Interpretation*, edited by Harold Bloom. New York: Chelsea House, 2003, p. 7.

与死、道德与法律、信仰与异化、理性与非理性等的矛盾思考既表现出后现代艺术的核心范畴，即不确定性，又指向内在的道德思考与叩问。

伴随小说主人公艾利身份不确定性的，还有其他诸多本质相关的矛盾隐晦概念，如对当下时间的不同命名暗含了一新一旧、不同标准、两个割裂的时空。不断向艾利施压的社区居民强调，这是一个现代社会，同时批评固守传统的拉比却还穿着古旧的衣物，说着死掉的语言。艾利告诉拉比，"这是二十世纪"，拉比回答说"对异教徒来说。对我来说是五十八世纪"。显然拉比针锋相对指出了犹太历法和美国历法的割裂。这种时空的割裂既是犹太人身份、文化的隐喻，同时暗示时空割裂间的真空状态。这种独特的时空割裂状态部分是由犹太人的迁移和散居历史造成的。在西班牙犹太诗人犹大·哈列（Judah Harley）的诗句中或可感受，"我的心灵在东方，我的躯体却在西方的尽头"。断裂的心灵空间和身体空间之间，是非连续的真空状态，这一真空后来被世人在通往圣地的路上而被填补。时间（time）这个词在小说中出现了二十六次，不同时间的光与暗、黑与白也不断被强调。那么，对比拉比那昏暗的、犹太历法的时空和被同化的犹太居民的光亮、现代时空，孰优孰劣呢？显然，非此即彼的逻辑在这里是不实用的。这种不确性带给后现代犹太人的困惑是持续的，没有归结的。小说的结尾处，艾利疯了。但这种疯癫同样也是不确定的。他会不会像前几次精神病发作后再度恢复正常生活？罗斯给读者留下了想象的空间。来自不同国家的流浪的犹太人，如艾利以及他作为律师代理的犹太美国公民，既无法摆脱原初民族的身份烙印，又受到落地国的本土民众的抵触排斥，这种身份群体的角力在艾利身上是如何形成，如何施加压力的呢？

二、自我和他者：多重身份的角力

身份问题是罗斯终其一生都在探讨的主题，他笔下的人物们背负着犹太民族、信仰、家庭和社会等带来的各种身份，挣扎在不同群体的分类矩阵中。比如《疯子艾利》中的人物，虽然全部都隶属于一个族群——犹太人，但又可以细分类属不同的小群。除民族性之外，他们在家庭中、在社区、在社会中继而扮演不同身份。这些身份,是动态的,如同流动着的延绵时间一样,也在时刻发生变化,而非一成不变。故事中,艾利被裹挟进多重身份,他是犹太人、美国人、律师、丈夫、准爸爸和曾两次崩溃的精神病人。而这些不同的身份同时向他施加各种信念和压力。作为一个犹太人,他时刻感受到根文化的召唤和对大屠杀受害同族的同情。小说的第一句话是极具象征性的,"利奥·祖雷夫从一个白色的柱子后面走出来迎接艾利,艾利一惊,后退一步"(Roth,1993:249)。对比鲜明、极具视觉冲击的黑白两色,使初次见面的艾利下意识惊跳。这一惊跳和结尾处艾利被迫接受的镇静剂注射形成呼应,同样是刺激,结果截然不同。一身黑袍的拉比从神圣的白色柱子后面走出,激发了艾利深藏内心的犹太记忆,并最终引领他穿回传统服装,而结尾的"那一针注射虽然进入他的肌肤,使他的灵魂镇定,但未能达到那更深处的黑色"(298)。当然,刺激艾利的还有其他冲突力量,每一种身份代表一种立场、一种情感和不同的价值观。

艾利的四个身份如图1所示,分别用实线和虚线连接。虚线表示并无冲突,如犹太人和丈夫之间、犹太人和准爸爸之间、丈夫和律师、准爸爸和律师,这四组关系并无冲突。而实线则表示冲突,如作为一个犹太人和作为一个要阻挠犹太传统习俗的律师之间是矛盾对立的,作为一个丈夫和作为一个对俄狄浦斯情结心怀恐惧的准爸爸是矛盾冲突的。故事发生的时间节点有特殊含义,这显然是罗斯经过深思熟虑精心安排的。两大矛盾冲突的身份转换同时发生。故事中,艾利的妻子临产,离预产期还有两周,孩子随时都有可能出生;恰在此时,艾利接手伍顿屯社区解决犹太学堂的事件。小说中妻子米拉出场前,读者先看到的是她留在饭桌上的一张纸条:"亲爱的,我先睡了,今天我和宝宝之间经历了一场俄狄浦斯情结。"(253)此处提到的俄狄浦斯情结和后面夫妻争执中艾利对岳母赠送的新婚礼物——一套弗洛伊德的书籍形成呼应,暗示了两人的紧张关系。接下来的一大段中,罗斯以第三人称抱怨了妻子给他留的冰冷的晚餐,冷的也就罢了,还不陪他吃饭。他爱那个在诸事顺利(smoothly)的时候也爱他的妻子。此处的"smooth"既指代没有这档官司生活风平浪静的时候,也暗示妻子的身体是平滑的时候。米拉的临产带给艾利的压力，不仅来自他受到的冷遇，还来自他作为准爸爸的紧张不安。当米拉说孕妈妈和胎儿之间有一种爸爸无法理解的关系时，艾利回答："关系个屁，那我的肝在做什么？我的小肠在干什么？"（260）需要注意的是这部小说所流露的罗斯对弗洛伊德精神分析的矛盾态度。一方面他借弗洛伊德暗示夫妻关系紧张的根源，另一方面他又借助艾利这个人物表达了对心理治疗的抗拒。似乎意指确切的解释无法解决不确定性的本质带来的困难，以及理性的分析无法言说的事实。

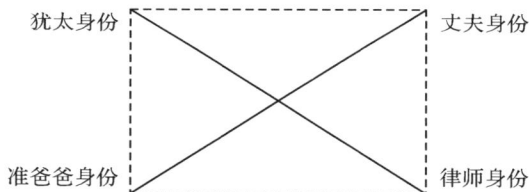

图 1　艾利的四个身份

在《波特诺的抱怨》中，罗斯大胆尝试关于性、欲望和俄狄浦斯情结的话题，在文学界引起轩然大波。显然，从这个角度看，《疯子艾利》是襁褓中的《波特诺的抱怨》，而后者的技法显然更加成熟，主要表现在叙事技巧上。相对于《波特诺的抱怨》中的多重叙事视角，短篇小说《疯子艾利》采取的是第三人称叙述。在不长的篇幅中，主要有三部分：对话（艾利和拉比、艾利和居民、艾利和妻子、艾利和黑帽人）；信和便条（拉比写给伊莱的信、拉比写给店主的便条、艾利写给拉比的信）；大段落的艾利内心活动的描述，大段落的艾利和黑帽人的交流。罗斯此时的写作风格非常清晰：小说中只要是大段落的，就一定是和艾利的内心活动有关。相信彼时罗斯一定也受到伍尔芙、乔伊斯乃至贝娄意识流写法的影响。但是比较来说，罗斯的文字更加整齐，尽管有思路的跳跃模仿意识流的不稳定，但读起来更像是罗斯自己的评判。这一点遭到斯坦利·海门的诟病。这位曾帮助过拉夫·埃里森完成《隐形人》的批评家说，罗斯的这部短篇有些部分凌乱散漫（rambling and diffuse）。但是笔者认为，这种凌乱散漫恰恰是人物心理状态的镜像表达。罗斯由此创造出来的人物心理的昏暗、不确定状态隐喻了现代美国社会的后异化带来的无秩序、混乱、爱的无能为力和夫妻的无力沟通。

第二组矛盾身份是代表居民反对犹太学堂的律师艾利和犹太意识觉醒同情拉比及逃难安置儿童的犹太人艾利。"告诉这个祖雷夫我们的立场，艾利，这是一个现代社区，我们是纳税的"（249），伍顿屯社区的居民们不断给他打电话向他施加压力，"艾利，那个怪人把个什么鬼东西交给了商店的店员，还戴着那顶帽子！"（255）。艾利甚至已经出现了幻听，他听到一个又一个邻居在他的耳边不断大叫他的名字。社区代表泰德甚至在电话里向他下最后通牒："明天，最后一天了，明天就是审判日（judgement day）。"（279）有趣的是，试图撤销犹太学堂、驱赶犹太难民的社区居民是没有脸谱的。在短小的篇幅内，罗斯不惜笔墨描绘了黑帽人和艾利的面貌与神态，但是居民们的样子是缺失的，他们在小说中的存在是多次重复的声音，"告诉这个祖雷夫我们的立场，艾利，这是一个现代社区，我们是纳税的"（249）。缺失的面貌和刺耳的抱怨声结合起来的效果是荒诞可笑的，再一次暗示了缺失的身份主题和对其声音的真实性的质疑。另外，艾利前往祖雷夫的犹太学校劝改传统，尽管祖雷夫的话很少，言语简短，但是艾利的犹太身份不断被唤醒和强化。在罗斯的笔下，祖雷夫是一个智慧的拉比，他那塔木德的智语令艾利的犹太身份无可遁逃。当艾利向拉比强调法律的规定时，拉比反问："此法非彼法，什么时候法律变成了不是法律的法律？"（251）祖雷夫写给鞋店为逃难的孩子们买鞋的便条，无声地痛诉集中营的残酷无情，孩子一路逃跑，鞋子都跑丢了。在他们的第二次面谈中，祖雷夫质问艾利英语中是否有"受难"这个词，艾利的内心防线已经溃堤，便把法律当作挡箭牌，祖雷夫和艾利就什么是法律、谁制定了法律进行了一场智慧的辩论，指出"你们说的法律，我叫它无耻；心，才是法律"（266）。法律（law）这个词在这部一万五千字左右的小说中出现了四十六次。足见代表现代政法秩序的法律在个体界定自我身份过程中的分量。而艾利对自己身份的定位也发生了转变，"我是他们（社区居民），他们是我（265）"转变成

"我是我,他们是他们"(267),从而在矛盾对立的代理律师和犹太身份之间明确舍前取后。以上讨论的两组矛盾同时发生并不断激化,二者的交互作用催化了艾利在尖峰时刻的极端选择。艾利的疯狂既是自然病症的,也是文化疯癫的。人物身份的流动性,既暗示现代人没有本质的、连贯的自我,同时暗讽理性与非理性的话语权和文化主体。小说人物属群如图 2 所示,通过图 2,我们更易理解人物间的关系张力对艾利疯癫的催化作用。

拉比祖雷夫、犹太学堂院长	犹太律师艾利
18 个逃难安置犹太男孩、曾遭受集中营医学试验的黑帽人	犹太居民泰德、哈里、哈里特、阿蒂、雪莉,妻子米拉

图 2　四个空间里的四类小说人物

　　小说中出场人物几乎都在图 2 中。整个大框表示伍顿屯社区,框外是外部大世界。外框线为虚线,表示伍顿屯是开放而非封闭空间;内框线也是虚线,表示四个细分人群之间并非完全隔绝,而是相互关联。关于框内与框外的相互作用,涉及当时美国犹太人的生存大环境和相关法律规定,罗斯此处指涉多处历史事件,即文本与历史的虚实交集。比如,小说中提到的禁止在社区建造犹太学堂的法案,实际上在美国历史中确实存在。本文主要分析框内不同身份人群细分之间的角力。在小说中,四大区的人物只有两个人是跨区域走动的,就是艾利和黑帽人。其他人物都是在自己所属群的范围内活动。比如犹太居民和艾利的妻子是在社区自己家附近,拉比一直是守在犹太学堂里的,孩子们则似乎永远在操场上奔跑玩耍。

　　艾利穿梭在家和犹太学堂之间,以及社区街道上。黑帽人的活动范围和艾利相似,他负责为学堂的孩子们购买物资,同样穿梭在社区的商店之间。另外在收到艾利送给他的衣服后,他穿着西装如走秀般行走在社区街道,引得社区的犹太居民奔走相告,因为他们认为这说明这些新来的犹太难民有可能学他们那样,不穿民族衣服,放弃极端仪式,不讲民族语言,从而能够与社区的非犹太人和睦相处。他们对本民族难民的排斥在那一刻得到了缓解。这一幕是极富戏剧性的。拉比和孩子们坚守自己的犹太学堂,生活在近似封闭的神圣空间,受难者黑帽人脱下象征信仰忠诚的服饰,穿上象征异教徒文化的美国品牌服饰,在社区的街道上演了一场换装秀,关注的众人欢欣鼓舞,而看不到的则是那略显宽大的衣服下瘦弱的身体和受难的灵魂。黑帽人的越界活动,进一步激发了艾利的内心矛盾,因而他的换装秀可以看作一位殉道者对艾利的拯救。但是,矛盾的是,当黑帽人遇到穿着黑衣黑帽的艾利时,艾利热切地希望和他交流,但是黑帽人只是手指天空然后逃跑。黑帽人通篇都是沉默的,甚至没有名字,没有语言,没有声音,既暗示大屠杀的创伤,也意指美国文化对古老犹太文化的压抑。罗斯似乎想说,面对不可言说的事,我保持沉默。美国当代语言学家平克说,语言是人的一种本能,语言是通向人性的窗口。维特根斯坦说,语言是世界的图像。“二战”犹太大屠杀的创伤,通过黑帽人的无语得以放大、扩音,“二战”后美国的后异化社会对犹太难民的冷漠无情得以揭示,读者或可感受罗斯写这部短篇时内心的焦灼和愤慨。可惜这篇小说当时并没有得到应有的重视。(乔国强:2003)“二战”之后的后现代社会失去了信仰,旧日家园如今只是废墟。在迷失的摇摆身份中,何去何从? 在林林总总的身份标签下,在相互交集的身份属群中,罗斯冷峻的笔锋将读者引入对后现代异化社会的思考。

三、内在反思:疯癫时代的道德追问

不确定,不意味中空,不代表无意义,更不能闭口不谈或失语沉默。罗斯的这部短篇以《疯子艾利》为题,题目本身就值得思考。如同艾萨克·辛格的《傻瓜吉姆佩尔》,也是以人物命名的小说,以人物为载体讲故事、赋情感,也同样以贬义的人物标签达到讽刺荒诞的寓意。试想,读者在开始阅读之前就已经被告知,这是一个疯子的故事,但是随着阅读的继续,却发现标题是一个值得怀疑的指称。值得怀疑的还有小说中代表现代文明的社区灯泡的黄色光亮和代表犹太传统文明的蜡烛的矛盾独立。现代的根本现象首先是科学。科学带给人类的可能是福祉也可能是灾难。两次世界大战恰恰是对科学的灾难性模式的最大演绎和深刻揭露。现代的根本现象还包括文化。人们用文化定义人类活动，并借助文化的旗子维护人类的极致财富来实现最大价值。正如同艾利的邻居为了维护自己社区所谓的安宁而认定穿着犹太古老服装的人都是疯子，从而驱赶任何外来的干扰。而这种干扰的存在仍是一个疑问。从弗洛伊德的心理防御机制理论来讲，这种排斥来自自身内心的欲望和对欲望的压抑与控制。犹太移民内心的犹太意识在美国主流文化的大环境下被深度压抑。海德格尔认为弃神也是现代的根本现象之一。如果说是人类杀了唯一实体的神，毋宁说诸神从科学世界选择逃遁，从而由历史学和人类学的种种活动填补诸神逃遁的空间。沉思是需要勇气的，从这一点来说，艾利是勇敢的，他每做一件事，内心都极其清楚自己的选择，如果说一个疯子自己选择做疯子，那他就不能被称作一个疯子。这种荒诞是在情节中隐性存在的，暗讽后现代社会中，犹太人，或任何一个族群内，人们对自身各种身份的选择和疑惑。

斯宾诺莎在"论情感的起源和性质"一章中如此解释第十八个命题，一个人被一个过去或将来事物的意象所引起的快乐或痛苦的情感，与被一个现在事物的意象所引起的情感是一样的。由此他对希望、信心、恐惧和绝望做出注释：对事物的结果还尚存怀疑，如果把怀疑的成分从这些情感中排出，那么希望会变成信心，恐惧会变成绝望。在罗斯的笔下，树林的阴暗、语言的晦涩、对疯癫的定义的怀疑、对虚构与真实的模糊化，正是生之希望之所在。大屠杀、流散、不安全感、人际之冷漠无情，在这个微观空间不断放大，生生地撕开丑陋的内里，人性之恶，恐惧几度从后背生起，对这个恐惧还保留一点怀疑是有益的。如果读者在阅读中，从18双小男孩鞋子的购物清单上感受到大屠杀的残忍，感受到拉比建犹太学堂的"家"的联想，感受到艾利从律师事务搜集到越来越多的线索，了解到越来越多的历史与现实的交集，而受到越来越强烈的心灵冲击和情感共鸣，读者也就可以开始怀疑疯癫的真实性。艾利真的疯了吗，还是这个世界疯了？没有答案，保有一点怀疑精神，于是恐惧不至变成绝望。另外，社区居民如此无情吗？人性如此之恶吗？从大屠杀和离散的历史，可感受到居民对于安宁（peace）的家的渴望是源于其不可得或不易的真实，从罗斯指出的美国社会中真实存在的社区名字可知，当时大部分犹太人居住在犯罪高发区、脏乱污秽的棚区，伍顿屯居民该是多么珍惜这一片家园。虽然他们为了生存，接受了同化，用斯宾诺莎的话说，对那些不违反我们目标的一般习俗，都可以遵从。如此，对同族居民内斗的斥责声里也会绵延些许怀疑的颤音，这种怀疑是一种文化宽容，同样源于向善的心灵，把对人性如此无情的恐惧保留在恐惧层面而不是逼到绝望。

如斯坦利·海门对这部小说的批评，絮絮叨叨也好，自言自语也好，怀疑精神反而成了后异化时代人类的最后一道防线，这不能不说是揭示了后异化时代的荒诞本质。当艾利在黑（学堂昏暗的光线）和白（社区闪烁的灯光）之间穿梭，即使他的家也被白占领，但米拉是站在社区居民一边的，非黑即白，没有中间的灰色，艾利的压抑无从释放或合理控制，只能走向崩溃。是谁诱惑了谁做什么，给问题一个开放回答的可能。艾利的身份意识不被过度压抑，那么，疯癫的后异化社会还是可能保留一线阳光的。那黑色已经深入身体的，不是实体，是概念。如果不能直面这个概念，只是被动地被同化，主动地深压抑，导致犹太移民在他者社会中身份意识的摇摆，对无法否定的集体记忆的自欺欺人式且自我保护式的过渡的压抑，结局就是众人的疯癫相。艾利以生命（正常人的生活）为代价的灵魂选择，揭示了亘古存在、当下尤显的存在困境。罗斯注入在《疯子艾利》的身份危机意识、道德追问和希望寄予是不言自明的，而这种道德关怀在其诸多作品中始终值得关注的。伟大的作家只写一本书，属性上，关于犹太移民，本质上，关于自身，罗斯通过书写或可获得心灵的抚慰和疗伤。

引用文献

BLOOM H，2003. Bloom's modern critical views：Philip Roth—criticism and interpretation[M]. New York：Chelsea House Publishers.

PARRISH T，2007. The Cambridge companion to Philip Roth[M]. Cambridge：Cambridge University Press.

ROTH P，1993. Eli，the fanatic[M]//Goodbye，Columbus and five short stories[M]. New York：Vintage.

海德格尔,2008.林中路[M].孙周兴,译.上海:上海译文出版社.

刘北成,2001.福柯思想肖像[M].上海:上海人民出版社.

乔国强,2003.后异化:菲利普·罗斯创作的新视域[J].外国文学研究(5)：56-61.

斯宾诺莎,1983.伦理学[M].贺麟,译.北京:商务印书馆.

附录二

笔者另外一篇表达时空叙事和创伤主题的论文关于冯内古特的《五号屠场》。该文通过分析冯内古特在小说中构建的独特时空体,从交错纽结的非线性时空叙事体,空间化的时空位移和转承策略,心理时间穿越的创伤表述意义三个部分将其碎片化、反线性、无序的叙事还原成以创伤记忆为序的故事,并最终提出,冯内古特在小说中的时空叙事建构深度完成了艰难的创伤讲述。

讲述创伤:
论冯内古特《五号屠场》的时空叙事

摘　要:被誉为美国后现代经典之作的《五号屠场》以其鲜明的碎片化情节和非线性叙事,引起学术界持续不断的热议。不过,令人遗憾的是,多数关注还停留在把拼贴的错乱解释为后现代文学特点的层面,而忽略了小说中时空跳跃部分的特殊位移处理,对作者如何成功黏合碎片的转承叙述技巧和作者在非线性叙述中传达的独特时空观还没有给予应有的关注和重视。本文运用巴赫金时空体概念三个层面的阐释方法,通过依次分析小说中的时空叙事特点 、时空转承策略以及时空穿越的意义等问题,从一个全新的角度,论述了冯内古特匠心独具的叙事策略及其所蕴含的思想内涵。

关键词:冯内古特;《五号屠场》;转承策略;时空叙事

引　言

　　后现代小说的语言是碎片化、荒诞和疯癫的,正呼应了后现代人们彰显出来的碎片化、疯癫式行为言语。冯内古特的语言书写在后现代社会被赋予了相应的暗示和概念。亨利・柏格森(Henri Bergson)在《思想和运动》对哲学与语言的部分有如此论述:"语言是用来规定或者描述东西的……语言指出来的特性都是事物对于人类活动的呼唤。当暗含的方法是一样的时候,我们的精神就会向多样化的事物赋予一个同样的特性,以同样的方式表现出来,用同样的概念把它们聚合在一起。同样的暗示到处都有,做出同样的动作,引出同样的话语。"(2013:91)伯格森道出了语言的产生和相似概念的生成。在小说创作中,作家的野心是逆向运动,是要通过特定语言的选择激发对应概念的浮水,从而使读者心中产生作者期待的暗示,最终作者与读者在文本中遥相呼应,情感共鸣。

　　作为美国当代文学经典的《五号屠场》,一度进入亚马逊书店产销书籍的前十名,曾被现代文库选入"一百部最佳英语小说",居第十八位,被列入美国公立中学和大学的阅读书目。《五号屠场》的非线性叙述、不断跳跃的时空节点继续深化了后现代的碎片化书写形式。这种叙事形式有何特点和意义?仅在于形式的创新和对后现代叙事形式的发展吗?冯内古特是否关心读者的情感回应?为了回答这些问题,本文通过分析《五号屠场》的交错时空叙事的特点,试图梳理冯内古特的独特时空叙事体,并最终说明,这部小说对于西方读者的重大意义不仅源于其形式的重大创新,还在于它所传递的社会批判,更因为二者的无缝对接和默契统一,揭示了后现代资本主义社会的沦丧状态,发出人道主义的关怀和对人性良知的呼唤。

一、交错纽结的时空叙事体

　　时空叙事的起源可以追溯至戈特霍尔德・莱辛(Gotthold Lessing),他在《拉奥孔》(*The Laocoon*)中比较诗歌和绘画在时间和空间表达的差异叙事时,第一次明确提出文学文本中的时间问题,但是他只是提出这个差异而没有阐述如何在文本中建构时间维度的问题(Bakhtin,1981:529)。米哈伊尔·巴赫金(Mikhail Bakhtin)在论述小说中的时间叙述时,提出了时空体(chronotope)的概念,也就是时间和空间在文学文本中的关系。总结他分析弗朗西斯·拉伯雷(Francois Rabelais)《巨人传》呈现的时空体的方法,可以将叙事(narrative)和时间(temporality)的关系分为三个层面。按照从宏观到微观、从文本外到文本内的顺序:第一层是凌驾于故事和对话之上的广义哲学含义,是作者构思情节和叙事的指导思想;第二层是将故事素材融入文本对话的相互交集关系;第三层是具体文本表现的语言技巧,如语法、形态和时态等,即通过语言层面的技巧表现出广义哲学含义的时间思想。以下就按照这三个层次分析库尔特·冯内古特(Kurt Vonnegut)在《五号屠场》中建构的时空叙述特点。

冯内古特在开篇第一章就把时间设定为小说的建构要素。他花了二十多年写这部关于英美联军空袭德莱斯顿的小说,他在《五号屠场》中表达的广义时空概念展现了两个特点:一是个别之和大于整体;二是过去和未来都通过现在展现。首先,"1+1>2",片段意义之和大于拼图整体的意义。冯内古特放弃了传统的线性叙述,情节随着主人公毕利,打破时间的束缚,在他生命的各个时刻来回跳跃;叙事不按照故事发展的先后顺序,而是模仿意识对时间的经验。传统叙事中如开始、高潮、结束等完整的叙事因素被弃之不用,取而代之的是片段的对话或情节,这些发生在毕利人生不同节点的事件,不再是按照时间顺序传承一个完整的珠链。相反,那个贯穿事件之念珠的时间之链被抽走,呈现给读者的是大珠小珠散落在过去、现在和未来的交错时空中。从这个意义来说,散落的珠子以各种时空纬度呈现的状态,比传统一条时间线贯穿的念珠包含更多可能性,意义也更加丰富,同时使第二层和第三层的衔接技巧难度陡增。在小说中,这些散落的念珠就是一个个极富隐喻的意象,它们被散落在不同时空内,以看似散乱的突兀给读者带来陌生化的阅读体验和视觉的震撼效果,同时被作者以特殊的叙事转承技巧衔接在一起。

另外,冯内古特在《五号屠场》建构的时间概念既是无序的,又是集过去、未来和现在于一体的。小说中毕利在过去、未来和现在中任意穿越，使得现在的经验——无论是回忆过去的经验，还是幻想未来的经验，被放大聚焦。假设线性时间之链曾是理性理解世间事物的核心的话，那么这个核心在《五号屠场》中被悬搁，读者既可以重新建构自己的时间轴，更重要的是，冯内古特以时间的轴线缺场影射时间的岿然不动。即使发生在过去，依然存在于现在之中；即使发生在未来，也在现在的想象中。正如毕利写给电台的信中所述："所有片刻，过去，现在，未来，总是一直存在着，也将永远存在下去。"（冯内古特，2008：23）冯内古特鼓励读者以毕利的方式随时跳到那个"他们感兴趣的一段片刻"去观看生命（23），更是提出地球上的人认为时间好似一串念珠、一个紧挨一个，而且认为时间是一去不复返的想法"只不过是一种幻觉"（23），以为如果线没了珠子也就丢失了的想法也只是一种虚妄。一章之后冯内古特在一个小节的结束处断言："属于毕利·皮尔格林无法改变的诸多事物中，包括过去、现在和将来。"（50）过去的图像通过回忆在现在呈现，未来之想象通过幻想插入到现在，现在的碎片化景象，既是对过去的鉴别，也是对未来的预测。冯内古特的这种时空观暗合哀鸣的绝境之既存和永存，过去依然发生，未来已经发生过，过去、现在、未来已经纽结在一起。通过叙述研究可以揭示文字和非文字叙事的客观世界的本质和运行规律（乔国强，2011），而冯内古特建构的这种独特时空叙事体不仅是他对世界本质的认识反映，也是他建构小说的基本理念框架。在这个原则性框架下，他运用各种时空转承策略，在心理时空的穿越中嵌入了大量的象征意象。

二、同感剪接的时空转承法

不得不指出的是，虽然脱离了时间轨道束缚（unstuck）的毕利在人生的各个时刻跳来跳去，虽然冯内古特也在叙述中不时跳出来作为作者插上两句，但这种错乱的叙事造就的故事并不混乱，情节过渡也不突兀。这似乎是匪夷所思的，表面情节的叙事错乱怎么可能呈现清晰的脉络和主题思想？布鲁姆更是指出，《五号屠场》的结构是一个瑰宝，用"结构"是个很奇怪的词,因为它看起来是个"旋转的混合体(whirling medley)",却又完全连贯一致(Bloom,2001:1)。不少学者认为冯内古特作品中的拼接、黑色幽默等后现代元素恰是精神荒原的重现,因而具有浓重的现实主义意味。仵从巨在对《五号屠场》的形式进行分析时也提到,那种认为作者把时间全打乱了的读者不曾注意小说在时间跳跃中有规则的回归,但他并没有再继续深入分析这种回归技巧的形式和表现。本文认为那些仅仅看到时间碎片代表精神荒漠的评论可能忽略了冯内古特对拼接形式的超越,忽略了《五号屠场》的时空叙事成就,也就是上文讲到的叙事和时空关系的第二层,如何将故事素材融入文本对话的相互交集关系。作为艺术大师的冯内古特借用多种叙事和时间的技巧,把错乱的情节成功组装为井然有序的图景,这是冯内古特在形式上对后现代碎片化风格的超越。时间的任意跳跃在冯内古特的掌控之下,俨然一个花样滑冰高手,每一次旋转腾空后都被某个支点托起又抛到另一个时空。此种叙事比比皆是,冯内古特似乎不无得意地谈及自己的独特写作方式,成功地展示了这种技巧:

> 我已经多次为这个德雷斯顿的故事规划过提纲。规划得最好的提纲,至少看上去最漂亮的,写在一卷墙纸的背后。我使用女儿的彩色蜡笔,每个人物用一种颜色。墙纸的一头是故事的开始,另一头是结尾……蓝线碰到了红线,又碰到了黄线,然后黄线中断,因为黄线代表的人物死了。事情就是这样。德累斯顿大毁灭由一个橙色交叉线组成的垂直色带表示,所有还活着的彩色线都穿过这个色带,从另一端出来……
>
> 所有线条都停止的终结点是哈雷郊外易北河畔的一片甜菜地。天正下着雨。欧洲战争结束已经有两个星期。我们排着队列,由俄国士兵看守着——英国人、美国人、荷兰人、比利时人、法国人、加拿大人、南非人、新西兰人和澳大利亚人……马上将不是战俘。
>
> 在甜菜地的另一边站着成千个俄罗斯人、波兰人、南斯拉夫

人等等,由美国士兵守卫。战俘交换在雨中进行——一个对一
个。(5)

　　第一段是冯内古特在谈自己的写作方式,第二段突然转到过去他在
"二战"结束时的战俘交换经历。转承的支托点就是"甜菜地"。当颜色线
条在墙纸上蠕动前进,并在代表甜菜地的终点停下时,甜菜地就像是一个
支点扭转进入另一个时空,而一个个站立的士兵取代了墙纸上的线条。甜
菜地此处取代了时间充当了轴线,在轴线的两侧,一边是现在,另一边是过
去。这种技巧类似电影中经常出现的同形剪接①,在情节的切换中,下一个
镜头中出现的物体与前一个镜头中的物体在形状上相匹配,或场景相似。
在冯内古特的玩转之中,可能是某个词、某个意象、某个声音,或是某个情
绪,任何一个通感物都可以充当这个同感剪接的轴线,可以说超越了电影
对视觉相似形象的依赖。当熟悉冯内古特的读者抓到了这个线索,那么错
乱的情节叙事不但不混乱,反而是一种艺术的美感,犹如欣赏布鲁斯时,可
以随着音符的任意跳跃而心生悲欢喜怒。读者和作者之间的这种心领神
会是无数作家追求的境界,也能使读者体验阅读的成就感。
　　小说中的元小说叙事技巧也是冯内古特学者们经常探讨的一个话
题,具有代表性的评论是,"这类元小说揭示自己的虚伪,戏仿自己,故意
在读者面前暴露其艺术操作的痕迹,从而揭露叙事世界的虚构"(陈世丹,
2009)。这基本是对后现代主义小说中元小说盖棺定论的评价。笔者认
为冯内古特在《五号屠场》中的元小说运用已经超越了上述意义。尤其当
冯内古特把元小说和同感剪接结合运用时,元小说中出场的作者"我"的
声音不仅是打断虚构的小说情节、消解虚构的权威,更重要的是,在同感
剪接的两个不同空间里,重新构建了"我"发出的声音和暗示的隐含意义。

――――――――――

　　① 　同形剪接是电影中的画面剪辑方法,本文中笔者根据冯内古特的情节"剪接方
式",改成同感剪接,因为小说中前后情节的介质不限于电影中的视觉意象,还可以是任
何通感的对象。

冯内古特作为作者的插入方式，有其独特之处。"我"并没有直接说教，"我"的出场独白简短，只是发出类似"听""那个人是我"之类的短句。"我"为什么出场？只是提醒这是一个虚构的故事吗？答案不在"我"说的话，而在"我"说之前和"我"说之后的同感剪接空间里。他所要影射的意义就落在转承上下两个时空的支托点上，这个支托点把意义从一个时空流畅地抛到下一个时空，于是意义就在两个不同叙事空间同时得到放大聚焦。如第五章，毕利和妻子在新英格兰度蜜月时讨论了战争与死亡，毕利上厕所时在洗手间里穿越到了 1944 年他在战俘医院的厕所，从厕所出来又回到蜜月房。

> 毕利朝洗手间内探视。哀号声从里面传出。这里面挤满了褪下裤子的美国人。迎新宴会让他们泄得像火山爆发。木桶都被装满，有的被踢翻。毕利跟前的一个美国人哀号着说，除了脑浆身体里什么东西都拉完了。过了一会儿他说："出来了，出来了（There they go）。"他指的是脑浆。
>
> 那就是本人，就是我。那就是这本书的作者。
>
> 毕利慢悠悠地离开这地狱之境。他经过正从远处观望这场排泄宴会的三个英国人。他们恶心得都神经紧张了……
>
> 于是毕利扣好裤子。他真巧走进那小医院的门前，发觉自己在一个叫安妮角的地方度蜜月，正从洗手间出来，朝新娘的床边走去。（106）

在这两个前后场景中，洗手间的意象是转承两个不同时空的支点，使毕利顺利从蜜月时空进入战俘营时空。更为巧妙的是，元小说和同感剪接的结合使此处出现了画中画、穿越中的穿越，也就是"我"跳跃到了毕利跳跃到的画面，"我"穿越到毕利穿越过的时空。在这两层的时空跳跃中，厕所是第一层时空转承的支点，那么"排泄"就是第二层的越界介质。第一层里，蜜月中如厕将毕利抛到战俘医院的恶心不堪和恸哭绝境，暗示战争虽发生在过去的空间,但依然"活在"现在的时空中,过去的已经发生,还将永远发生。绝境之地无以复加。第二层中,恸哭"排泄"的士兵和痛苦"排泄"脑浆写作的"我"形成呼应,于是"排泄"作为支托点将我抛入毕利的穿越时空之中。"那人就是我,本书的作者",寻找冯内古特出场的意义就在于"排泄"的恶俗表意和深刻内涵。无论是历史中"二战"的悲剧还是亲身经历的冯内古特的写作世界,充斥的都是人间地狱的绝境意象;元小说出现的"我"既是需要痛哭和排泄的受害者,又是深觉恶心和神经紧张的旁观者。冯内古特表达出了活着和看着、亲历者和旁观者的痛苦,而不得不"排泄"和"拉空"这一切。这就像是一个极具讽刺意义的"盛宴",狂欢式的悲恸之后,才能如毕利回到新娘旁边那样回到现实活下去。"出来了(there they go)"和小说中出现一百零六次的"事情就是这样(so it goes)"产生呼应。既然"出来了(there they go)"是作者发出的声音,那么每当讲到某人死了就跟一句"事情就是这样(so it goes)"的毕利无疑也是作者的代言人了。由此,读者发现,毕利不仅是冯内古特笔下创作和观察的人物,也是作者自己的镜像书写。在不断的书"泄"中,冯内古特既是对自己进行创伤治疗,也是在寻找生的勇气。

　　在第二层面的叙事和时空的关系中,冯内古特还借用科幻形式的时空旅行来实现第一层面的广义时空概念。时空旅行、科幻小说的形式和碎片化回忆共同打破传统空间的局限性,营造三重时空维度:当下的时空、1945年德雷斯顿和特拉法玛多星球。冯内古特甚至对历史事件的发生时间任意修改,比如,最后一章将约翰·肯尼迪(John Kennedy)和马丁·路德·金(Martin Luther King)的刺杀,说成同一年隔月发生的事件。"罗伯特·肯尼迪的夏日居所离我常年住的家只有八英里。两天前他被人击中,昨晚去世。事情就是这样。马丁·路德·金一个月之前被枪杀。他也死了。事情就是这样。"(176)冯内古特当然不可能记错肯尼迪和马丁·路德·金遇害的时间,此处他通过毕利的叙述对历史重大事件进行修改,可以从三个方面分析原因。第一种解释,从精神分析角度出发,当毕利已经习惯穿越于各种时空后,他对于时间的具象反而越来越模糊,因为无论跳到哪个时空,都不可避免要遭遇死亡,结果导致创伤性错误记忆。第二种解释,从宏观时间角度出发,时间也是相对的,冯内古特此处通过一个明显的错误提醒读者反思历史、死亡和时间的关系,告诫读者以史为鉴。第三种解释,在如此短小的相邻两个段落之间,毕利又经历了一次时空穿越。毕利的时空跳跃频率越来越高,越发娴熟,越发毫无预兆,冯内古特如此安排用意何在?从读者角度来看,到达最后一章的读者应该已经熟悉冯内古特的时空跳跃叙事模式了,阅读本领也一如毕利的穿越能力,越发心领神会了;从作者角度来看,冯内古特在开篇时以第一人称叙事,以"我"的亲历开讲,到结尾处,他渐渐全身而退,由毕利作为叙事者结束。这种退场是何种姿态呢?本来是相隔五年的刺杀案件,文本中呈现隔月发生的距离。如何使五年看起来如同一个月?不难想象,在多维的时空里,如同诺思罗普·弗莱提倡的"退后一步",不断后退,五年、十年,甚至百年都仅仅是连绵的时刻而已。另外,作为作者的冯内古特及其代表作品的虚构人物之间,由二合一的亲密距离到渐渐后退的剥离,可以看作创伤者冯内古特通过创作、投射而最终完成的心灵治疗。

无论是越南战争、德莱斯顿空袭等战争导致的死亡,还是微观层面的领袖被刺杀,整部小说弥漫着尸体的"芥末气和玫瑰花水味道",释放沦丧世界里的死亡气息。这种死亡的氛围纵横时空,不仅占领地球,伴随毕利一生,即便是梦中和幻想的星球旅行亦不能幸免。毕利声称自己被外星人绑架乘飞碟到达特拉法玛多星球。在特拉法玛多星球他向比地球文明先进的外星人求教,如何避免战争,如何看待死亡。最终他在特拉法玛多学习到了一种新的时空观,一种新的生活方式:"所有的时间就像绵延的落基山脉。所有的时间就是一起,它不会变化。"(23)对于战争和死亡,特拉法玛多星人的回答是,战争是不可避免的,而如果一个人死了,他看起来是死了,但在过去还是活的,所以在葬礼上哭泣是很愚蠢的。当毕利用这种新学到的时间观回到地球安慰别人时,寓意是明显的。特拉法玛多星球对待死亡和战争的自欺欺人的态度,实则反映了后现代社会中人类在残酷事件中故意扭头不看(ignore)的冷漠无情。毕利是受害者,同时他自己也接受了"没有为什么(there is no why)"的不追究态度,他自己也是冷漠社会的一分子。至此,通过构建毕利在多维时空的梦魇,《五号屠场》犀利指出,不仅地球上的过去、现在和未来是一个纵横延伸的绝境,而且即使诉诸科学逃离地球,如电影《星际穿越》那般到其他星球重建家园,人性之恶劣如不改变,绝境也终将是逼近的未来。

三、心理时间穿越的重要意义:1+1>2

从认知心理学的角度来看,心理时间旅行是指人们运用存储在大脑中的情景记忆,将自己投射到过去再现过去经历的时间,以及将自己投射到未来以预想未来可能发生的事情。人们根据自己的记忆,可以在心理时间向后回忆过去,或向前预设未来(Blix & Brennen,2011)。心理时间旅行帮助我们更宏观地理解时间的概念,使我们意识到过去和未来是不可分割的,不再是线性的,甚至是可以弯曲的,正如时间旅行的理论依据,一张纸对折,从而形成两点之间重合的黑洞,对折前的平面距离消除了。冯内古特在《五号屠场》建构的时空叙事的重大意义在于时空跳跃和散落意象的兼容统一。而碎片意象在冯内古特的时空叙事体中呈现出的意义大于简单的片段之和,即"1+1>2",拼图整体的意义大于片段之和。这里不得不谈叙述和时空关系在第三层面,即具体文本表现的语言技巧。《五号屠场》的语言简练,对白短小,即使语句之间也基本消除连词,甚至篇章布局也打破传统,体现极简主义的风格。如,两三段就成为一个部分,以简洁的三个点和大面积的空白隔开。如果书页翻得快,读者眼睛里扫过的就是若干个省略号。冯内古特的简练笔锋和叙事跳跃留下的空白可能会让读者想到海明威的小说风格(McCoppin,2012)。在 2011 年首次出版的《冯内古特和海明威:战争作家》(*Vonnegut and Hemingway:Writers at War*)一书中,作者劳伦斯·布鲁埃(Lawrence Broer)对两位作家在相似的家庭背景、人生经历、战争创伤和战争主题做了对比分析(2011:240)。笔者认为,两位文学导师的作品不仅有相似的关注对象,还都表现出极简主义的文风特点。1989 年,冯内古特在博伊西大学举办的"海明威在爱达荷"会议上做主题演讲。他首先列举了自己和海明威的相似经历,继而指出,"海明威对斗牛和猎杀动物等主题的态度过于耸人听闻",尽管如此,"他无疑是一个一流的艺术家。如果他是画家,那么我会说,我不喜欢他画的事物,但敬佩他的绘画技巧"(Florczyk,2013:115)。按照冯内古特的话来推理,《五号屠场》的叙事技巧,呈现了短句和段落精短的海明威文风,但是冯内古特的独特之处在于对碎片化意象的处理。

冯内古特花二十多年时间完成的《五号屠场》并不是一个大部头,全篇约十二万字,又分成十章,每一章里又以三个点和自然空行把三五个段落分成若干部分,每一个段落短至一行,长不过十行。这种简练叙事与小说中大量象征意义丰富的意象形成一种对比,更确切地来说,前者的短小烘托了后者的密集,前者的留白突出了后者的浓重。在那张偌大的一卷墙纸上,留白使各种颜色线条的交集关系更加清晰,也给读者留下更广阔的想象空间,思考不同的卷法可能呈现的不同的线条组合结果,思考冷峻的冰山一角之下深埋的深刻内涵。正如冯内古特把多维时空包裹在一个时空体内,他又把丰富的意象裹挟进凝练的语言里,在高超的时空叙事技巧中,被不断从一个时空抛到另一个时空的支托点们获得了意义的关注,并成为读者在反复玩味中难以忽略的各种意象。这些意象或荒诞、或诡异、或恶心、或矛盾乖张,却以奇异的姿态在冯内古特的叙事时空里勾勒出一副疯癫异化的沦丧世界图像。

出生于1945年的莫迪亚诺在2014年的诺奖颁奖礼的演讲上如是概括"二战"后作家的世界,"授奖词称我的作品'唤起了对最不可捉摸的人类命运的记忆'……其实很多其他作家的写作也是如此。这是一种特别的记忆,试图从过去捕捉隐匿的、未知的,几乎在地球上没有留下痕迹的碎片。我们仅仅能拾起历史的碎片、断裂的记忆、稍纵即逝而难以捉摸的人类命运"(Modiano,2014)。而出生于1922年、亲历战争的冯内古特的记忆,则不仅充满琐碎、伤痛,更是染上了无以复加的末日恐怖之暗影。《五号屠场》中充斥了诸多变态、离轨的荒诞意象,个别意象还被不断重复。如毕利说自己"喝醉酒,呼出的口气像芥子气和玫瑰的混合体,将我的妻子熏走"

(4)；在女儿婚礼那天毕利在女儿房间拿起电话话筒，"对方是个喝醉酒的人，毕利几乎能够闻到那个人呼出的口气，就像芥子气和玫瑰的混合体"(61)；而德莱斯顿轰炸后，许多国家的战俘得到通令开始挖尸体，他们挖掘了数以百计的死人堆，"尸体开始腐烂淌水，臭味就像混合的玫瑰和芥子气"(180)。玫瑰花的香气和刺鼻的芥子气混合起来，使和毕利一起劳动的毛利人因呕吐不止而死。冯内古特用波澜不惊的冷练文字描述恶心粗俗的恐怖之事，把想象空间和反思的责任留给读者。

小说中的人物命名也成为隐喻的意象。毕利·皮尔格里姆(Billy Pilgrim)既是故事中的随军牧师，也是受难受困的朝圣者；怀尔德·鲍勃(Wild Bob)是狂热的上校，也是疯癫的战争陪葬品；罗兰·韦锐(Roland Weary)是十八岁的暴力刑具热衷者，也是从脚开始腐烂最终患坏疽死亡的战亡者；基尔戈·特劳特(Kilgore Trout)是毕利最喜爱的当代科幻小说家，也是毕利的同乡。毕利不但读了特劳特写的几十本书，而且成了特劳特的朋友。用拼字游戏来解读名字"Kilgore Trout"，即"kill ignore try out"，意思是"杀戮、忽略、找到出口"，在这个拼字游戏中漏掉的关键字母有两个，"ignore"的"n"，"try"的"y"，正是"no why"。这正是毕利从特拉法玛多星球学来的逻辑，没有原因(There is no why)。而基尔戈·特劳特(Kilgore Trout)在自己的小说《四维空间里的疯子》里如是解释："那儿的人患的精神病是不治之症，因为是在四维空间引起的，三维空间的地球上的医生根本不可能查出或甚至想象出病因来。"此处通过三维地球空间隐喻现实的疯癫世界，通过四维空间指涉更开阔的时空观，冯内古特提醒读者思考他在《五号屠场》中建构的独特时空体。

"小说家的使命，是在面对被遗忘的巨大空白，让褪去的言语重现，宛如漂浮在海面上消失的冰山。"(Modiano,2014)冯内古特的使命还多了一重，既要忘却不可能忘却的伤痛，又要提醒善于忘记历史、不断重复罪恶的人类不要忘记过去，罪恶在过去发生过，在现在继续，也必将在未来重复，原罪的意义振聋发聩。小说开始前和接近结尾的第九章两次引用"圣诞颂歌"，小说中四十八次提到"上帝(God)"，二十二次提到"耶稣(Jesus)"，十一次提到"基督（Christ）"，七次提到"《圣经》（The Bible）"。有学者从原型理论指出《五号屠场》是对《圣经》的戏仿，揭露了"圣战是血淋淋的骗局"和"《五号屠场》这个社会大熔炉下人们精神迷失的悲哀"（王文采，2010:106）。笔者认为，冯内古特如此大量暗示《圣经》，其意义可以继续深挖。第一章，冯内古特在汽车旅店阅读有关大毁灭的故事，对索多玛和娥摩拉的提及暗示了罪恶之惩罚。第二章，毕利和蒙塔纳赤身裸体被关在特拉法玛多动物园的笼子里，隐喻亚当和夏娃的原罪。第五章，在毕利和妻子关于老埃德加的处死的对话中，插入了一页插图，这张插图风格符合冯内古特的简练文风：一个线描墓碑轮廓，上面写着六行字，每行一个字，字母大写——"一切曾经美好，那时没有伤痛（Everything was beautiful，and nothing hurt）"。墓碑文字的过去时态隐喻伊甸园的美好一去不复返，人类的罪恶自此在过去、现在和未来的时空中扎根肆虐。人类试图寻找出路，譬如科技，却导致广岛的屠杀；譬如所谓理性论证空袭德雷斯顿的合理性，却导致十多万平民的丧生火场，再次陷入"知识之果"的魔咒，再一次证明理性对非理性的征服并不存在什么胜利，不过是另一种形式的疯癫而已。战争把世界变成若干编号的屠宰场。原罪的隐喻深刻折射出冯内古特对沦丧世界的悲观绝望。在《没有国家的人》中，冯内古特写道："我写了这个墓志铭：这个美好的地球，我们本可以拯救它，但我们太他妈的卑鄙懒惰了。"（2005:132）得到知识之果的人类获得了理性，却打破了原初动物与自然的和谐状态。在寻找和谐的努力中，人类精神生活的真正问题不仅是有些人为何发疯，而且是为何要避免发疯和如何避免发疯。

四、结语：艺术的建构

对冯内古特本人而言，《五号屠场》是一个典型的压力释放案例（Brown，2011）。如果说臆想着穿越到特拉法马特是毕利的创伤出口的话，冯内古特的出口就是艺术创作，在文字、绘画和音乐的超验体验中寻找生的勇气，"操练任何一种艺术，不管做得好不好，都会使心智成长。所以，去做吧"（Vonnegut，2003）。从弗洛伊德的心理防御机制来看，过度压抑终将导致歇斯底里或其他形式的癔症,出口在于成功压抑或释放压力。①作为德雷斯顿惨剧的一名幸存者,冯内古特很难摆脱噩梦般的回忆,多年来的书写,不仅是源于题材的可写性,还意味着精神的自我疗伤。(尚晓进,2005)冯内古特一生经历生死,几度与死神擦肩而过,几度被地狱拒之门外。哀,莫大过心死。如此的扑克脸社会,人类的贪婪无度导致的战争和环境污染,对大自然的自私践踏和压榨,用完就弃之一边,不管生态死活,令冯内古特几度发出"都完了,朋友"的叹息和"……死了,就是这么回事"的苦笑。1980年,冯内古特甚至试图自杀结束自己的生命。冯内古特对后现代社会的感受,他一生经历的战争、生死和环境污染等,以碎片化的暗示形式如"时间之流川"活跃在思想中,冯内古特以一个作家特有的敏感的心灵抓取川流的直觉,并用特有的碎片化、疯癫性语言表达,"把原来只是信号的词语转变为艺术的工具"(93)。读者通过语言获得直觉,作家感受直觉诉诸语言,循环反复。读者和作者在绵延回转的文本中心领神会。冯内古特在小说中建构的时间穿越叙述体,于跳跃的碎片中嵌入暗合,于时空的框架中布阵意义,使读者在文字中体验战争创伤病人毕利在片段记忆中的来回穿梭。于碎片之上建构体系,于疯癫之中重审非理性的理性,也许可以开启福柯理想中作品真相的时间(福柯,1999:747)。

冯内古特在开篇就申告,要写一部关于1945年英美盟军轰炸德军城市德雷斯顿的小说。历史上,1945年,盟军向没有军事装备的德雷斯顿投下巨量燃烧弹。一个城市瞬间夷为平地,燃烧弹将整个艺术古城变成焚化厂,十多万平民葬身火海,整个城市,熊熊火光。如上描述,恐怕在人们心中激起的情感或是极度的恐惧,或是十足的愤怒、甚或可怕的史诗般悲剧情怀,无论何种情绪,它的强度无疑是剧烈的、炙热的。然而,后现代的情感少有如此状态,更多情况下,是生的疲劳、无助,道德的冷漠、沦丧,社会

---

① 从创伤角度分析冯内古特的作品及其创作艺术,参见李建康、张虹:《冯内古特的创伤写作艺术:解读〈五号屠场〉中毕利的时间旅行与外星经历的创伤内涵》,《解放军外国语学院学报》,2009(2):107—112。

的异化、自私，价值的拜金主义、极权倾向。正是这种后现代的异化状态决定了冯内古特的书写形式，而语言大师冯内古特又以独特的时空叙事技巧展现出了错乱的有序转承、任意的必然联结。他的笔触是简短的蜻蜓点水，没有荷马史诗的悲壮，没有万夫所指的怒斥，没有古希腊文化的崇高情感，所剩的是似乎不经意的一个苦笑，"事情就是这样（so it goes）"。他的叙事乱中有序，了解了冯内古特的文艺思想和他那搁浅后风干的愤怒之情，裸露的文字就不再是谜语，散碎一地的篇幅则不止于支离破碎的疯人呓语。这种碎片化的寓意建构、环环相扣的时空叙事体深刻折射出的是后现代社会的极端混乱、深度异化和道德沦丧。通过揭示后现代社会的价值终结，《五号屠场》唤醒了读者对价值追寻和人性良知的反思；通过毕利打磨的镜片所折射的支离破碎的精神荒漠，激发读者思考重建绿洲家园的可能①。不止步于消解，冯内古特的时空叙事建构、人道主义关怀和对现实的严肃关注使他的作品超越了一般意义的后现代主义小说。虽然小说中的碎片化叙事表象构成了其后现代文本的基本特征，然而在纷乱的碎片之中隐藏着贯穿始终的井然有序。这个秩序如同隐身的规律，暗中连贯文本，使叙述获得超人能力，可以随时瞬间位移。冯内古特在小说中运用了类似电影剪辑的衔接技巧，发挥文本大于视觉的想象空间特点，独创文本时空位移叙述，并巧妙穿插隐喻意象，超越了后现代之"乱象"，针砭了后现代之"荒芜"。

引用文献

BAKHTIN M，1981. Forms of time and the chronotope in the novel[M]// HOLQUIST M. The dialogic imagination：four essays by M M Bakhtin. Austin：University of Texas Press.

---

① 如从反战角度分析意义建构，参见胡亚敏：《生命所不能承受之轻——〈五号屠场〉中毕利的困惑与出路》，《解放军外国语学院学报》，2011(5)：102—107，128.

BRIDGEMAN T，2007. Time and space[M]//HERMAN D. The Cambridge companion to narrative. Cambridge：Cambridge University Press.

BROER L，2011. Vonnegut and Hemingway：writers at war[M]. Columbia：University of South Carolina.

BLOOM H，2001. Kurt Vonnegut's Slaughterhouse-Five[M]. Philadelphia：Chelsea House.

BLIX B，BRENNEN T，2011. Mental time travel after trauma：the specificity and temporal distribution of autobiographical memories and future-directed thoughts[J]. Memory，19（8）：956-967.

BROER L，2011. Vonnegut and Hemingway：writers at war[M]. Columbia，SC：University of South Carolina Press.

BROWN K，2011. The psychiatrists were right：anomic alienation in Kurt Vonnegut's Slaughterhouse-Five[J]. South central review，28（2）：101-109.

FLORCZYK S，2013. Vonnegut and Hemingway：writers at war. The Hemingway review，33（1）：114-117.

MCCOPPIN R，2012. Self-actualization：the odd，essential pairing of Hemingway and Vonnegut[J]. Studies in American humor，26（3）：129-133.

MODIANO P，2014. Nobel lecture[EB/OL]. （2014-12-07）[2021-07-13]. http：//www. nobelprize. org/nobel_prizes/literature/laureates/2014/modiano-lecture. html.

VONNEGUT K，2005. A man without a country[M]. New York：Severn Stories Press.

VONNEGUT K，2003. Knowing what is nice[EB/OL]（2003-11-06）[2021-07-12]. http：//inthesetimes. com/article/knowing_whats_nice.

陈世丹,2009. 论冯内古特的元小说艺术创新[J]. 国外文学(3):97-104.

柏格森,2013. 思想和运动[M].杨文敏,译.合肥:安徽人民出版社.

胡亚敏,2011. 生命所不能承受之轻:《五号屠场》中毕利的困惑与出路[J]. 解放军外国语学院学报(5):102-107,128.

冯内古特,2008. 五号屠场[M].虞建华,译. 南京:译林出版社.

李建康,张虹,2009. 冯内古特的创伤写作艺术:解读《五号屠场》中毕利的时间旅行与外星经历的创伤内涵[J].解放军外国语学院学报(2):107-112.

福柯,1999.疯癫与文明:理性时代的疯癫史[M].刘北成,杨远婴,译.北京:生活·读书·新知三联书店.

乔国强,2011. 从移植到融合:叙事学的跨学科模式[J].中国社会科学报(12):6-11.

尚晓进,2005.艺术的虚构与建构:库尔特·冯内古特的文学自省意识[J].外国文学(1):86—89.

汪小玲,2006. 美国黑色幽默小说研究[M].上海:上海外语教育出版社.

王文采,2010. 神话—原型批评视角下的《五号屠场》中原型的重新解读[J].黑龙江教育学院学报(1):105-107.

虞建华,2000. 冯内古特新作《时震》与后现代主义小说特征[J]. 当代外国文学(3):146-151.

参考文献

ANDERSON D，2015．Planet of the Jews：eruvim，geography，and Jewish identity in Michael Chabon's the Yiddish Policemen's Union[J]．Shofar：an interdisciplinary journal of Jewish studies(3)：86-109．

ALBER J，DIGER H R，RUDIGER H，2011．Unnatural narratives——unnatural narratology[M]．Boston：De Gruyter．

ALBER J，HENRIK N，BRIAN R，2013．A poetics of unnatural narrative[M]．Newark，Ohio：Ohio State University Press．

ALBER J，2013．Unnatural narratives，unnatural narratology：beyond mimetic models[J]．Narrative，18(2)：113-136．

BARTAL S，2015．Shlomo Sand，the Arabs' darling[J]．Middle east quarterly，22(1)：1-12．

BARTOV O，2015．The holocaust：origins，implementation，aftermath[M]．New York：Routledge．

BATCHLOR B，2014．The Dudes Abide：examing Clinton-era identity in Wonder Boys and The Big Lebowski[G]//KAVADLO J，BATCHELOR B．Michael Chabon's America：magical words，secret worlds，and sacred spaces．New York：Rowman & Littlefield．

BAUMAN Z，1993．Modernity and ambivalence[M]．Hoboken，NJ：John Wiley & Sons．

BEHLMAN L，2004．The escapist：fantasy，folklore，and the pleasures of the comic book in recent Jewish-American holocaust fiction[J]．Shofar：an interdisciplinary journal of Jewish studies，22（3）：56-71.

BERENBAUM M，1990. After tragedy and triumph：modern Jewish thought and the American experience[M]. Cambridge：Cambridge University Press.

BERGER A，CRONIN G，2004. Jewish American and holocaust literature [M]. New York：State University of New York Press.

BERGER A，2010. Michael Chabon's the Amazing Adventures of Kavalier & Clay：the return of the Golem[J]. Studies in American Jewish literature，29 （1）：80-89.

BINYAMINI E，1990. Medinot layehudim：Uganda，Birobidzhan，v'od 34 tokhniot[M]. Tel Aviv：HaKibbutz HaMeukhad v'Sifriyat Poalim.

BOLLINGER E，2013. A Thousand Darknesses：Lies and Truth in Holocaust Fiction by Ruth Franklin （review）[J]. Auto/Biography studies，2013，28（1）：171-174.

BOSWELL M，2012. Holocaust impiety in literature，popular music and film[M]. New York：Palgrave Macmillan.

BRASSIER R，IAIN H，GRAHAM H，et al. ，2007. Speculative realism：a one-day workshop[J]. Collapse：independent journal of philosophical research and development（3）：307-449.

BRAUCH J，LIPPHARDT A，NOCHE A，2008. Jewish topographies：visions of space，traditions of place[M]. Hampshire：Ashgate Publishing Limited.

BURNS R，2004. Michael Chabon presents the Amazing Adventures of the Escapist[J]. Phi Kappa Phi forum，84 （3）：45-46.

CAHILL B，2005. Michael Chabon：a writer with many faces[J].Writing，27 （6）：16-20.

CARUTH C，1996. Unclaimed experience：trauma，narrative and history [M]. Baltimore，MD：Johns Hopkins University Press.

CASTEEL S，2009. Jews among the Indians：the fantasy of indigenization in

Mordecai Richler's and Michael Chabon's Northern Narratives[M]. Madison, WI: University of Wisconsin Press.

CASTEEL P, 2012. Migrant sites: America, place, and diaspora literatures (review)[J]. Comparative literature studies, 49(2): 317-320.

CHABON M, 2000. The amazing adventures of Kavalier & Clay[M]. London: Harper Prennial.

CHABON M, 2004. McSweeney's enchanted chamber of astonishing stories [M]. New York: Vintage Books.

CHABON M, 2005. The final solution[M]. London: Fourth Estate.

CHABON M, 2007. The Yiddish policemen's union[M]. London: Harper Prennial.

CHABON M, 2008. Gentlemen of the road[M]. New York: Ballantine Books.

CHABON M, 2009. Maps & legends: reading and writing along the borderlands [M]. New York: Harper Perennial.

CHABON M, 2010a. Chosen, but not special[N]. The New York Times, 2010-07-06(WK11).

CHABON M, 2010b. Fountain city[M]. New York: Vintage Books.

CHABON M, 2017. What they left behind (Prague 1992)[M/OL]//CHABON M. Uncollected. (2017-01-06)[2021-03-24]. http://michaelchabon.com /uncollected/geographical/what-they-left-behind/).

CHATMAN S, 1978. Story and discourse: narrative structure in fiction and film[M]. Ithaca and London: Cornell University Press.

CHUTE H, 2008. Ragtime, kavalier & clay, and the framing of comics [J]. MFS-modern fiction studies, 54 (2): 268-301.

COLBRAN L, 2012. A dangerous fiction: subverting hegemonic masculinity through the novels of Michael Chabon and Tom Wolfe[M]. New York: Peter Lang.

COSTELLO B，2015. Conversations with Michael Chabon[M]. New York：University Press of Mississippi.

CRAPS S，BUELENS G，2011. Traumatic mirrorings：holocaust and colonial trauma in Michael Chabon's the Final Solution[M]. Criticism，53(4)：569-586.

CRONIN G，BERGER A，2009. Encyclopedia of Jewish-American literature [M]. New York：Facts On File.

DEWEY J，2014. Understanding Michael Chabon[M]. Columbia：University of South Carolina Press.

DIDI-HUBERMAN G，2008. Images in spite of all：four photographs from Auschwitz[M]. LILLIS S B，trans. Chicago：University of Chicago Press.

DUBROW J，2008. The Yiddish policemen's union (review)[J]. Journal of Jewish identities，1(2)：145-146.

DU BOIS W E B，1901. The freedman's bureau[J]. The Atlantic monthly (87)：354-365.

DUVALL J，MARZEC R，2011. Narrating 9/11[J]. MFS-modern fiction studies，57(3)：381-400.

EVANS C，1994. On the valuation of detective fiction：a study in the ethics of consolation[J]. Journal of popular culture，28(2)：159-167.

FINK S，2014. Fact，ficition，and history in Philip Roth's "Eli，the Fanatic" [J]. MELUS，39(3)：89-111.

FOWLER D，1995. The short fiction of Michael Chabon：nostalgia in the very young[J]. Studies in short fiction，32(1)：75-82.

FRANKLIN R，2011. A thousand darknesses：lies and truth in holocaust ficiton[M]. New York：Oxford University Press.

FREEDMAN J，2012. Do American and Ethnic American studies have a Jewish problem；or，when is an Ethnic not an Ethnic，and what should we do about it？[J]. MELUS：Multi-Ethnic literature of the U. S.，2012，

37(2): 19-40.

GASIOREK A, 2012. Michael Chabon, Howard Jacobson, and post-holocaust fiction[J]. Contemporary literature, 53(4): 875-903.

GELBIN C, 2011. Towards the Gloabl Shtetl: golem texts in the new millennium[J]. European review of history, 18(1): 9-19.

GENETTE G, 1980. Narrative discourse: an essay in method[M]. Lewin J, trans. New York: Cornell University Press.

GRAY R, 2009. Open doors, closed minds: American prose writing at a time of crisis[J]. American literary history, 21(1): 128-151.

HERMAN D, 1997. Scripts, sequences, and stories: elements of a postclassical narratology[J]. PMLA, 112(5): 1046-1059.

HERMAN D, MANFRED J, RYAN M-L, 2005. Routledge encyclopedia of narrative theory[M]. London: Routledge.

HERMAN D, 2007. The Cambridge companion to narrative[M]. Cambridge: Cambridge University Press.

HOBEREK A, 2011. Cormac Mccarthy and the aesthetics of exhaustion [J]. American literary history, 23(3): 483-499.

HOWE I, GREENBERG E, 1976. A treasure of Yiddish stories[M]. New York: Schochen Books.

HUNTER A, 2013. Tales from over there: the uses and meanings of fairy-tales in contemporary holocaust narrative[J]. Modernism/modernity, 20(1): 59-75.

HUTCHEON L, 1988. A poetics of postmodernism: history, theory, fiction [M]. New York: Routledge.

INSKEEP S, 2006. A Conversation with Michael Chabon[M]//CHABON M. The Final Solution. London & New York: Harper Perennial.

JANET P, 1976. Psychological healing: a historical and clinical study[M]. New York: Arno Press.

JOHNSON P, 1988. A history of the Jews[M]. New York: Harper Perennial.

KAMINGSKY I, 2014. Solving the Jewish case: metaphorical detection in Michael Chabon's The Final Solution and The Yiddish Policemen's Union[G]//KAVADLO J, BATCHELOR B. Michael Chabon's America: magical words, secret worlds, and sacred spaces. New York: Rowman & Littlefield.

KANDIYOTI D, 2009. Migrant sites: America, place, and diaspora literatures [M]. London: University Press of New England.

KRAMER M, 2013. Acts of assimilation: the invention of Jewish American literary history[J]. Jewish quarterly review, 103(4): 556-579.

KRIJNEN J, 2016. Holocaust impiety in Jewish American literature: memory, identity, (post-)postmodernism[M]. Boston: Brill/Rodopi, 2016.

KAVADLO J, BATCHELOR B, 2014. Michael Chabon's America: magical words, secret worlds, and sacred spaces[M]. New York: Rowman & Littlefield.

KRAUS J, 2007. And in this corner ... : Michael Chabon mixes it up with Roth's plot[J]. Philip Roth society newsletter, 5(1): 8-14.

KRAVITZB, 2011. The "Aquatic Zionist" in the Yiddish Policemen's Union [J]. Studies in popular culture, 33(1): 95-112.

LAPLANCHE J, PONTALIS J-B, 1973. The language of psychoanalysis [M]. London: The Hogarth Press and the Institute of Psychoanalysis.

LAURENCE J-R, PERRY C, 1983. Hypnotically created memory among highly hypnotizable subjects[J]. Science, 222(4623): 523-524.

LEFEBVRE H, 1994. The production of space[M]. Oxford: Blackwell.

LEVINE A, 2011. Embodying Jewishness at the millennium[J]. Shofar: aninterdisciplinary journal of Jewish studies, 30(1): 31-52.

LEVINE D, 2010. Josef Kavalier's Odyssey: homeric echoes in Michael Chabon's the Amazing Adventures of Kavalier & Clay[J]. International journal of the classical tradition, 17 (4): 526-555.

LEWIS N, 2016. Why honey is not vegan[J]. Vegetus(5):1.

LIPSET S M, RAAB E, 1995. Jews and the new American scene[M].
Cambridge: Harvard University Press.

LODGE D, 1977. The modes of modern writing: metaphor, metonymy,
and the typology of modern literature[M]. Ithaca, NY: Cornell UP.

MALISZEWSKI P, 2005. Lie, memory: Michael Chabon's own private
holocaust[J]. Artforum international, 43(8): 1-9.

MALMGREN C, 1997. Anatomy of murder: mystery, detective, and crime
fiction[J]. Journal of popular culture, 30(4): 115-135.

MCCARTHY T, 2012. In conversation: Lee Rourke and Tom McCarthy
[J]. Guardian review(17):12.

MEYERS H, 2010. Reading Michael Chabon[M]. Denver: Greenwood
Unlimited.

MEYERS H, 2012. Reading Jewishness as a marker of Ethno-racial and
cultural history[J]. MELUS, 37(2): 185-186.

MORRISON J, 2003. Contemporary fiction[M]. London: Routledge.

MORRIS N, 2007. The Golem in Jewish American literature: risks and
responsibilities in the fiction of Thane Rosenbaum, Nomi Eve and Steve
Stern[M]. New York: Peter Lang.

MARKUS H, MOYA P, 2010. Doing race: 21 essays for the 21st century
[M]. New York: W W Norton & Co.

MYERS D, 2008. Michael Chabon's imaginary Jews[J]. The Sewanee review,
116(4): 572-588.

NIEWYK D, NICOSIA F, 2000. The Columbia guide to the holocaust
[M]. New York: Columbia University Press.

NIRENBERG D, 2010. Anti-Zionist demography[J]. Dissent,57(2): 103-109.

NOVICK P,1999. The Holocaust in American Life[M]. Boston: Houghton

Mifflin.

OZICK C, 1984. Art and ardor: essays[M]. New York: Dutton.

PRAGER J, 1998. Presenting the past: psychoanalysis and the sociology of misremembering[M]. Cambridge: Harvard University Press.

PRIESTMAN M, 1991. Detective fiction and literature: the figure on the carpet[M]. New York: St. Martin's Press.

PRINCE G, 1982. Narratology: the form and functioning of narrative[M]. New York: Mouton Publishers.

PUNDAY D, 2008. Kavalier & Clay, the comic-book novel, and authorship in a corporate world[J]. Critique: Studies in Contemporary Fiction, 49 (3): 291-302.

RANSOM A, 2003. Alternate history and Uchronia: some questions of terminology and genre[J]. Foudation, 32(7/8):58-72.

RIBBAT C, 2005. Nomadic with the truth: holocaust representations in Michael Chabon, James McBride, and Jonathan Safran Foer[J]. Anglistik & Englischunterricht, 66(1): 199-218.

RICHARDSON A, 2010. In search of The Final Solution[J]. European journal of English studies(14): 159-171.

RICHARDSON A, 2008. "To tell the story": tracing the development of holocaust narrative from personal trauma to popular fiction[D]. Manchester: University of Manchester.

RIMMON-KENAN S, 1983. Narrative fiction: contemporary poetics[M]. London: Methuen.

ROBBINS B, 2012. Many years later: prolepsis in deep time[J]. The Henry James review, 33(3): 191-204.

ROMBERG B, 1962. Studies in the narrative technique of the first-person novel[M]. Taylor M, Borland H, trans. Stockholm: Almqvist & Wiksell.

ROSE G, 1996. Mourning becomes the law: philosophy and representation

[M]. Cambridge: Cambridge UP.

ROSENFELD A, 1995. The Americanization of the holocaust[J]. Commentary, 99(6): 35-40.

ROSENFELD A, 2007. Touching on history and destiny: review of The Yiddish Policemen's Union by Michael Chabon[J]. The new reader, 90 (3/4):34-36.

ROVNER A, 2011. Alternate history: the case of Nava Semel's IsraIsland and Michael Chabon's The Yiddish Policemen's Union[J]. Partial answers: journal of literature and the history of ideas, 9(1): 131-152.

ROYAL D, 2011. Jewish comics; or, visualizing current Jewish narrative [J]. Shofar: an interdisciplinary journal of Jewish studies, 29(2): 1-12.

ROZOUSKY L, 2009. What is an Eruv[EB/OL]. [2021-04-28]. http://www.chabad.org/library/article_cdo/aid/700456/jewish/What-Is-an-Eruv.htm.

SAND S, 2009. The invention of the Jewish people[M]. LOTAN Y, trans. London: Verso.

SALDIVAR R, 2013. The second elevation of the novel: race, form, and the postrace aesthetic in contemporary narrative[J]. Narrative, 21(1): 1-18.

SANTNER E, 1990. Stranded objects: mourning, memory, and film in postwar Germany[M]. Ithaca, NY: Cornell Unviersity Press.

SEAMAN D, 2005. The people of the book: Riding the Third Wave[J]. American Library Association(36): 53-55.

SCANLAN M, 2011. Strange times to be a Jew: alternative history after 9/11[J]. MFS modern fiction studies, 57(3): 503-531.

SIMMEL G, 1950. The sociology of Georg Simmel[M]. WOLFF K, trans. Glencoe: The Free Press.

SIMMEL G, 2009. Socialogy: inquiries into the construction of scoial forms:

vol. 1[M]. BLASI A, JACOBS A, KANJIRATHINKAL M, trans. Boston: Brill.

SINGER M, 2008. Embodiments of the real: the counterlinguistic turn in the Comic-Book Novel[J]. Critique: studies in contemporary fiction, 49 (3): 273-289.

SMITH K, 2011. Novelist's ugly view of Jews[J/OL]. (2011-07-14)[2017-04-22]. http://www.nypost.com/p/pagesix/item_eRyqgj4hB4ccsvJdEa-V2M;jsessionid＝c3F398169d5504425E14825a7Fc5205B.

SHREIBER M, 2010. "None are like you, Shulamite": linguistic longings in Jewish American verse[J]. Prooftexts: a journal of Jewish literary history, 30(1): 35-60.

STEINER G, 1998. Langauge and silence:essays on language, literature and the inhuman[J]. New Haven: Yale University Press.

STRATTON J, 2008. Jewish identity in western pop culture: the holocaust and trauma through modernity[M]. New York: Palgrave Macmillan.

TEDDER C, 2010. Utopian discourse: identity, ethinity, and community in post-cold war Amerrican narrative[M]. Greensboro: The University of North Carolina.

TIMMER N, 2010. Do you feel it too? The post-postmodern syndrome in American fiction at the turn of the millennium[M]. Bulgaria: Rodopi B. V.

TOELLER-NOVAK D, 2015. The Depiction of the holocuast within the theme of escape in Michael Chabon's the Amazing Adventures of Kavalier & Clay[D]. Allendale, Michigan: Grand Valley State University.

WIESEL E, 1979. A plea for the survivors[M]. New York: Vintage.

WISSE R, 2007. Slap shtick[J]. Commentary, 124(1): 73-77.

WHITEHEAD A, 2004. Trauma fiction[M]. Edinburgh: Edinburgh University Press.

YOUNG J，1990. Writing and rewriting the holocaust：narrative and consequences of interpretation[M]. Indianapolis：Indiana University Press，1990.

阿尔贝，尼尔森，伊韦尔森，理查森，等，2011. 非自然叙事，非自然叙事学：超越模仿模式[J]. 叙事(中国版)(0):3-26.

阿尔贝，伊韦尔森，尼尔森，等，2013. 什么是非自然叙事学的非自然？对莫妮卡·弗鲁德尼克的回应"[J].叙事(中国版)(0):132-143.

巴尔，1995. 叙述学：叙事理论导论[M]. 谭君强，译. 北京：中国社会科学出版社.

巴尔纳维，2007. 世界犹太人历史：从《创世记》到二十一世纪[M]. 刘精忠，译. 北京：中国人民大学出版社.

伯格，卢克曼，2009. 现实的社会构建[M]. 汪涌，译. 北京：北京大学出版社.

伯格森，2015. 思想和运动[M]. 杨文敏，译. 合肥：安徽人民出版社.

车凤成，2010. 索尔·贝娄作品的伦理道德世界[M]. 北京：中国社会科学出版社.

程爱民，2001. 艾·辛格小说创作的源流与特色[J]. 南京林业大学学报(人文社会科学版)，1(1):61-66.

弗鲁德尼克，2014. 非自然叙事学有多自然：什么是非自然叙事学的非自然[J].尚必武，刘春梅，译. 叙事(中国版)(5):119-131.

赫尔曼，2002. 新叙述学[M]. 马海良，译. 北京：北京大学出版社.

胡碧媛，1999. 犹太文化与犹太身份：美国犹太文学人物剖析[J]. 南京邮电学院学报(社会科学版)(2):35-39.

库尔泰，2001. 叙述与话语符号学[M]. 怀宇，译. 天津：天津社会科学院出版社.

里蒙-凯南，1989. 叙事虚构作品[M]. 姚锦清，译. 北京：生活·读书·新知三联书店.

李乃刚，2013. 艾萨克·辛格短篇小说的叙事学研究[M]. 杭州：浙江大学出版社.

刘海平，王守仁，2002. 新编美国文学史：第3卷[M]. 上海：上海外语教育出版社.

刘洪一,2002.走向文化诗学:美国犹太小说研究[M].北京:北京大学出版社.

刘文松,2004.索尔·贝娄小说中的权力关系及其女性表征:英文本[M].厦门:厦门大学出版社.

龙纲要,2005.从种族到人性:对索尔·贝娄文化身份及其小说人物文化身份的辨析[J].湖南师范大学社会科学学报(3):100-103.

普林斯,2016.叙述学词典[M].乔国强,李孝弟,译.上海:上海译文出版社.

皮亚杰,2009.解构主义[M].倪连生,王琳,译.北京:商务印书社.

江宁康,2005.当代美国小说与族裔文化身份阐释[J].解放军外国语学院学报(1):84-88.

乔国强,2008.美国犹太文学[M].北京:商务印书馆.

乔国强,2009.中国美国犹太文学研究的现状[J].当代外国文学(1):32-46.

尚必武,2012.不可能的故事世界,反常的叙述行为:非自然叙事学论略[J].外语与外语教学(1):86-90.

尚必武,2015.非自然叙事学[M].外国文学(2):95-111,59.

尚必武,2015.叙事的非自然性辨微:再论非自然叙事学[J].外国语文(3):36-45.

尚必武,理查森,2012.非自然叙事学及当代叙事诗学:布莱恩·理查森教授访谈录[J].文艺理论研究(5):110-114.

王葳,2010.孤独中悲怆的心灵:茨威格与他的小说《象棋的故事》[J].丝绸之路(20):43-44.

袁雪生,2007.身份隐喻背后的生存悖论:读菲利·普罗斯的《人性的污点》[J].外国文学研究(6):104-110.

张法,2013.新世纪西方美学新潮对西方美学冲击和对中国美学的影响[J].文艺争鸣(3):6-12.

周南翼,2003.贝娄[M].成都:四川出版社.

后　记

　　薄薄一本书,倾注了很多人的心血。本书的主要内容是在我的博士毕业论文基础上修改和补充完成的,它跟着我穿越山河:起笔于上海外国语大学,初稿完成于浙江工商大学,又在弗吉尼亚大学修修补补。几度春秋,几易时空,一路得师友相助,感知遇之恩。

　　2005 年进入浙江工商大学起,刘法公老院长时时叮嘱,学术之路不可一日不读书。彼时身边的同事友人每每聊起,也都鼓励我继续求学,攻读博士学位。在这样的互助和上进氛围中,经过两年的准备,在 2014 年 9 月我有幸进入上海外国语大学读博,在恩师乔国强教授的悉心指导下研究美国犹太文学。

　　在学术上,乔老师治学严谨,博闻强识;在教学上,乔老师思维缜密,循循善诱;在生活中,乔老师风趣幽默,热爱生活。在恩师乔老师的帮助和影响下,我在学术和思想上都经历了二次成长。这令我终生难忘。在博士论文的写作过程中,乔老师从选题、立意、论证框架和方法、理论运用和文本细读等多方面,都给予了我细致的指导。我将牢记老师的教诲:做人要深厚,做事要深远,写文章要深刻。

　　我还要感谢李维屏教授、虞建华教授、张和龙教授、汪小玲教授在我读博期间给予的学术指导和帮助。虞建华教授还曾帮我分析和修改课程论文,该论文得以发表离不开他的指点。汪小玲教授时常组织我们打乒乓球,给苦闷的读博生活带来不少欢乐。感谢上海外国语大学的教授们,他们带领我从不同视角、以不同理论和思想框架阅读、赏析和思考英美文学文本,令我受益匪浅。

感谢同门师友们，无论天涯海角，总能在同门群里相互鼓励。也感谢同窗好友们，那些一起去图书馆、一起去听讲座、饭后一起转操场讨论论文的日子实在是令人难忘。东体育会路的舍友们，清晨公共洗浴间刷牙洗脸的日子一去不返了，但是我们一起努力读书的美好时光将会永远留在记忆中。

犹记大学本科和硕士研究生时在洛阳读书的岁月，感谢一直呵护我成长的师长们，感谢陈榕教授、张金凤教授、董斌队长对本研究的帮助和支持。感谢我的硕士导师李公昭教授和夫人祝丽老师，李老师和祝老师对我倍加关心和呵护，亦师亦友。

感谢弗吉尼亚大学的 Finder 教授、Caroline 教授和 Geddes 教授，他们对本研究都给予了很多支持。

感谢浙江工商大学出版社的编辑王英女士，她认真审校了本书并提出了细致的修改意见。

最后，我想感谢我的家人，他们给了我最无私的支持，是我最坚实和最信任的后盾。

教育部社科基金、国家留学基金委员会和浙江工商大学外国语学院外国语言文学一级学科为本书提供了资助，为本研究最终付梓成书提供了必要保障和重要支持。我在此衷心感谢！

邢葳葳

2021 年 6 月于杭州钱塘江畔